De cultus van de dood

Jan Merete Weiss

DE CULTUS VAN DE DOOD

De Fontein

MIX
Papier van verantwoorde herkomst
FSC® C019440
www.fsc.org

Voor Dave

Oorspronkelijke uitgever: Soho Press, Inc, New York
Oorspronkelijke titel: *These Dark Things*
Uit het Engels vertaald door: Gert-Jan Kramer
Omslag: b'IJ Barbara
Omslagbeeld: © Clayton Bastiani/Trevillion Images
Auteursfoto: David Allison
Vormgeving binnenwerk: Mat-Zet bv, Soest
ISBN 978 90 261 2993 3
ISBN e-book 978 90 261 3334 3
NUR 332

Citaat Giacomo Leopardi ontleend aan de vertaling van Frans van Dooren, 'Zangen', uitgeverij Ambo, Baarn, 1991.

www.uitgeverijdefontein.nl

Met speciale dank aan Juris Jurjevics voor zijn begeleiding en visie. En aan het geweldige team bij SOHO, in het bijzonder Mark Doten voor zijn geniale redactiewerk, alsook Bronwen Hruska en Justin Hargett.

En met dankbaarheid aan Laura Hruska, *in memoriam*.

In oktober begint het zaaien van de tarwe, en november vereert wat onder de grond op wedergeboorte wacht; de doden keren terug in een ritueel bezoek aan de Dodencultus, en de hele periode tussen het begin van november en de Openbaring van de Heer is een schrikbarende tijd, waarin de poorten naar het Hiernamaals geopend blijven.

Franco Cardini,
I giorni del sacro: il libro delle feste

1

Een hoge cipres overwelfde de graven en een paar wolken kregen de kleur van perziken. De horizon gloeide. De Napolitaanse zon moest nog aan de hemel verrijzen. Gina Falcone bekeek de laatste aanwinsten onder de jute op haar handkar. Naast het middelgrote scheenbeen, een ribbenkast en een groot dijbeen lag de schedel van een kind. Een jongen of een meisje, de bottenreinigster wist het niet. Het maakte haar ook niet uit. De recente doden verontrustten haar evenmin als de beenderen van pestslachtoffers die honderden jaren eerder waren gestorven.

Bij de Via della Piazzola betrad ze het oude deel van de stad. De rode verf op haar kar was er merendeels afgebladderd. De metalen wielen knarsten over de zwarte straatkeien. In het voorbijgaan van de smalle donkere steegjes, de *vichi*, stelde ze zich de in zwart gedrapeerde rijtuigen voor, die eeuwen terug op de priesters en dodendragers hadden gewacht om lijken weg te voeren tijdens de pestepidemie.

Nog één straat te gaan tot aan de Kerk van Santa Maria delle Anime del Purgatorio. Een toeriste van middelbare leeftijd, haar haren nog door de war van de slaap, stond over de emmers voor de bloemenwinkel gebogen om de geur van jasmijn op te snuiven. Gina passeerde als een schaduw die zich had losgemaakt van een gebouw. Ze trok de jutezak op de kar recht, terwijl die over de keien hobbelde. Marktstalletjes verdrongen zich onder middeleeuwse bogen. De vishandelaar dumpte mosselen op een bedje van ijs. Aan de overkant schreeuwde de kaasboer omhoog naar zijn vrouw, die met gefronste blik een mand uit hun raam liet zakken. Hij haalde er sleutels uit en verving ze door boter en brood.

'*Giorno, signora,*' riep een robuuste kerel die in zijn winkel donkeroranje abrikozen rangschikte.

'*Giorno, Nico,*' groette ze terug.

Achter in de winkel zat Nico's moeder te haken. Iedereen wist dat je niet aan Nico's fruit moest zitten. Je wees aan wat je wilde en hij maakte de keuze, woog de appels of druiven en stopte ze in een zak, en dan betaalde je. Gina Falcone trok zich niets aan van de stilzwijgende afspraak. Iets wat Nico niet zinde, maar hij had nooit bezwaar gemaakt, zelfs niet wanneer ze een stuk fruit opat zonder te betalen. Of een peer pakte om te voelen of die rijp was en vijf, zes andere peren over de grond liet rollen.

Dat ze een heilige taak verrichtte en een goed woordje kon doen voor zielen in het vagevuur – zoals Nico's grootmoeder – weerhield hem ervan iets tegen haar te zeggen. Gina Falcone behoorde tot de laatsten der bottenreinigers. Officieel was er decennia geleden een eind gekomen aan de traditie van de herbegrafenis. Het was een oud gebruik dat terugvoerde op de Egyptenaren. De rouwenden wachtten een jaar tot het vlees was verteerd en lieten de botten dan weer opgraven. Sommigen plaatsten de botten in een beenderurn, voor de tweede begrafenis. Of de paar overgebleven bottenreinigers, zoals Gina, haalden ze op bij de grafbewaarders en brachten ze naar hun laatste rustplaats in bepaalde kerken in Napels, waar het gebruik nog oogluikend werd toegestaan.

'*Ciao, Gina,*' zei Nico, die haar een schijntje rekende voor het fruit dat ze had gepakt.

Ze stak de straat over naar de kerk, een donker bouwwerk omringd door vervallen okerkleurige panden. In de ijzeren hekken staken een zonnebloem, een roos en een stengel mimosa. Op vier korte zuilen prijkten vier bronzen schedels en dijbeenderen. De schedels glommen, dagelijks opgepoetst door voorbijgangers die eroverheen wreven. De Santa Maria delle Anime del Purgatorio. Zwervers sluimerden in de schaduwen van de zwarte stenen; de kerk was te vrekkig om ze binnen te nodigen, maar niet harteloos genoeg om ze hun betonnen bed voor haar deuren te ontzeggen. Er hing een scherpe geur van urine.

Purgatorio was vier eeuwen oud, gebouwd rond de tijd dat de Dodencultus Napels in zijn greep kreeg, toen de jezuïeten zestig missen per dag op haar altaar hielden. Ze predikten te midden van schedels en skeletten, uitgespreid op een zwarte doek. Het was al vele jaren geleden dat de priesters hier voor het laatst zo'n extatische dienst hadden gehouden. Gina miste niet alleen de diensten, ze miste ook de grote menigte parochianen in een optocht met fakkels en zaklampen, afdalend naar de crypten, waar iedereen een schedel uitkoos voor een gebed.

De gelovigen daalden nog altijd af naar de grafkelders om botten te wassen en in afzondering te bidden voor degenen in het voorgeborchte, voor de zielen die deze wereld hadden verlaten maar het hiernamaals nog niet hadden bereikt.

Aan het eind van de Tweede Wereldoorlog had Gina Falcone de stoffelijke resten opgegraven van haar jonge echtgenoot en van een andere soldaat die was gesneuveld, waarna ze de botten had geprepareerd voor hun tweede begrafenis. Ze voelde zich geroepen om door te gaan en dat was het begin geweest van haar werkzaamheden. Lange tijd ging het haar voor de wind, maar de afgelopen tien jaar waren de zaken minder geworden. *Signora* Falcone hield zich in leven met een klein salaris van de Napolitaanse Begrafenismaatschappij en donaties van nabestaanden.

De kerkklokken luidden acht keer. De gekke vrouw bij Vico del Sole krijste '*Attenzione!*', zoals ze nu al jarenlang elke ochtend deed. '*Sono malata!*' Ik ben ziek. '*Il pericolo. Il pericolo.*' Het gevaar. Het gevaar.

Een stuk of tien mensen wachtten om het heiligdom te betreden – twee vrouwen voor elke man. Sommigen beroerden hun rozenkrans, stil biddend. Tonio de Dwerg stond vooraan. Een groep duiven pikte naar verstrooide broodkruimels rond hun poten.

'Wegwezen!' riep Gina, zwaaiend met haar armen. Ze protesteerden koerend, wapperend met hun vleugels, en vlogen een half metertje op alvorens weer neer te strijken. Gina wist wie hiervoor verantwoordelijk was: Uccello Camillo. De zakken van 'Vogelman' Camillo puilden uit van de kruimels.

De bottenreinigster mopperde en greep haar handkar. De gelovigen gingen opzij en lieten haar erlangs om de nieuwe botten af te leveren, voordat ze het heiligdom betraden en afdaalden. Tonio stapte uit de rij om te helpen de kar op te tillen, omhoog over de treden naar de smalle kerkingang. Gina overhandigde hem een sleutel. Tonio reikte nauwelijks hoger dan het sleutelgat.

'Die moet nodig gesmeerd worden,' merkte hij op toen hij de sleutel in het slot omdraaide. Hij duwde de houten deur open die toegang verschafte tot het donkere interieur. De enige lichte plek was het witte altaar. Aan de voet ervan stonden paarse en witte chrysanten in een vaas te verwelken.

Gina rolde de kar naar binnen en zette hem tegen de achterste kerkbank, een simpele houten bank zonder kussen. Ze sloeg een kruisje en pakte de zak van de kar. Gina Falcone kon overal in de kerk blindelings haar weg vinden. Ze sleepte de botten langs het altaar en door een deurtje dat naar de crypte leidde. Met de zak in de ene hand vond ze tastend met de andere haar weg omlaag over de lange smalle trap. Haar ogen wenden aan het duister. Helemaal onderaan was een flauw schijnsel zichtbaar. Kaarsen, die iemand misschien de dag ervoor had achtergelaten.

De crypte bestond uit diverse vertrekken. In het eerste lagen overal stapels met schedels: op de grond, in nissen uitgehakt in de muren. Een schrijn met één schedel, bestrooid met dode bloemen, rustte boven op een hoop beenderen. Gina Falcone verplaatste een rotte zonnebloem naar een platte tinnen schaal, bezaaid met vingerkootjes en meer schedels. Via een gang met zerken kwam ze in de grootste grafkamer. Deze galerij was van vloer tot plafond gevuld met nog meer schedels en botten, netjes opgestapeld in nissen. In sommige oogkassen zaten papiertjes: boodschappen van gelovigen, persoonlijke informatie over de overledenen, geopenbaard in dromen over hen.

In het midden van het vertrek stond een bank, uit vulkanisch gesteente gehouwen, met een armleuning en een gat in de zitting. In vervlogen tijden werd daar het stoffelijk overschot geplaatst, zodat het vlees kon wegrotten en het lijkvocht kon weglopen in de afvoergoot eronder. *Puozzà Sculà!* Loop leeg – een verwensing die nog altijd op straat was te horen.

Het was stil. Bedompt en vredig. Gina bleef plotseling stilstaan voor een stapel skeletten. Half leunend op de bank, met haar kin rustend op haar handen, lag een engel met een parelkleurig gelaat, omkranst door golvend rood haar. Beeldig, geheel in roze. Rond haar bleke hals fonkelde een prachtige ketting met robijnen en parels. Gina stapte dichterbij om de rode bloesem bij haar hart beter te bekijken. Er waren geen bloemblaadjes te zien, alleen het heft van een groot mes.

De melding kwam binnen bij het regiobureau van de carabinieri aan de Via Casanova, net toen kapitein Natalia Monte haar vierentwintiguursdienst erop had zitten. Ze zwaaide haar voeten op de vloer en probeerde het slaperige waas voor haar ogen weg te krijgen.

'Waarom kan de politie dit niet afhandelen?' wilde ze van haar boodschapper weten.

'Het lichaam is ontdekt in een cultureel heiligdom.'

'Verdomme,' mompelde ze. De bescherming van culturele instellingen was een van de zonderlinge taken van de carabinieri, aangezien ze deels verantwoording schuldig waren aan de ministeries van Binnen- en Buitenlandse Zaken en Defensie.

Vloekend trok kapitein Monte haar uniformjasje aan. Ze trok de knoop van haar stropdas dicht en spetterde water in haar gezicht, waarna ze haar vingers opnieuw vochtig maakte om haar krullen glad te strijken. Ze waren alweer opgesprongen tegen de tijd dat ze de drie trappen naar de straat was afgedaald en bij haar dienstauto met chauffeur kwam. Ze stapte naast hem in, sloot haar ogen en probeerde te doezelen terwijl ze naar de plaats delict reden.

Eerwaarde Cirillo, de monseigneur, wachtte haar op bij de ingang tot de kerk. De verstelde toga die hij voor deze gelegenheid had aangetrokken, bolde op door zijn dikke buik.

'Goddank, u bent er,' verzuchtte hij. Cirillo liep naar Natalia terwijl ze haar holster omgespte. 'Ik zat aan mijn ontbijt toen ik het rumoer hoorde.'

Samen betraden ze de kerk. Bij het altaar wees hij naar een deurtje dat nauwelijks opviel. Natalia bukte om haar hoofd niet te stoten. 'Voorzichtig,' zei hij met een blik achterom. Op de tast zochten ze zich een weg omlaag over de donkere trap, naar het lantaarnlicht beneden.

'Wacht,' beval ze. Ze hoorden iemand de trap op komen. Natalia trok haar pistool op het moment dat er achter een wending in de trap een kleine man opdook.

'Niet schieten!' riep hij.

'Luca, idioot. Ik zou je meteen uit je lijden moeten verlossen. Als je ook maar iets hebt aangeraakt –'

'Niets, kapitein. Nooit van mijn leven.'

Natalia borg haar wapen op in de holster. Luca was een oude freelancefotograaf met meer lenzen dan hersens. Als nachtbraker leefde hij voor een goede moord. De helft van de tijd arriveerde hij eerder op de plaats van een misdrijf dan de politie of de carabinieri. Luca drong langs hen heen op de trap.

'Monseigneur.' Hij tikte tegen zijn pet. 'Kapitein Monte.'

Natalia wierp hem een dreigende blik toe.

'O,' zei hij, terwijl hij abrupt stopte. 'Waar is ze vermoord?'

Natalia wees omhoog zonder iets te zeggen. Luca haastte zich naar boven.

Ze liepen door een grote spelonkachtige kamer, door een lange gang en toen een derde vertrek in. Elke ruimte werd opgeluisterd door de eeuwenlang op elkaar gestapelde botten; sommige ondergebracht in categorieën, andere gerangschikt in mysterieuze patronen.

'Hier ligt ze,' zei de monseigneur. Natalia hield even stil om stof van haar uniform te vegen. Ook al was het een ontwerp van Armani, het was verkreukeld door de lange nacht en nu bedekt met gruis. De rode verticale banden op haar broekspijpen zagen er smoezelig uit, net als zij, en net als de manchetten en de kraag van haar witte overhemd.

Op een stenen bank in het midden van het vertrek lag een wonderschoon meisje. Hemels. Prerafaëlitisch. Ze oogde als een engel – een bloedige engel.

'Zoals u misschien al hebt begrepen,' zei eerwaarde Cirillo, 'werd deze kamer enkele honderden jaren geleden gebruikt voor begrafenissen tijdens de uitbraak van de pest. Ze ligt in dezelfde houding als iemand in de zeventiende eeuw zou hebben gelegen. Ik heb zoiets nooit eerder gezien, behalve op illustraties.'

Hij wauwelde door. Natalia had liever dat hij zijn mond hield. Ze stapte dichterbij en bestudeerde de grond.

Communiceren met de doden. Veel inwoners van Napels deden het nog steeds. Toen Natalia klein was, ging de moeder van haar moeder – Natalia's *nonna* – wekelijks naar de crypte, waar de botten van haar zuster waren uitgestald. Soms nam ze haar kleindochter mee. Nonna maakte het zichzelf gemakkelijk op een daar beschikbare stoel. Als er geen andere bezoekers waren, hoorde je vaak alleen het tikken van haar breinaalden.

Wat een droefgeestige stad, dacht Natalia, maar wat kon je verwachten in een metropool waar mensen in het zwart gekleed gingen om niet door de doden te worden aangezien voor levende zielen, rijp voor kwelgeesten? Het mocht een wonder heten dat er 's ochtends überhaupt iemand uit bed kwam.

De monseigneur ratelde nog steeds zijn geschiedenislesje af. Cirillo was een amateurgeleerde en gaf nu en dan rondleidingen in zijn kerk en de omringende wijk. Afgelopen lente had Natalia hem nog een heel verhaal zien houden voor de kerk.

'U bent te jong om zich de Tweede Wereldoorlog te herinneren. Napels werd elke dag gebombardeerd. Twintigduizend mensen zochten hier hun toevlucht, en in de gangen en waterreservoirs die de Romeinen in het vulkanisch gesteente onder de stad hebben uitgehouwen.'

'Ja, monseigneur.'

Nergens in het vertrek waren duidelijke bloedsporen te zien. Ze was ergens anders vermoord. Misschien tegelijkertijd gewurgd, gezien de plekken onder haar kaaklijn. En diepe messteken. Twee. De achterzijde van de jurk zag net zo rozerood van opgedroogd bloed als de voorzijde rozewit.

Schedels omringden het slachtoffer in een halve cirkel. Bij haar voeten lagen lelies te rotten; hun geur was walgelijk. Er brandde een kaars. Het slachtoffer had een lichte huid met hier en daar sproetjes, en op haar mond waren sporen van lippenstift zichtbaar. Een meisje uitgedost voor de geneugten des levens.

Natalia liep langs de omtrek van de kamer, turend achter stapels been- en polsbotten, vingerkootjes en schedels. Geen wapen: alleen beenderen en afgebrokkeld gesteente. Ze zag iets glinsteren in het puin. Natalia deed een stap dichterbij. Ze trok haar handschoenen aan en raapte het op. Een zilveren hartje, niet bedekt door het stof – een ex voto, een votiefgeschenk. Zestiende-eeuwse gelovigen hadden ze achtergelaten als offergaven aan de heiligen, uit dank voor het genezen van een gebroken ledemaat, een aangetaste long. Zowel geestelijken als leken geloofden in hun kracht. Tegenwoordig vonden de meeste mensen ze merkwaardig ouderwets. De meeste mensen, maar niet iedereen.

Ex voto's waren doorgaans miniatuurreplica's van handen en voeten of longen. Een hart was ongebruikelijk. Het leek te wijzen op een onervaren iemand. Of was dat een list? Had de dood van dit arme meisje iemands gebroken hart geheeld? Een afgewezen minnaar? Of een krankzinnige? Misschien een en dezelfde persoon.

'"De Dodencultus", zo werden de aanbidders van de beenderen genoemd,' stak eerwaarde Cirillo weer van wal.

Toen Natalia een klein meisje was geweest, had haar vader op de avond voor Allerzielen altijd een emmer water voor hun voordeur gezet. 'Zodat de doden kunnen drinken als ze het huis binnen komen,' zei hij dan. De volgende ochtend, toen Natalia erop wees dat het waterpeil niet was gezakt, had haar moeder gespuwd om er zeker van te zijn dat haar dochter niet het boze oog over hen had afgeroepen.

'Ze krijgen dorst,' snauwde haar moeder. 'Meng dit.' Ze schoof een kom met deeg naar haar dochter.

Dat was om *fave dei morti* te maken, de tuinbonen van de doden, waarbij het deeg in de vorm van botjes werd gekneed. Geen Napolitaanse traditie. Natalia's moeder had de bereiding van de koekjes geleerd van haar nicht Rosalia, die getrouwd was met een timmerman uit Toscane. Lang na het overlijden van Rosalia bleef haar moeder elke november, tot aan haar eigen dood, de koekjes bakken. Om Rosalia's nagedachtenis in ere te houden, zei ze. En om het zekere voor het onzekere te nemen, dacht Natalia.

Voordat ze het deeg kneedden of van de lekkere koekjes smulden, herhaalde Natalia's moeder het gebed van de Dodencultus: '*Sante Anime del Purgatorio pregate per noi che pregiamo per voi.*'

Heiligen van het Vagevuur, wij smeken u voor ons te bidden zoals wij voor u bidden.

2

Sergeant Pino Loriano geeuwde toen hij de ouderwetse trap van zijn flatgebouw afdaalde. Grote plakken witte pleisterkalk ontsierden de muren, maar verder waren ze goed onderhouden. In de hal pakte hij zijn fiets en nam die aan de hand mee, de deur uit en over de binnenplaats naar de straat. In de Via Bianchini stapte hij over huisvuil, onherkenbaar weggerot. De vuilstortplaatsen waren vol en de stad raakte overwoekerd met bedervend afval.

De camorra, de lokale criminele organisatie in Napels, weigerde het vuilnis op te halen – of iemand anders toe te staan dat te doen – omdat de premier had gezworen de ultramoderne vuilverbrandingsoven in Acerra tot voltooiing te brengen. En dat zou de business van de camorra danig in de weg zitten. De premier dreigde ook een aantal van de gesloten stortterreinen, tien kilometer buiten de stad, te heropenen, desnoods met geweld.

De inwoners van Cicciano en Marano hielden dag en nacht protesten om te voorkomen dat er nog meer afval hun wijken binnen kwam. Diverse vuilophaalbedrijven van de camorra vochten een strijd uit over de vraag wie het vuilnis zou ophalen, áls het ooit nog werd opgehaald. Ondertussen vervoerden ze giftig industrieel afval en begroeven dat op landbouwgrond.

De puinhoop was een nachtmerrie. Pino zag op tegen de milieutaken van de carabinieri en vond zijn collega's die belast waren met de aanpak van het probleem niet te benijden. Hij had liever een moord in een historische kerk.

Hij stapte op zijn rijwiel en fietste over de brede, lege lanen van de Via dei Tribunali in de richting van de plaats delict. Weduwen en geestelijken koersten door de donkere straten, langs hoge stenen muren die smalle achterstraatjes insloten. Een verkoper zette zonnebloemen op de stoeptegels. Tussen de oude gebouwen glinsterden stroken blauw water, veerboten en vrachtschepen voeren behoedzaam vanuit de Baai van Napels naar de Tyrrheense Zee.

Een blauwe vierdeurs Alfa blokkeerde het straatje op de route naar de plaats delict. Een geüniformeerde carabiniere stond op de straatkeien, de armen over elkaar. De andere lag op de motorkap, half in slaap. Pino herkende geen van beiden. Hij toonde zijn legitimatiebewijs en de wakkere van het stel ging aan de kant om hem met zijn fiets door te laten. De carabiniere gaf zijn snurkende collega een stomp voordat hij Pino het straatje in dirigeerde, richting het kapucijnenklooster.

Op de meeste avonden vormde de steeg een verzamelplek voor drugsverslaafden. Nu was er geen mens te zien.

Pino wurmde zijn fiets door de nauwe opening tussen de auto en de muur en liep het verweerde kasseienstraatje in. Het boog af van de Via dei Tribunale. Hij nam de fiets op zijn schouder en droeg hem omlaag over een kleine trap. Een slaperige buurtbewoonster leunde rokend over haar balkon.

Rond een straatkapel voor het kapucijnenklooster wemelde het van de mensen. Enkele votiefkaarsen omringden een grote plas bloed. De kaarsen brandden. Hun flakkerende licht weerkaatste glinsterend in de plas. De kapel was een eenvoudig kastje, in elkaar gespijkerd van schroothout. Het collectekistje ontbrak.

Pino boog zich voorover naar het gebroken ruitje van de kapel. In het kastje, voor een beeldsnijwerk van de Verlosser, lag een offergift bestaande uit een pakje sigaretten en een gerimpelde abrikoos, een bidprentje met het Heilige Hart van Jezus, en een porseleinen figuurtje van een vrouwelijke heilige, te versleten om te zien wie ze moest voorstellen. Tegen het glas gedrukt zag hij een foto van iemands familielid. Lang geleden achtergelaten, toen er nog hoop was. Daarachter een stuk van een pagina die uit een tijdschrift was gescheurd. Pino plukte het knipsel ertussenuit. Het gezicht van een model, bekrast met zwarte viltstift. Eronder stond in rood VUILE DIEVEGGE gekrabbeld. Werd het dode meisje bedoeld? Pino liet het stuk papier in een bewijszakje vallen. Er arriveerde meer politie.

Op datzelfde moment kwam monseigneur Cirillo uit de kerk, gevolgd door kapitein Monte, Pino's toezichthoudende partner. Haar kapsel stond nog woester dan normaal en haar blouse hing los over haar broek, haar jasje open, haar rokerig donkere ogen hadden grote pupillen van de adrenaline.

'Er lag een briefje in de kapel,' meldde Pino en hij hield het plastic zakje omhoog. 'Misschien heeft het iets te maken met het dode meisje.'

'Geef het aan dr. Francesca zodra ze hier aankomt. Wie weet staan er vingerafdrukken op.' Ze wendde zich tot de samengedromde toeschouwers. 'Wie heeft al die kaarsen aangestoken?' vroeg ze.

Geen antwoord.

'Dit is een plaats delict,' verkondigde ze. 'Wie geen informatie heeft, moet uit de buurt blijven. Behalve u,' zei ze, wijzend naar de bejaarde bottenreinigster, Gina Falcone.

Flitsende zwaailichten kondigden de komst aan van dr. Francesca Agari, Napels meest vooraanstaande forensisch patholoog. Ze maakte haar entree in een van de oude Fiats van het departement en was al half uit het voertuig voordat het tot stilstand kwam. Ondanks het vroege uur waren haar blonde highlights in twee tinten perfect gladgestreken, evenals de mauve-goudkleurige oogschaduw die boven haar ogen glansde.

'Jezus,' bracht Francesca Agari uit toen ze het tafereel in ogenschouw nam. 'Hé!' riep ze naar haar fotograaf, die halverwege de steeg wachtte. 'We hebben je hier nodig!'

Een aspirant-modefotograaf. Zijn versleten leren jasje hing open. Zijn dikke haar reikte tot aan zijn schouders.

'Het slachtoffer,' zo informeerde Natalia hen, 'ligt in de crypte van de Santa Maria del Purgatorio.'

Dr. Francesca knikte en stuurde drie man van de technische recherche de kerk binnen. In hun opbollende pakken zagen ze eruit als astronauten. Pino liep met dr. Francesca en de fotograaf de kerk in, terwijl Natalia de aanwezige carabinieri opdroeg in de wijk de deuren langs te gaan voor informatie.

Er dreef een flard Chopin uit de naburige muziekschool. Natalia draaide zich ernaartoe. Iemand die al zo vroeg oefende?

Aan de hemel was nu meer licht zichtbaar. En zwaluwen.

'Als u mij niet meer nodig hebt...' Eerwaarde Cirillo schopte tegen gebroken flessen en spuiten, op nog geen halve meter van de poel van bloed.

'Nee, dat is prima,' zei Natalia. 'U kunt gaan. Bedankt voor uw hulp.'

De monseigneur bleef even staan om te bidden boven het meertje van bloed en sloeg een kruisje, wat door Luca met een van zijn drie camera's werd vastgelegd. Natalia benaderde de omstanders, buren die de moord misschien bij toeval hadden gehoord, of zelfs hadden gezien. Niemand wilde iets zeggen. Ze liep om de bloedplas heen, in de hoop een voetafdruk te vinden. Niets.

Pino keerde terug uit de crypte, enigszins rood aangelopen door de beklimming. Natalia nam haar partner bij de arm en trok hem weg bij de toeschouwers. Ze overlegden even en vonden het allebei beter om de bottenreinigster samen te ondervragen. De oude vrouw troostte een *monachello*, een novice, hem aanmoedigend weer het klooster in te gaan. Hij was blind, besefte Natalia.

Zij en Pino liepen naar hen toe.

'Wat deed u vanmorgen in de crypte?' vroeg Natalia.

'Ik breng de botten. Van de begraafplaats, zoals altijd. Ik kom elke week. Ik heb een sleutel van de kerk.' Ze wees naar eerwaarde Cirillo, die aan het eind van de steeg stond. 'Van hem gekregen. Mag ik mijn kar halen?'

'Was er iemand bij u, in de kerk? Was u alleen in de crypte?' vroeg Pino.

'Alleen ik en de engel.'

'We hebben hier bij de kapel een schaal water gevonden. Om het boze oog te weren. Hebt u die daar neergezet, signora Falcone?' De bottenreinigster herinnerde hem aan zijn tante Zia Annunziata, een heks die anderen voorzag van amuletten en zulke schalen neerzette om het kwaad af te weren.

'Ja,' bekende Gina. 'Ik heb de schaal daar neergezet.'

'Wat weet u over het dode meisje?'

'Ik ben een bottenreinigster, geen rechercheur.'

'U hebt de schaal daar neergezet om haar te beschermen,' zei Pino. 'Wat heeft het water u verteld?'

'Het meisje was dood. Dood. Ik heb niets verkeerds gedaan.'

'Welke gedaante nam het aan?'

'De *jettatori*, dus sprak ik een gebed uit.'

'Tegen welke heks moest ze worden beschermd? Wie wilde haar kwaad doen?'

Pino herinnerde zich goed dat tante Annunziata had gespuwd toen een afgunstige buurvrouw haar vertelde wat een lief klein ventje die Pino toch was. Daarna had zijn *zia* erop aangedrongen dat hij zijn onderhemd binnenstebuiten droeg om de kwade bedoeling van de vrouw te weren.

'Misschien hebt u iets gezien wat ons kan helpen.'

'Ik heb niets gezien.'

'Als u wel iets hebt gezien en u houdt informatie achter, kunnen we u arresteren.'

'Mij, een oude vrouw? Ik ben over de tachtig.' Gina Falcone wendde haar blik af. 'Ze was een goed meisje.'

'Kende u de overledene?'

'Dat zeg ik niet. Niemand die zo jong is verdient het zo te sterven.'

'We moeten haar moordenaar vinden.'

'Hier.' Ze groef in haar zak en haalde er iets uit wat in vloeipapier was gewikkeld. Het was een amulet, identiek aan wat hij als jongetje had moeten dragen van zia Annunziata. In plaats daarvan had zijn moeder de amulet in haar ondergoedlade verstopt.

'Denkt u dat ik deze amulet nodig heb?'

'Ik ben geen waarzegster. Ik draag alleen zorg voor de zielen. Jullie jongelui denken dat alles ja of nee is. Goed of slecht.'

'We hebben gezworen de wet te handhaven,' zei Pino.

'De wet!' Gina spuwde. 'In mijn tijd was Mussolini de wet. En nu wil je een oude vrouw in de gevangenis stoppen.'

'U mag gaan,' zei Natalia, 'maar we spreken elkaar nog.'

De bottenreinigster haalde haar kar en ratelde weg over de straatkeien.

'De mannen hebben de tas van het slachtoffer gevonden,' zei Pino, die een felrode handtas omhooghield. 'Hij lag bij de kapel. En deze lagen ernaast.'

Hij overhandigde haar enkele foto's: het dode meisje dat gezichten trok voor de camera, en nog eentje met een man, zijn armen om haar heen, het gezicht afgewend. Poserend op een kade, de zon in de ogen van het meisje schijnend.

'"Ze verblijft bij Schoonheid – Schoonheid die moet sterven,"' citeerde Pino uit zijn hoofd. '"En Vreugde, wier hand eeuwig zijn lippen beroert, zegt vaarwel."'

Natalia keek hem aan. 'Waar haal je dat vandaan?'

'Keats. We moesten het uit ons hoofd leren, omdat Keats zo dol was op Italië en zijn laatste adem uitblies in Rome, in zijn kamertje bij de Spaanse Trappen. Als we ook maar één woord vergaten, kregen we van de mooie zuster Mary Frances een tik met haar stok.'

Ze verdeelden de foto's en draalden nog een ogenblik op de treden van de kerk. Het was begin maart. Nog geen lente. Maar de zon voelde al warm aan. Een prachtige ochtend, met zingende vogels.

Natalia leegde de tas van het meisje in haar schoot en ze maakten de inventaris op. Een grote plastic zak met ritssluiting. Een lippenstift en een mobieltje, een portemonnee met identiteitsbewijs: Teresa Steiner, drieëntwintig. Uit Ulm. Duitsland. Studerend aan de universiteit.

Natalia bekeek vluchtig de gezichten van de toeschouwers, wachtend op elk kruimeltje informatie dat ze in een mum van tijd door heel de oude stad zouden verspreiden in de vorm van roddels.

Ze herkende een paar van hen: Falcone Gaetano, de conciërge van de overheidskantoren aan de Vico San Paolo, een straat verderop. En Falcones zwakzinnige broer, Paolo, met zijn wonderlijke bloemkooloren.

'Als u geen informatie betreffende het misdrijf hebt, zullen we u moeten vragen te vertrekken.'

'Dit is een openbare straat,' siste een winkelierster terwijl ze passeerde.

'Ik zou graag willen weten hoe het de moordenaar is gelukt om met een lijk in de gesloten kerk te komen en hoe hij het vervolgens daar beneden heeft gekregen,' zei Natalia toen de menigte was verdwenen.

'Dat slot is niet veel soeps. Het is eeuwenoud, makkelijk open te wrikken.' Pino staarde naar de kapel. Het licht van de massa kaarsen moest langzaam wijken voor het ochtendgloren. 'Denk je dat de moordenaar al die kaarsen heeft aangestoken?'

Het palazzo waar Teresa Steiner woonde lag slechts twee straten verwijderd van de plaats waar ze was vermoord. Natalia en Pino besloten te lopen. Iets scharrelde weg toen ze vertrokken: een rat die langs de muur kroop.

'Een politicus uit het Noorden noemde Napels ooit een riool bevolkt door ratten,' zei Pino.

'Zijn er in het Noorden geen ratten?' vroeg Natalia.

Wasgoed hing als vaandels aan lijnen die tussen de woongebouwen over de steeg waren gespannen. Reusachtige beha's naast piepkleine rokjes. Onderbroeken in allerlei maten, lange broeken en overhemden. Wat vuil is dient te worden gereinigd – gelouterd. Een voorname bezigheid in haar stad. Op de stoep voor een open deur: een klein rek met de kleertjes van een peuter, liefdevol uitgespreid om te laten drogen. Onschuldig. Alsof de drager ervan zou kunnen ontsnappen aan opgroeien in het harde leven van Napels.

Een prostituee stond op haar post voor het sjofele Hotel Internazionale, tegenover het treinstation, wachtend op de volgende stroom reizigers die met de trein uit Rome aankwam. Met een blik op haar horloge nam de vrouw een trekje van haar sigaret, gooide hem toen op de grond, schikte haar decolleté en gaf een knikje naar Natalia en Pino toen ze langsliepen. Haar rode wollen rok reikte net tot onder haar kont. Ze droeg goudkleurige hakken. Ze moesten bijna tien centimeter hoog zijn – een gevaar op de ongelijke kasseien. Een riskant beroep. Om nog maar te zwijgen over aids en perverse klanten, allebei in opmars. Waar waren de jezuïeten nu je ze nodig had? Tegenwoordig boden alleen een paar karmelietessen een helpende hand. Een paar jaar eerder, zo herinnerde Natalia zich, had ze deze zelfde vrouw een kaartje gegeven met het adres van hun kliniek. '*Grazie*,' had de tippelaarster weten uit te brengen op een toon van: *je maakt zeker een geintje!* Triest, een prostituee van vijftig. Maar op een of andere manier was ze erin geslaagd in leven te blijven.

Natalia bewonderde de gedurfde schoenkeuze. Ze had er ongetwijfeld een kast vol mee. Natalia's moeder had altijd maar drie paar schoenen tegelijk gehad. Twee ervan praktisch, met platte zolen en veters. De schoenen met lage hakken droeg ze alleen voor speciale gelegenheden, een of twee keer per jaar. Natalia's grootmoeder, die sardientjes had ingeblikt in een fabriek, had nog nooit in haar leven op hakken gelopen.

Hoe is ze erin geslaagd nooit een been te breken? vroeg Natalia zich af.

Een straat verderop vonden ze Teresa Steiners voormalige woning. Decennia van roet en dieseldampen hadden hun sporen op het gebouw achtergelaten. Bij de deur stond in kinderlijk handschrift, onder de naam Lucia Santini, het woord *pensione* geschreven. Natalia drukte op de zoemer van de hospita. Ze stond op het punt nog een keer aan te bellen toen de intercom kraakte.

'*Pronto?*'

'Carabinieri.'

Er volgde een klik en Natalia duwde de kleine deur in de enorme poortdeur open. Nadat ze drie trappen hadden beklommen, kwamen ze buiten adem aan. Het was donker op de overloop, één openstaande deur, een vrouw met een hond naast zich. De hond was een husky, het ene oog groen en het andere blauw. Ze deed een stap opzij om hen binnen te laten.

In de hal stonden een tafel en ladekast. Op de kast lagen tijdschriften, daarnaast stond een vaas met stoffig uitziende plastic bloemen. Lucia Santini veegde haar handen af aan haar schort. Haar ogen waren opgezwollen en de huid eromheen zag rood.

'Ze zijn langs geweest. Ze hebben het me al verteld. Ze is dood.'

'Sorry dat we u nog een keer storen,' zei Natalia, 'maar we zouden u graag wat vragen willen stellen. Mogen we binnenkomen?'

De hond besnuffelde Natalia.

'Basta!' Lucia Santini greep zijn rafelige halsband en trok hem weg.

'Nee, het geeft niet,' zei Natalia. 'Ik hou van honden.' Lucia sleepte het dier echter al door de gang, hem tezelfdertijd geruststellend. 'Het is goed volk, mijn lieve schat.' Ze boog zich voorover en kuste de hond op zijn grote wollige kop.

Lucia Santini was een zwaarlijvige vrouw, haar armen blubberden van het vet. Ze liep tegen de zeventig, maar haar haar zag blauwzwart en was opgestoken op haar hoofd als de scheve toren van Pisa. Haar bovenlip vertoonde duidelijk een paar snorhaartjes. Zo te zien bracht Lucia het merendeel van haar tijd door in de woonkamer. In een asbak bij de bank brandde een sigaret en de tv roezemoesde. Lucia schommelde erheen en zette het toestel uit.

'Was Teresa Steiner gisteravond hier?' vroeg Natalia.

'Ze zat te studeren in haar kamer. Armando – hij huurt een kamer aan de achterkant – Armando was naar bed gegaan. Hij werkt op de vrachtschepen en staat vroeg op. Mijn zuster was hier. We bleven op om televisie te kijken. Ik klopte op Teresa's deur en vroeg of ze zin had om samen met ons te kijken. Dat deed ze soms. Maar ze zei dat ze een artikel moest afmaken voor de volgende dag. Ze leek moe, uit haar normale doen.'

'Hoe was ze in normale doen?' vroeg Pino.

'Opgewekt. En vol energie, zoals gebruikelijk bij jongeren. Niet zoals wij, hè, Osky?' zei ze tegen de hond, die naar haar toe sloop. 'Teresa wilde alles over Napels weten. Ze wilde nieuwe dingen proberen. Ze ging graag dansen. Kunt u het zich voorstellen: ze wilde dat ik met haar meeging om de tango te dansen. Maar ze nam haar studie serieus. Soms bleef haar licht aan tot twee, drie uur 's nachts. Als ik dan even ging kijken, zat ze met haar neus in een boek.'

De hond drentelde terug naar de zijde van zijn bazin. Ze klopte hem op de flank, waardoor hij met zijn staart begon te kwispelen. Natalia haalde haar notitieboekje tevoorschijn.

'Weet u nog wat ze droeg toen ze gisteravond uitging?'

'Niet echt, maar ik kan u wel vertellen dat ze iets van roze aanhad. En hoge hakken. Ik dacht dat ze misschien was wezen dansen.' Ze trok haar ochtendjapon dichter om zich heen. Er ontbraken knopen. Een van de zakken hing slap omlaag.

'Tot hoe laat bent u opgebleven?' vroeg Pino.

'Mijn zuster vertrok om tien uur, of net daarna, toen het tv-programma was afgelopen. Ik heb de boel opgeruimd en ben naar bed gegaan.'

'Waren er telefoontjes voor het meisje?' Natalia hield haar pen in de aanslag.

'Nee. Niet via mijn toestel. Maar ze hebben tegenwoordig allemaal zo'n mobieltje. Mijn kamer ligt aan de andere kant van het appartement, dus als ze nog is weggegaan zou ik haar niet hebben gehoord. Wilt u haar kamer zien?'

Ze liepen achter haar aan door de schemerige gang. De deur stond open. Er lagen opgevouwen handdoeken en lakens op het bed.

'Sorry voor de troep. Ik was ze net van de lijn aan het halen.'

'Maakt niets uit,' zei Natalia en ze keek om zich heen. Een

somber uitziende kamer. Misschien waren de muren ooit wit geweest. Het bed leek op dat van Natalia's *nonna*, waarin ze na de dood van haar echtgenoot sliep. Het was amper groot genoeg voor één persoon en had een doorzakkende matras en een ijzeren frame. Alsof ze boete deed voor het feit dat ze nog leefde.

Teresa Steiner moest het tafeltje hebben gebruikt om te studeren. De gloeilamp aan het plafond zag er niet uit als een bron van veel licht. Natalia stelde zich voor hoe het was om hier te studeren met het constante rumoer van de tv of radio in de aangrenzende woonkamer. Ze vroeg zich af hoe het meisje zich voldoende had kunnen concentreren. Waarschijnlijk had ze ook de nodige tijd doorgebracht in de bibliotheek. Natalia herinnerde zich hoe verrukkelijk ze de stilte in de bibliotheek had gevonden toen ze zelf studeerde.

Lucia zuchtte. 'Ik ben hier geboren.' Ze liep naar het onopgemaakte bed en streek de lakens glad.

Natalia doorzocht een lade, volgepropt met kleurige zijden sjaaltjes.

'Mijn moeder hield niet van ziekenhuizen,' voegde Lucia eraan toe. 'Ze had een vriendin die in een ziekenhuis is gestorven, tijdens de bevalling. Ik was haar enig kind, de enige die in leven bleef.'

'Het spijt me dat te horen.' Natalia sloot de lade. Pino zat op zijn knieën om onder het bed te kijken.

'Het was Gods wil dat ze haar laatste jaar bij mij kwam wonen,' zei Lucia. 'Vinden jullie het hier ook zo warm?' Ze opende de louvredeuren naar het balkon. De bouwvakkers die aan de overkant aan de kerk werkten riepen iets naar elkaar.

'Willen jullie koffie?' bood Lucia aan. 'Ik wilde net een pot voor mezelf zetten.'

Pino keek naar Natalia. 'Ik moet gaan.'

'Voor mij wel graag. Koffie lijkt me heerlijk,' zei Natalia.

'Ik zal even met u meelopen,' zei signora Santini tegen Pino. 'Dan kan ik u over de hond vertellen.'

'De hond?' vroeg Natalia.

'Niets bijzonders,' zei ze. 'U hoort het wel van hem.'

Pino knipoogde naar zijn partner. Ze fronste en vervolgde haar onderzoek van Teresa Steiners kamer.

In een triplex kast tegen een muur hingen Teresa's dure designerkleren. Gucci en Prada. Kennelijk had Teresa zich een betere kamer kunnen veroorloven, zelfs een appartement in een elegant palazzo. Waarom huurde ze hier een smoezelig kamertje?

Natalia deed Teresa's deur achter zich dicht en liep terug naar de woonkamer. Ze ging op het uiteinde van de bank zitten. Lucia zette hun koffie op tafel en nam zelf plaats, haar gerafelde trui rechttrekkend. Ze deed Natalia denken aan zotte Maria, die achter een tafel op de hoek van de Via Capozzi de enige bedorven smakende tomaten in Italië verkocht. Onder de tafel herbergde ze drie of vier honden. Haar haar was nooit gekamd, haar gezicht vuil, en haar kleren had ze tussen het afval opgescharreld – maar haar honden waren altijd gewassen en keurig verzorgd.

Terwijl ze Osky aaide, die zich bij haar voeten had genesteld, kon Natalia zich indenken hoe het zou zijn om thuis begroet te worden door een zacht vriendelijk schepsel in plaats van door lege kamers. Een hond was doorgaans blij om zijn baasje te zien. Mannen waren een ander verhaal.

Lucia schoof een schoteltje met *biscotti* naar Natalia toe. De koffie was verrassend lekker.

'Ontving Teresa Steiner mannen op haar kamer?' vroeg Natalia, terwijl ze een koekje pakte.

Lucia beet in het hare en de kruimels vlogen in het rond. Er staken wat spriethaartjes uit haar kin.

'Ze had veel vriendjes, maar de professor kwam het vaakst langs. Hij zei dat hij haar scriptiebegeleider was en dat ze naar haar kamer gingen om te werken. De volgende ochtend sta ik koffie te zetten en zie ik hem stilletjes voorbijsluipen, zonder zelfs maar een *buongiorno*. Ik merk altijd wanneer ze getrouwd zijn. Ze nemen de eerste keer bonbons voor mij mee en daarna proberen ze mij te ontlopen. Het is niets voor mij om kwaad te spreken over de doden,' voegde signora Santini eraan toe, 'maar uw baas is weg en u bent een vrouw. U begrijpt zoiets.'

'Hij is mijn baas niet,' zei Natalia. 'Ik ben die van hem.'

De hond sprong op en rekte zich tussen hen uit.

'Ik heb haar met Gambini gezien.'

'Zazu, de maffiabaas?'

'Ja. Aldo Gambini. Twee keer. Signor Rocco, zo noemde hij zichzelf – alsof ik zo dom zou zijn dat te geloven! Dus kreeg ik argwaan en ben haar gevolgd. En raad eens? Ik zag haar bij een kapel een collectekistje openmaken en het geld in haar chique tas stoppen. Ze had een sleutel. Precies in het straatje waar ze werd vermoord. Zo zie je maar weer. Maar toch, het verbaasde me. Ze was een aardig meisje. Bracht presentjes voor mij mee.'

'Weet u dat zeker? Ze haalde er geld uit?'

'Tuurlijk weet ik het zeker. Dat haar. Kon niet missen. Op een avond kwam ze laat thuis. Zei dat ze wilde praten. Of ik dat niet vervelend vond. Natuurlijk vond ik dat niet vervelend. Ik dacht dat ze een gebroken hart zou opbiechten. In plaats daarvan vertelt ze me dat ze voor Gambini werkt en het collectegeld bij de kapellen ophaalt. Ze vertelde mij dat haar moeder kanker had.'

Normaal gesproken schrok zelfs de camorra terug om misdaden bij de kapellen te begaan, onder de ogen van de heiligen of de Madonna met kind. In het verleden hadden dieven touwen in de donkere steegjes gespannen om mensen 's avonds te laten struikelen en te beroven. Een dominicaner broeder had de Bourbon-koning overgehaald om olielampen te financieren, maar die werden vernield door de dieven. Dus liet de koning votiefkaarsen voor beelden van heiligen plaatsen. De kapellen waren geliefd onder het volk. Maar de camorra nam de macht over en de kapellen werden het zoveelste handeltje, zoals bingo of festivalspellen: een samenwerkingsverband tussen de camorra en het Vaticaan.

Een kleine zwartharige man liep de woonkamer binnen en droeg een emmer met zich mee. Zonder te groeten zette hij hem neer bij de televisie en begon aan zijn taak. De tv had een ereplaats gekregen op een verrijdbaar meubel van metaal, omringd door kunstplanten en zijden bloemen. Hij doopte een doek in de emmer, kneep erin, en maakte vervolgens met soepele streken het beeldscherm schoon.

'Armando,' stelde Lucia hem ten slotte voor. Hij keek naar Natalia, maar zei geen woord. Duidelijk een nette man, maar vandaag had hij een randje scheerzeep, vastgekoekt aan zijn oor, over het hoofd gezien. 'Uit Chili,' voegde Lucia eraan toe, terwijl Armando weer verderging met zijn karweitje. Lucia zette haar kopje neer en vervolgde het gesprek.

'"Vertel het aan niemand," zei Teresa. En de volgende dag bracht ze een fles Giorgio-parfum voor mij mee. Die moet zeker wel vijftig euro hebben gekost!'

'Wat is de naam van het vriendje?'

'Weet ik niet meer.'

'Hoe zag hij eruit, de professor?'

'Een praalhans. Oud en ijdel. U weet wel: elegant.'

'Leek Teresa Steiner de laatste tijd bang?' Natalia merkte op dat Armando nu belangstellend in hun richting keek.

'Ze had bang móéten zijn,' zei Lucia met zachtere stem. 'Gambini is niet zomaar een kleine jongen met wie je een beetje kunt dollen,' fluisterde ze dicht bij Natalia. Haar adem rook naar knoflook.

Lucia Santini en haar hond deden Natalia uitgeleide.

‘Bedankt voor uw hulp,’ zei Natalia. Signora Santini draaide zich om, de schouders voorovergebogen, en de deur sloot zich met een kreunend geluid. Natalia bleef alleen achter op de overloop.

Op straat belde ze Pino. ‘Ben je nog in de buurt?’

‘*Certo.*’

‘Kijk of je erachter kunt komen wie de man is op de foto die we hebben gevonden, met zijn armen om het slachtoffer heen. Probeer het op de universiteit. Volgens signora Santini had ze een aanbidder, een *professore*.’

3

Eenmaal op straat liet Natalia de foto van Teresa Steiner aan buurtbewoners zien. Misschien had iemand iets opgemerkt of haar met iemand gezien. Bij de telefooncel op de hoek stond een man naast zijn motor te bellen, met de hand over het mondstuk. Hij droeg een zwarte spijkerbroek en losgeknoopt overhemd om met zijn zware gouden crucifix en zijn harige borst te pronken. In zijn rechteroor had hij een diamantknopje. Hij rookte en praatte, lonkte naar langslopende vrouwen. Hij geloofde niet in scheren of knippen. Mama's lievelingetje.

Na de beëindiging van het gesprek knipoogde hij naar Natalia, ook al was ze in uniform. Hij paradeerde voorbij, sprong op zijn motor en scheurde weg. De uitlaatgassen schroeiden Natalia's enkels.

Ze probeerde de nummerplaat te lezen. Ongetwijfeld laag in de pikorde, het checken nauwelijks waard, maar je kon nooit weten. Natalia liep het straatje in waarvan de trap bij de *policlinico* uitkwam. Een vrouw was de doorgang aan het vegen, met dicht bij haar op de keien een klein dik jochie.

'*Scusi*,' zei Natalia tegen haar. Ze liet de foto van de overleden Teresa Steiner zien. 'Kent u dit meisje?'

Het speet de vrouw, maar nee, ze kende haar niet. Natalia bedankte haar en beklom de trap naar de straat erboven. Het was bijna lunchtijd. Bij de psychiatrische inrichting wandelde een groepje dokters in het wit over de binnenplaats. Achter hen schreeuwde een vrouw, bonzend tegen het ijzeren hek. Een achterblijver negeerde haar, opende het hek en glipte naar buiten om op een drafje zijn collega's in te halen.

Op de bank onder het standbeeld van Sint-Franciscus hadden zich de gebruikelijke oude besjes verzameld. De heilige werd omringd door zijn engelen, hun stenen gelaatstrekken weggesleten, de vleugels gebarsten. Een verkoper besproeide zijn kroppen sla, met een sigaret bungelend in zijn mond. Werklieden namen onder hun steigers plaats op de grond, openden lunchtrommels en haalden er enorme in papier gewikkelde sandwiches uit. De gekke vrouw schreeuwde opnieuw, de werklieden rookten, zelfs onder het eten en drinken, en leverden commentaar op de mooie vrouwen die langsliepen.

Twee nonnen in volledig grijs habijt namen elkaar bij de arm toen ze de straat overstaken. Ooit had Natalia nooit anders gewild dan non worden. Veel van haar schoolmaatjes hadden die stap werkelijk genomen. Als jonge puber, bang voor hun ontluikende seksualiteit, hadden de meisjes de nonnen geweldig gevonden en aanbeden. Een huwelijk met God leek verkieselijker dan het vooruitzicht van een verbintenis met een harige kerel.

De wind kwam in vlagen. Wolken snelden langs de daken en torenspitsen die boven de sinaasappel- en citroenbomen opdoemden. De wolken werden naar zee geblazen. Als kind had Natalia gefantaseerd over zeemeerminnen die in de haven met hun staart zwaaiden, zoals ze naar verluidt in de oudheid deden. Op de stoep zat een verschrompeld oud vrouwtje op een houten stoel. Natalia had haar naam nooit geweten. Ze had sinds Natalia's kinderjaren bekendgestaan als een *strega*, een heks.

Net op datzelfde moment duwde een jonge moeder haar kinderwagen naar de oude vrouw, die twee naalden uit haar jas haalde en de ene naald in het oog van de andere stak, onder het prevelen van: *'Vacchi e contro e perticell agli vocchi, crepa l'invidia e schiatton gli ochi.'* Ogen tegen ogen en de gaten van de ogen, barsten benijden en ogen barsten.

Bescherming tegen het boze oog.

Op de volgende hoek kwam Natalia in een marktstraat. De verkopers gebaarden naar elkaar, voor het geval een van hen iets aan het doen was wat de wetshandhaver achterdochtig zou maken.

'Heerlijke perziken. Gratis voor de carabiniere.' De vrouw was nog geen anderhalve meter lang – een gespierde *nonna* op gescheurde gympen. Haar voortanden ontbraken. Vermoedelijk dreef ze een illegale loterij vanuit haar 'kantoor', het klaptafeltje achter de kanteloepen en tomaten. Een oranje-met-witte kat, bespikkeld met zwart, stak zijn kopje onder een schraagtafel met stapels vis uit. Zijn interesse ging vooral uit naar de sardientjes, glimmend als zilver, hun minuscule kraaloogjes blinkend opengesperd.

Overal brachten kooplieden hun waren aan de man: kersen en sinaasappelen, worsten en kazen, molentjes, ondergoed, schoenen. Natalia was zich ervan bewust dat er artikelen werden bedekt, dozen verborgen, maar ze keek er niet naar.

De hongerigen – hoofdzakelijk zigeuners – loerden de hele dag, wachtend tot verkopers werden afgeleid of even hun kraam verlieten, zodat ze een meloen of een pruim konden laten verdwijnen. Als dat niet lukte, behielpen ze zich zelfs met weggegooid rot fruit of nu en dan een ui die in de goot rolde.

'Moet je dat zien.' De *nonna* wees naar een grote hoop paarse bloesems. Ze waren van de bomen gevallen die overal in Napels nog in bloei stonden.

'Elke week loop ik te vegen en elke week liggen ze er weer. Wat doe je eraan? Ze zeggen dat ze helpen tegen zenuwziekte. Ik heb de bloesems niet nodig, maar ik zou er zenuwziek van worden. Jij bent jong. Jij hebt geen idee. Toen ik opgroeide, na de oorlog, was het leven vreselijk. Mensen hadden honger. Ze braken in bij het aquarium om aan eten te komen. Mijn vader bracht een zakje goudvissen mee naar huis. En nu zitten we met al dat uitschot opgescheept.' Ze kneep haar neus dicht. 'Over uitschot gesproken, heb je het gehoord? Gisteravond hebben ze Franco Tozzi te grazen genomen. Hij was een stuk stront, maar toen de bom afging was er naast de auto een jongetje aan het spelen. Zo ernstig verbrand dat zelfs de moeder hem niet meer herkende.' Ze sloeg een kruisje.

Natalia betaalde voor de druiven en perzik en slenterde verder, blij om dat specifieke deel van de straat achter zich te laten. Goudgele plekken verkleurden de gebouwen. De gordijnen van waslijnen bolden tegelijk op in de wind als synchroonzwemmers.

Natalia herkende Pino's krullenkop, voorovergebogen boven een uitstalling met vijgen.

'Heb je ooit zulke prachtige exemplaren gezien? Probeer er een,' zei hij toen hij haar zag.

'Verrukkelijk,' zei Natalia.

De verkoper vulde twee zakken. 'Ik heb er een paar voor je gekocht,' zei Pino.

Niet iedereen kon met Pino samenwerken. Hij had de reputatie van een excentriekeling en weigerde in een auto te rijden, zelfs niet op een scooter, zozeer was hij verknocht aan zijn oude fiets. Hij was boeddhist, wat haar intrigeerde. Hij had een ongewone kijk op de dingen. 'Lou Scarpetto,' zei Pino om de fruitverkoper voor te stellen. Pino noemde Natalia niet bij naam.

'Een waar genoegen,' zei Scarpetto. 'Uw vriendje en ik zaten samen op school. Lang geleden.'

Vriendje? Wat had haar partner hem wijsgemaakt?

'Het slimste jongetje van de klas,' zei Lou. 'Een echte bolleboos.'

'Lou –' wierp Pino tegen.

'Nee, het is waar. Moet je zien! Pino Loriano is een carabiniere en ik sta hier fruit te verkopen!'

Scarpetto. Natalia zocht haar geheugen af om de naam te plaatsen. Alle groente- en fruithandel in dit deel van de stad was in handen van de Scarpetto's. Deze dikkige, ongeschoren man met het morsige schort was ruimschoots miljonair. En ondanks zijn gemoedelijke gezicht had hij meer dan één onfortuinlijke ziel vermoord of laten vermoorden.

'We voetbalden samen,' ging Scarpetto verder toen hij hun de vijgen overhandigde. 'Geloof het of niet, maar vroeger woog ik net zo veel als hij. Het getrouwde leven!' Hij sloeg zich op de buik.

Pino reikte naar zijn portemonnee.

'Nee.' Lou stak een hand op.

'Lou, we moeten betalen. Anders –'

'Anders wat? Krijg je trammelant met je bazen? Als iemand je lastigvalt, laat je het mij maar weten. Met alle respect, juffrouw,' sprak hij tot Natalia.

'Zo,' vervolgde hij, met de handen op zijn brede heupen, 'dus de kluizenaar heeft eindelijk een vriendin. Wanneer is de grote dag?'

'Je bent de eerste die het hoort,' zei Pino. Hij nam Natalia bij de arm en trok haar mee.

'Leuk u ontmoet te hebben!' wist Scarpetto uit te brengen voordat ze in de stroom klanten opgingen.

'Wat moest dat voorstellen?' vroeg Natalia. Pino hield nog altijd haar arm vast.

'Hoe minder Scarpetto weet, hoe beter.'

‘Heb je hem gebruikt als informant?’

‘Een paar keer.’

‘Oké, ik snap het. Mag ik dan nu mijn arm terug?’

‘Nee,’ zei hij.

‘Ben je gek geworden?’ Natalia trok zich speels los, alsof hij haar alleen plaagde.

De twee partners treuzelden op de Via Toleda en bekeken de etalages van een grote antiekzaak en de bruidswinkel ernaast, onveranderd sinds Natalia en haar beste vriendin er als klein meisje voortdurend rondhingen. Dezelfde paspoppen toonden twee jurken: eentje van kant bedekt met parels, de andere uitgevoerd in zware crèmekleurige zijde.

Op straat vertoonde een jongleur zijn kunstjes. Een *marginale*, iemand aan de rand van de samenleving. Een aantal van hen beroofde ook mensen om in hun onderhoud te voorzien, maar de meesten leverden met hun gevarieerde talenten een bijdrage aan de maatschappij. Sommigen waren circusartiesten of klantenlokkers. Een paar waren hoedenmakers. De scharensliep duwde zijn slijpwiel door de buurten en kondigde met zangerig geroep zijn diensten aan. Toen Natalia nog klein was, had haar moeder de eenogige Pietro ingehuurd om haar koperen potten te herstellen. Wonderlijk genoeg kon Pietro lezen en schrijven, in tegenstelling tot veel van zijn klanten.

Voor de antiekwinkel doorzocht Pino een bak met dof uitgeslagen messen, bijeengebonden met twijngaren, en dozen met kralenbloemen. In de deuropening hield de eigenaar een rijpe peer en een vers pasteitje omhoog naar een vrouw die aan de overkant van de straat uit haar raam leunde.

Hoewel Natalia maar twee jaar ouder was dan Pino, had ze het gevoel alsof ze decennia langer had geleefd. Ze wandelden hun district uit en passeerden een stel palmbomen bij de haven. Zeemeeuwen cirkelden rond boven de kaden, op zoek naar een maaltijd.

Kolonel Donati, de commandant van het tiende bataljon van de carabinieri, leunde achterover in zijn stoel. Natalia was bang dat hij op een dag te ver achterover zou leunen en omkieperen. Een wonder dat het nog nooit is gebeurd, dacht ze. Hij reikte in een groene glazen schaal om een citroenzuurtje te pakken.

'Ik probeer te stoppen met roken. Die zuurtjes zijn een idee van Elisabetta. Willen jullie er ook een?' Hij duwde de schaal over het bureau. Donati's vrouw moest de schaal hebben uitgekozen. Het moderne design leek in niets op al het andere in de kamer.

'Nee, bedankt,' zeiden Natalia en Pino tegelijkertijd.

'Zit er al schot in de zaak?'

'Een beetje,' zei Natalia. 'Het slachtoffer was een Duits staatsburger, geboren in Ulm. De grootouders van haar moederskant kwamen uit Palermo. Ze wordt daar ook begraven, zodra dr. Francesca het lichaam vrijgeeft.'

'Mooi meisje, als je mag afgaan op de foto in de krant.' Hij gaf zijn exemplaar aan Natalia. 'Wat weet je tot nu toe? Wat baart je zorgen over de zaak?'

Luca had zichzelf overtroffen: het dode meisje oogde mythisch, als een sprookjespersonage in diepe slaap.

'De dader heeft haar bij een kapel op straat vermoord,' zei Natalia. 'Droeg haar door een gesloten deur de kerk in en door een smalle gang omlaag naar de crypte eronder. Toch heeft de technische recherche nergens een spatje bloed gevonden, niets in de tunnel die naar de grafkelders afdaalt. Geen druppel, geen veeg, hoewel de handen van de moordenaar op z'n minst bloederig moeten zijn geweest, en zijn kleren besmeurd. En niemand heeft de aanvaller zien komen of gaan.'

'Misschien had hij zich voorbereid,' opperde Donati, 'en droeg hij handschoenen en zo'n pak dat het team van dr. Francesca draagt. Al zou dat niet de afwezigheid van een bloedspoor verklaren.' Hij trok zijn wenkbrauwen op. 'Misschien was ze uitgebloed voordat hij haar wegsjouwde.'

'Misschien,' zei Natalia niet erg overtuigd.

'Vertel me wat je nodig hebt.'

'Hulp. Een mannetje hier.'

'We zitten krap in onze mankracht, maar ik zal korporaal Giulio laten assisteren. Hij heeft nog altijd lichte dienst, maar hij kan de onderzoeksdesk voor je bemannen.' Donati wreef langs zijn neus. 'Wees voorzichtig,' zei hij. 'Er bestaat de mogelijkheid dat de camorra hierbij betrokken is.' Hij wierp een blik op zijn Omega-horloge. 'Ga eerst maar lunchen.'

Op de gang zei Natalia: 'De camorra? Jeetje, geen wonder dat er geen dagdienst meer is en wij deze moord op ons bord krijgen. Wat hebben zij wel niet aan lokale mankracht? Een paar honderdduizend tegenover onze dertienhonderd?'

Pino knikte alleen, zonder haar aan te kijken. Als ze de criminele clans voor de voeten liepen, kon je bijna zeker zijn van problemen. Carabinieri stierven of verdwenen net zo gemakkelijk als iedereen – openbare aanklagers, getuigen, rechters. Zelfs kolonels. Geen wonder dat Donati zich nerveus maakte over een mogelijke betrokkenheid van de camorra.

'Waar gaan we lunchen?' vroeg ze.

'El Nilo. De serveerster herkende Teresa op de foto. Zei dat ze bijna elke ochtend langskwam. En soms nog een keer aan het eind van de dag. Onlangs met een jonge man. De serveerster kende hem ook.'

De jukebox speelde toen ze binnenliepen: een lokaal instrumentaal nummer met veel accordeon en mandoline. Het meisje achter de toonbank had paarse lippenstift op. Een punkerig uiterlijk, maar aantrekkelijk. Haar wenkbrauwen waren tot dunne streepjes geplukt. Ze droeg dienbladen met romige *sfogliatelle* en het puntje van haar tong stak uit haar mond, in opperste concentratie om niets te laten vallen. Ze schudde er poedersuiker overheen en legde elk blad in de vitrine, naast de *biscotti*, opgesteld in keurige rijen. Pino en Natalia gingen op de muurbank zitten. De eigenaar poetste het espressoapparaat. Hij knikte naar hen.

Achter uit de zaak verscheen een man in wit keukentenue, zijn haar zo wit als zijn dienstkleding.

'Tina!' Hij veegde zijn handen af aan zijn schort, terwijl de serveerster kwam aangehold. Hij vroeg of een bestelling gereed was en trok zich terug door de klapdeuren. Hij kwam haar zo bekend voor, dacht Natalia. Kon die oude man Turrido zijn geweest, vroeger de eigenaar van Vesuvio's bakkerij?

Tijdens haar jeugd had Natalia daar bijna elke dag, op weg naar huis van school, een *pane nero* gehaald, het zwarte brood waar haar moeder bij had gezworen. En niet alleen haar moeder: het merendeel van de buurt liet de luxe concurrent links liggen, zelfs nadat die in verchroomde tafels en stoelen had geïnvesteerd. Hun brood was niet half zo lekker als dat bij de sjofele Turrido.

Turrido, met wit haar? Hij was nooit dun geweest, maar wel fit, met gitzwart haar. Hij woonde samen met zijn moeder boven de bakkerij. Zijn moeder was een prachtige, zachtaardige, oude dame, altijd in het zwart gekleed. Ze kookte voor haar zoon in de keuken achter de winkel en de geur van haar gehaktballen deed je watertanden.

Een oude vrouw drong zich langs hun tafeltje en liet haar boodschappen in een wijde boog rond haar tafel neerploffen. Haar gouden oorbellen schommelden als kleine kroonluchters. De eigenaar bracht haar gehaast een kop koffie, waaraan ze suiker toevoegde.

Natalia en Pino trokken een gezicht. Beiden dronken hun koffie liever op de traditionele manier: niet te zoet. De bereiding van koffie was een plaatselijke obsessie. Eerst ging de suiker erin, daarna sijpelde de inktzwarte koffie uit de tuit van het espresso-apparaat. Als je je koffie niet te zoet wilde, moest je dat de barman tijdig laten weten. Als hij je respecteerde, kreeg je de koffie die je bestelde.

De grootvader van de eigenaar was Don Calo Gero Vizzini, de *Capo di tutti Capi*, een zo invloedrijk gangster dat hij in 1943 de Amerikaanse troepen had begroet met om zijn hals een foulard van abrikooskleurige zijde, die Lucky Luciano van zijn eigen nek had gehaald en aan hem had gegeven, omdat Vizzini de halsdoek had bewonderd. Vizzini's zoon was een kruimeldief, maar de kleinzoon en eigenaar van El Nilo had zich, voor zover Natalia en Pino wisten, nooit ingelaten met ook maar iets illegaals.

De bakker verscheen met een blad pasteitjes. Natalia tikte Pino op de arm.

'Dat is toch Turrido? Anthony Turrido, de bakker?'

'Hij lijkt er wel op,' zei Pino. 'Ik herinner me zijn foto op de voorpagina van *La Repubblica*, nadat hij weigerde beschermingsgeld te betalen en ze de bakkerij hebben afgebrand.'

Natalia knikte. 'Ze wilden hem niet vermoorden. Ze hielden wekenlang zijn winkel in de gaten, wachtend tot hij wegging om bestellingen rond te brengen. Maar de moeder stond achter in de zaak te koken. Turrido's vader nam de benen toen hij vijf jaar was. Ik geloof niet dat Turrido ooit een vriendin heeft gehad. Mama en de bakkerij waren zijn leven. Ik ben naar haar begrafenis geweest. Een van Gambini's kapiteins kwam binnen. Gambini had niet de bedoeling gehad de moeder te doden. Hij wilde zelf niet komen, maar zijn mannetje probeerde Turrido een envelop op te dringen. Turrido scheurde hem in stukken, de hele vloer lag vol snippers lire-biljetten.

'Nadien zwierf Turrido verloren door de straten. Ik heb me altijd afgevraagd wat er met hem was gebeurd. Ik was een tiener toen ik hem voor het laatst zag.'

'Een moedig man,' zei Pino. 'Ergens logisch dat hij hier werkt. De eigenaar is ook iemand die de maffia veracht. Als zijn vader er niet bij had gehoord, was deze zaak allang kort en klein geslagen.'

Natalia herinnerde zich dat ze als klein meisje had gevraagd waarom Turrido bij zijn moeder woonde. En geen kinderen had. Omdat hij een goede jongen is, had haar moeder stellig beweerd. Een enig kind. Dus kon hij zijn mama niet alleen laten.

'Net als ik,' had Natalia gezegd. 'Ik ben enig kind. Dus kan ik ook niet trouwen of jou ooit alleen laten.'

Haar moeder had gelachen en haar een kus gegeven, met de woorden: 'Nee. Het is anders voor meisjes. En buiten dat, ik heb je vader.'

Ja, het is anders, dacht Natalia verbitterd na bijna dertig jaar. Een vrouw stelde nog steeds niet veel voor als ze geen man had. Toch kon het voor Turrido niet gemakkelijk zijn geweest. Stel dat hij een vrouw en kinderen had gewild? Stel dat hij verliefd was geweest? En na de tragedie had hij vrijwel krankzinnig geleken. Welke vrouw had hem toen willen hebben? Was hij verbitterd geraakt? Dat kon toch niet anders?

'Hij bakt tenminste weer,' zei ze.

Pino wenkte de serveerster. Hij glimlachte naar het meisje. 'We willen je wat vragen over Teresa Steiner, die je voor onze collega's op een foto hebt geïdentificeerd. Hoe ken je de man met wie ze hier kwam?'

'Benito? We zijn samen opgegroeid. Ik hoorde dat hij priester werd, dus was ik verbaasd hem met een meisje te zien.'

'Is hij al blind vanaf zijn geboorte?'

'Hij kan een beetje zien. Hij werd ziek op zijn vijftiende. Een virus.'

'En de man bij haar was Benito – dat weet je zeker?' vroeg Natalia.

'Hij wist maar al te goed wie ik was. Ik zei: "Ik ben het, Tina." Hij deed alsof hij me niet kende. Ik wilde hem niet in verlegenheid brengen, dus zei ik: "Mijn vergissing." Het zag er niet naar uit dat hij en het meisje elkaar heel goed kenden, maar...'

'Wanneer was dat?'

'Maanden geleden. Hij kwam ook niet meer terug. Omdat ik hier werkte, denk ik. Is er iets met Benito gebeurd?'

'Nee. Met het meisje.'

'Het meisje in de crypte,' bracht Tina verschrikt uit. 'O God.' Ze sloeg een kruisje en kuste haar vingers – een echte dochter van Italië, ondanks haar voorkomen.

'Wat kun je ons over hem vertellen?' vroeg Natalia.

Het meisje beet op haar onderlip.

'Alles wat je ons vertelt blijft vertrouwelijk,' stelde Natalia haar gerust.

'Ik weet niet.' Ze schraapte aan haar duim. Er schilferde groene nagellak af.

'Er is een jong meisje dood. Als we haar moordenaar niet pakken, volgen er misschien meer.'

'Zelfs voor Benito zijn gezichtsvermogen kwijtraakte, werd hij al vaak gepest vanwege zijn dikke brillenglazen. Bovendien was hij klein. En hij praatte niet veel.' Ze likte langs haar lippen. 'Ik was zijn vriendin. Een poosje. Willen jullie me verontschuldigen? Ik heb klanten.'

'Hier, mijn kaartje,' zei Natalia. 'We moeten je misschien nog een keer spreken.'

'Ik wil niet dat Benito in de problemen komt.' Ze nam fronsend het kaartje aan en het volgende moment glimlachte ze naar Pino. 'Ik heet Tina. Prada, zoals de ontwerper,' voegde ze eraan toe, waarna ze wegstoof.

Natalia's partner leek zich niet bewust van de flirt.

Aan een tafel bij de deur genoot de eigenaar van een kop van zijn eigen koffie.

'Uw bakker, Turrido,' zei Natalia. 'Ik kende hem als kind.'

'Vesuvio's. Het beste brood in Napels, dat moet ik eerlijk toegeven.'

'Weet u waar hij tegenwoordig woont?'

'Vlak bij het Piazza Gaetano, bij de haven. Hij huurt daar een kamer. Hij zou zich beter kunnen veroorloven, maar goed…' Hij haalde zijn schouders op. 'Zijn jullie iets over het dode meisje te weten gekomen? Ik heb haar hier een paar keer gezien, maar Tina bediende haar.'

'We zijn ermee bezig, dank u.'

'*Scusi,*' zei een vertrouwde stem achter haar. 'Natalia Monte?'

Het was Turrido. Hij toonde de zweem van een glimlach.

Ze glimlachte terug. 'Dus je hebt me toch herkend.'

'Het uniform bracht me in verwarring. Ik wist het niet zeker. Hoe is het met je moeder?'

'Ze is overleden. Een paar jaar na jouw arme mama.'

'Het spijt me dat te horen.' Hij sloeg een kruisje. 'Ze is in de hemel.' Hij deed een stap naar achteren. 'Kijk nou! Niet te geloven! Een van de eerste vrouwen bij het korps, of niet soms? En een kapitein. Mama zou trots op je zijn geweest.'

'Vertel, hoe gaat het met je?' vroeg ze. 'Je was plotseling uit de buurt verdwenen.'

'Hier kennen de mensen mij niet. Ze laten me met rust. En jij? Getrouwd? Kinderen?'

'Nee. Alleen mijn werk.'

'Kleine Natalia Monte. Wie had dat ooit gedacht?'

'Er is vanmorgen een dood meisje gevonden. Je hebt er vast over gehoord.'

Hij keek gepijnigd. 'Ja.'

'Ze was studente, een mooi meisje. Volgens Tina heeft ze het eetcafé een aantal keer bezocht.'

'Ik bedien geen klanten.'

'Maar je komt soms uit de keuken om bestellingen bij te houden.'

'Soms.'

'Ze was lang, had rood haar. Ze werd een keer vergezeld door een priester.'

'Sorry, ik kan je niet helpen. Kom eens langs. Voor een praatje.' Hij gaf haar zijn adres. 'Aanbellen bij nummer vijf.'

'Dat zou leuk zijn; herinneringen ophalen aan die goeie ouwe tijd.' Ze glimlachten opnieuw naar elkaar en hij vertrok.

'Turrido,' zei ze tegen Pino. 'Hij speelde harmonica. Deed goocheltrucjes. Hij kon zijn duim laten verdwijnen. En vond muntjes in onze oren.'

Pino knikte. 'Ken je Tonio de Dwerg? Hij deed geen trucjes, maar dreigde een vloek over ons uit te spreken. We waren doodsbang. We dachten dat we net als hij zouden stoppen met groeien. Hoe laat is het?'

'Tijd om te gaan.'

'Je zit heel ergens anders met je gedachten,' zei Pino toen ze naar buiten liepen. Aan alle kanten drong het lunchpubliek langs hen heen. Rolhekken ratelen omlaag voor de winkels.

'Heb je het gezien?' vroeg Natalia. 'De kleine *corno* rond haar nek? Ik zou haar niet als zo'n type hebben ingeschat. Tina is best een schatje.'

'Wiens nek? Van dat meisje?' zei Pino, die zijn zonnebril opzette.

'Ja, dat meisje. Tina. Mijn moeder had een grote hoorn in onze huiskamer. Ze was ervan overtuigd dat onze buurvrouw een *jettatore* was. Hoe ze erbij kwam dat de vrouw een heks was weet ik niet. Ze woonde al een eeuwigheid naast ons. Een mooie dame; ze droeg altijd lippenstift, zelfs op hoge leeftijd. Mijn moeder kon haar maar moeilijk gaan ontlopen, dus kocht ze een reusachtige hoorn van koraal. Je tante had er vast ook een. Onlangs drong het pas tot me door dat mijn moeder jaloers was, omdat de vrouw mijn vader deed blozen.'

'Jaloezie,' zei Pino. Hij stuurde zijn fiets rond een kale Duitser die push-ups deed naast een met de hand geschreven bord: *Wil werken voor eten.*

Om de waarheid te zeggen, Natalia's beste vriendin droeg een *corno*, en bij het betreden van haar eigen huis begroette ze de geesten zelf met een *buongiorno.*

4

Toen Pino de woonwijk Posillipo bereikte, ketende hij zijn fiets aan een lantaarnpaal en liep een stijlvol flatgebouw binnen. In de lift depte hij zijn gezicht met een oude zakdoek. Op de elfde verdieping deed een mooie vrouw de deur open toen hij aanklopte.

'*Sì?*' Niet onvriendelijk – formeel.

'Carabinieri.' Pino legitimeerde zich. 'Sergeant Loriano.'

'O.' Ze deed een stap naar achteren om hem binnen te laten. Haar witte plooirok paste bij het smetteloze interieur. Het appartement werd opgefleurd door vers geplukte margrietjes. Na een knikje naar Pino en een snelle kus voor haar echtgenoot, die op een witte bank zat, verdween ze.

'Neemt u alstublieft plaats.' Professor Marco Lattanza wees naar een witte bank, de identieke tweeling van degene waarop hij zelf zat. 'Kan ik u iets aanbieden? Citroenlimonade, of iets sterkers, sergeant?'

'Limonade zou lekker zijn, dank u.'

Professor Lattanza stond op om de verfrissingen te halen. Door het panoramavenster zag Pino scheepjes, zo klein als speelgoed, zigzaggen in de baai.

Professor Lattanza keerde terug met de limonade.

‘U weet waarom ik hier ben,’ zei Pino. ‘U bent toch de scriptiebegeleider van Teresa Steiner?’

Lattanza sloot zijn ogen en drukte ertegen met zijn vingers. ‘Teresa Steiner was een opwindende studente. Ze werkte aan een monografie over de straatkapellen in de omgeving. Ze wilde alles weten over de geschiedenis van Napels. Aangezien ik een expert ben, nou ja…’

Pino pakte de foto’s uit zijn tas. Twee ervan overhandigde hij aan Lattanza.

Professor Lattanza zette zijn glas neer. Hij keek naar de ene, toen naar de andere. ‘Mijn god, de foto’s, ja, natuurlijk. Je zou meteen het ergste denken. Maar geloof me, we waren niet meer intiem met elkaar. Teresa ging kort met verlof nadat er bij haar moeder kanker was geconstateerd. Toen ze terugkwam glimlachte ze nauwelijks meer. Voor die tijd was ze een ongelofelijk vrolijk meisje. Ze veranderde ook het onderwerp van haar scriptie. Ik had het gevoel dat iemand anders haar begeleidde en hielp met haar project. Ze nam mij niet langer in vertrouwen. Ze is’ – hij haalde diep adem – ‘ze wás zo’n prachtige vrouw.’

‘Was u gisteravond thuis?’

‘Ben ik een verdachte?’

‘Routinevraag. Iedereen die haar heeft gekend zal worden ondervraagd.’

‘Jazeker, ik was hier. Ik heb tot laat gewerkt, maar dat is normaal. Marissa kan dat bevestigen.’

‘Alleen uw echtgenote? Niemand anders?’

‘Dat vind ik een belediging.’

‘Wederom, alleen routine.’

‘Natuurlijk. U moet het mij maar niet kwalijk nemen. Het is schokkend nieuws. Ik kan me voor een ouder niets vreselijkers voorstellen. Als ik iets kan doen…’

‘We hebben zo snel mogelijk een verklaring nodig. Als u langs zou willen komen? Het liefst later vandaag of morgen.'

'Zeker.'

Fijn om rijk te zijn, dacht Pino, die weer op zijn fiets zat en heuvelafwaarts langs grote elegante huizen reed. Hij week uit voor een dikke goudkleurige rups die centimeter voor centimeter de straat overstak. Als het wezentje nog zo'n drie meter wist te overleven, zou het misschien eindigen als vlinder en voor de rest van zijn korte leven te midden van de rozen dansen in de *Orto Botanico.*

Hij hoefde niet te trappen tot hij de kasseien langs de waterkant bereikte. Een oceaanboot dreef de haven uit, de hoorn brulde. Een melancholische afscheidsklank. Hij sloot zijn ogen. Een moment lang werd hij één met de wind, de godinnen en de zee.

'Campesino!' riep een bestuurder naar hem vanuit het raam van een Mercedes.

'Kijk uit je doppen!' snerpte de luide stem van een vrouw in zijn oor, terwijl ze voorbij racete in een cabriolet. Ze had een nijdig gezicht en zwaaide naar hem met haar knokige arm. *'Bastardo!'* schreeuwde ze, alvorens gas te geven.

Godinnen zijn ook niet meer wat ze geweest zijn, dacht Pino, en hij zette koers naar het bureau van de carabinieri.

Op het Piazza Borsa genoten studenten van de zon op hun gezicht. Een aantal van hen zat te lezen. Jongens en meisjes in spijkerbroek, een slobberig T-shirt en met een rugzak; een paar meisjes in korte truitjes, hun mooie strakke buik ontbloot. Was ze zelf ooit zo jong geweest?

Natalia bereikte het Quartiere Porto en vervolgens Largo San Giovanni Maggiore. Daar bevond zich de Bar Université, waar ze talloze gelukkige uren had doorgebracht met dagdromen en in haar studieboeken lezen. Aan de overkant lag boekhandel Libreria Dante & Descartes, nog een favoriete bestemming waar menige middag verloren was gegaan met rondsnuffelen. Vandaag stonden er voor de boekwinkel minstens vijftig zilveren scooters – dit jaar de populaire kleur – op een kluitje bijeen. Ze was de schoonheid van de Capella dei Pappacoda vergeten, de kleine kapel tegenover de school, met de gotische marmeren portiek en gehavende deur.

Een monnik haastte zich naar buiten. Zijn zware bruine pij moest oncomfortabel zijn in deze hitte, maar zijn enig zichtbare knieval voor zulke aardse beslommeringen was dat hij blootsvoets op sandalen liep, in plaats van op het traditionele zware schoeisel. Het koord om zijn middel slingerde in het voorbijgaan heen en weer.

Op het voorplein hing een sterke geur van marihuana. Er waren hier enkele auto's geparkeerd, maar vooral veel fietsen. Er was weinig veranderd. Dezelfde aftandse prikborden en kale stenen trap, een brede balustrade, de leslokalen toegankelijk vanaf de binnenplaats, uitkijkend over een paar verwaarloosde planten.

Er liep een professor voorbij – een oudere gezette heer in een linnen pak en met een grijze strohoed op. Hij hield een aktetas, tot de rand toe gevuld met boeken en vergeelde paperassen, onder zijn arm geklemd. Hoe vaak had hij wel niet dezelfde lezing gegeven? Hij had vermoedelijk al gedoceerd toen Natalia nog studente was, hoewel ze hem niet herkende.

In haar eerste jaar aan de universiteit was Natalia een van de honderden studenten die het armoedig grijswitte stenen gebouw in stroomden. Haar studie verliep goed; het eerste jaar won haar scriptie over de vrouwelijke kerkelijke iconografie een prijs en in haar tweede jaar werd ze vereerd met een uitnodiging voor een conferentie in Rome. Ze was slechts één keer eerder in Rome geweest, op haar dertiende tijdens een religieuze pelgrimstocht met de nonnen. Toen haar professor haar vertelde dat ze naar de conferentie ging, maakte haar moeder een speciale outfit voor haar. Ze had er in geen jaren aan gedacht: een citroengele jurk met een strak lijfje en een wijde rok. Haar moeder had een bijbehorend jasje gemaakt. Ze vonden zelfs bijpassende schoenen. Daarna had ze de jurk nooit meer gedragen. Natalia voelde een steek van onrust toen ze voor het eerst sinds jaren de plaats betrad waar ze haar schande had ondergaan. Ze liep met een onprettig gevoel door de marmeren hal, tot ze weer aan Teresa Steiner dacht.

Ze liep de lift voorbij en ging naar de trap. Een groepje studenten discussieerde over de nieuwste film van Almodóvar: 'Hoe bedoel je, homoseksueel thema? Zoiets bestaat niet!'

Misschien was er toch vooruitgang geboekt. Deze discussie zou in haar studententijd onvoorstelbaar zijn geweest. Ze beklom de trap naar de tweede verdieping. Aan het eind van de gang was de Titiaan-poster iets verder verbleekt dan toen ze hem voor het laatst had gezien. De Olivetti-typemachine was vervangen door een computer. Op de vensterbank stond nog dezelfde cactus met de bedrieglijk zacht uitziende haartjes.

'*Buongiorno.*' Een vrouw keek op van een stapel papieren.

'*Buongiorno, signora,*' zei Natalia, die haar legitimatiebewijs omhooghield. 'Is professor Massone in haar kantoor?'

De rode lippenstift was uitgelopen in de groefjes rond de mond en haar gezicht had wat meer rimpels gekregen, maar het was dezelfde afdelingssecretaresse. Als vroom katholiek begon ze haar meeste zinnen met 'Als God het wenst'. Of was het 'Als God het wil'? Ze droeg nog altijd haar kenmerkende hoge hakken. Toen ze opstond trokken de scheve naden van haar kousen de aandacht naar haar smalle kuiten.

Op de dag dat Natalia's proefschrift werd geweigerd, had de secretaresse de snikkende Natalia meegenomen naar een leeg kantoor, koffie gehaald en bij haar gezeten tot haar vriendin Mariel arriveerde.

Professor Massone las een tijdschrift toen Natalia werd binnengelaten.

'Sorry dat ik u stoor,' zei Natalia. 'Ik ben hier vanwege Teresa Steiner.'

Professor Masone stond op. 'Kom verder.' Ze stak uitnodigend haar hand uit. 'Ga alstublieft zitten. Vreselijk. Ik kan het niet geloven. Ze was officieel niet mijn student, maar ze kwam naar mij toe om over haar onderzoek te vertellen. Ze wilde niet dat haar scriptiebegeleider het wist. Het merendeel van de mannelijke faculteitsleden staat afkerig tegenover het idee van feministische studies. Ik zit in het vijandelijke kamp.'

'Wilt u dat nader toelichten?'

'Ze voelde zich ontzettend alleen. Ze had zojuist te horen gekregen dat haar moeder kanker had. Haar moeder reageerde goed op de behandeling, maar de prognose was niet best. Ze had een tijdje vrij genomen en kwam met een idee over onze straatkapellen, dat ze symbool stonden voor het vrouwelijke.'

'Het vrouwelijke?'

'Ja, ze zijn oorspronkelijk door mannen opgericht, maar de iconografie is vrouwelijk en sinds het eerste begin waren vrouwen de hoedsters van de kapellen. Haar onderzoek was baanbrekend. Ze zou een academische beroemdheid zijn geworden. Ze was iets op het spoor. Wij Napolitanen beschouwen de kapellen als vanzelfsprekend. Ze vallen ons eigenlijk niet meer op. Teresa was... Hoe kan ik dat goed verwoorden? Ze wilde niets weten van de compromissen die we soms moeten sluiten naarmate we ouder worden. U weet beter dan ik dat de camorra bij de kapellen betrokken is. Als je bedenkt dat er duizenden kapellen bestaan, besef je hoe lucratief ze zijn. Voor de vrouwen die voor het onderhoud zorgen, is het in ieder geval een manier om hun armoede te verlichten, hun gezin te voeden, misschien een bankrekening te openen. Er ging geen dag voorbij of mijn moeder gooide wel een paar muntjes in de kapel bij ons in de straat.'

'Mijn moeder ook,' zei Natalia. 'Wij vermoeden dat juffrouw Steiner collectegeld ophaalde voor Gambini.'

'Weet u, ik vreesde al zoiets. Ik probeerde haar te waarschuwen zonder in details te treden, maar haar bevlogenheid was zo prachtig om te zien en dan wil je haar niet kortwieken. Wat ze ook deed, ze wist dat professor Lattanza het niet eens zou zijn met haar besluit om een scriptie over de kapellen te schrijven. Hij is geen gangster, begrijp me niet verkeerd; hij is een snob.'

'En haar minnaar?'

'Ja. Tot overmaat van ramp. Maar dat is u bekend.' Ze maakte een vuist en strekte toen haar vingers. 'Teresa Steiner was een van de interessantste studenten die we in lange tijd hebben gehad. Gaat het?'

'Misschien een glaasje water.'

Professor Massone opende een lade en haalde een flesje Pellegrino en een glas tevoorschijn.

'Hier. Komt vast door de hitte.'

'Ik denk het,' zei Natalia. 'Bedankt.'

Teresa Steiners scriptiebegeleider en die van haarzelf, vele jaren terug, waren een en dezelfde man. Ook Natalia had haar doctoraat bijna afgerond, totdat dezelfde dr. Marco Lattanza zich aan haar opdrong toen ze alleen in een lift stonden tijdens de conferentie die ze in Rome bijwoonden. Ze duwde hem weg, weigerde met hem naar bed te gaan. Een maand later krabbelde hij met bloedrode inkt *Onverdedigbaar* op de zwart-witte titelpagina van haar scriptie.

Ze was te beschaamd om haar ouders te vertellen wat er was gebeurd en woonde een jaar thuis, waarin ze vrijwel niets uitvoerde. Mariel had haar uiteindelijk uit de put gehaald, haar aangemoedigd bij het korps te gaan.

'Beter?' vroeg professor Massone.

'Veel beter. Dank u.'

'Ik zou Teresa's scriptie graag willen publiceren, postuum, als een eerbetoon aan haar.'

'Kunt u mij verder nog iets over haar vertellen?'

'Ze was een aardig meisje. Beleefd. Ambitieus. Als ze niet van het leven was beroofd, zou ze veel aandacht hebben afgedwongen.'

'Ambitieus genoeg om dr. Lattanza te gebruiken voor haar eigen carrière?'

'Moeilijk te zeggen. Ik had het gevoel dat ze uit een arme familie kwam. Ik zag haar nooit in een spijkerbroek. Altijd een rok of jurk. Kleurrijk, maar van goedkope makelij. We hebben – hadden – ongeveer dezelfde maat. Zij was slanker, maar we kwamen voldoende overeen. Ik had nog wat kleding van Prada waar ik niet langer in paste. Ik wilde haar niet beledigen, maar waagde het erop. Achteraf had ik me geen zorgen hoeven maken. Ze was als een kind zo blij. Ze rende rond het bureau om me te kussen... O, god!'

'Het spijt me,' zei Natalia.

'Nee, geeft niet. We moeten te weten komen wie haar heeft vermoord,' sprak professor Massone vastberaden. 'Met u op de zaak heb ik er alle vertrouwen in. Dan wordt het niet "vergeten", zoals zo vaak voorkomt wanneer een vrouw het slachtoffer is. Maar wilt u mij nu excuseren? Ik heb over drie kwartier een college en ik heb mijn notities nog niet eens doorgekeken.'

'Natuurlijk. Wat Teresa's scriptie betreft, daar ben ik wel nieuwsgierig naar.'

'Professor Lattanza zal een publicatie niet faciliteren, dat kan ik u verzekeren. Maar als ik iets wil, kan ik koppig zijn.'

'Zou jaloezie op haar onderzoek hem razend genoeg maken om iemand te vermoorden, denkt u?'

Professor Massone lachte. 'Als academische afgunst moord

tot gevolg heeft, zouden de gangen hier bezaaid liggen met lijken. Ik ben niet verzot op die man, maar moord...'

'Dat was dr. Francesca,' zei Pino tegen zijn partner, die net kwam binnenlopen toen hij de telefoon neerlegde. 'Ze heeft het tijdstip van overlijden vastgesteld: tussen drie en vier uur 's nachts.'

'Je gaat dit niet geloven,' zei Natalia. 'Teresa Steiners scriptiebegeleider was professor Lattanza.'

'Weet ik. Wat is daarmee?'

'Meneer de Adviseur, degene over wie ik je heb verteld...'

'Jezus. Hij komt langs om een verklaring te ondertekenen. Misschien wil je dan liever niet aanwezig zijn.'

'Ik zou het niet willen missen, maar nee, ik wil niet dat hij me ziet.'

De telefoon ging. Pino nam op. 'Ja, perfect,' zei hij en hij hing op. 'Als je het over de duivel hebt...'

De professor verscheen een uur later. Pino nam hem mee naar een verhoorkamer. Natalia stond achter de doorkijkspiegel. Ze had hem al tien jaar niet gezien. Lattanza's haar was nu grotendeels grijs, maar hij was even mager als altijd. Hij stond waarschijnlijk nog steeds om vijf uur op om de paar kilometer vanaf zijn huis in Posillipo naar de universiteit te joggen. En naaide de zakken van zijn pakken en tweedjasjes dicht. Om lelijke bobbels in zijn kleding te vermijden en zeker te zijn van het figuur dat hij sloeg.

Vandaag droeg hij een oranje zijden stropdas en een lavendelblauw overhemd. Gedurfd, dat moest je hem nageven. Hij liep nog steeds te koop met zijn patserige kleding. En hij flikte nog steeds dezelfde kunstjes. Wacht maar tot ik het Mariel vertel, dacht ze.

De kraag van zijn overhemd stond rechtop. Het was een warme dag, maar hij had zich voorbereid op zeer koele airconditioning.

‘Professor,’ begon Pino, die op de stoel tegenover hem ging zitten. ‘Hopelijk hebt u er geen bezwaar tegen als ik u een aantal vragen stel.’

‘Niet in het minst.’ Ondanks de airconditioning zat hij plotseling te zweten.

‘Teresa Steiners hospita vertelde dat Teresa haar vroeg of ze een hond mocht houden. Teresa zei dat ze hem in Pompeii had gevonden, dat ze wilde dat u hem meenam. Ze was boos omdat u dat weigerde. Ze vertelde signora Santini dat ze u niet meer wilde zien. Haar hospita vond het goed dat de hond een nachtje bleef, maar wilde er niet nog een in het appartement, omdat haar eigen hond vrij oud is.’

‘De zwerver die we in Pompeii vonden. Het was een schurftig scharminkel, dat is één. En twee, hoe had ik dat aan mijn echtgenote moeten uitleggen? Teresa was furieus. Ze nam de hond mee en liet mij op het station achter. Ik hoorde dat ze een vrouw vond die hem in huis nam. Ze kwam niet meer naar colleges en ze weigerde mijn telefoontjes. Dit klinkt afgezaagd, maar ik miste haar. Hoe zal ik het zeggen… Ik was… Ik bén eigenlijk een eenzaam man. Ik ging zelfs langs bij die dame, signora Lucci, en probeerde de hond terug te kopen.’

‘Als u geen enkel contact had met Teresa, hoe wist u dan wat er met de hond was gebeurd?’

‘Studenten kletsen.’

‘Wisten de andere studenten van uw verhouding met Teresa?’

‘Weet ik niet.’

‘Het kon u niet schelen of mensen het wisten?’

‘Het is niet dat het me niets kon schelen. Ik kon gewoon niet zonder haar. Hebt u dat gevoel nooit gehad?’

‘We hebben de persoon opgespoord die een schaal water bij het lichaam achterliet om de kwade geesten af te weren.’

Hij hief zijn ogen ten hemel. ‘Ach, ja. Het boze oog.’

‘We hebben ook iemand die mogelijk de moordenaar heeft gezien.’

‘Wie dan wel?’

‘Het staat ons niet vrij dat soort informatie mede te delen. Hebt u Teresa Steiner nog ontmoet nadat ze het met u uitmaakte?’

‘Nee. Ik bood aan om haar begeleider te blijven, maar ze weigerde.’

‘Dat zat u niet dwars?’

‘Het brak mijn hart, maar ik wilde alleen het beste voor haar.’

‘Uw echtgenote zal vast blij zijn om dat te horen.’

‘Marissa is een volwassen vrouw. Ze begrijpt dat ik soms de behoefte heb om het buiten de deur te zoeken. Als u het echt wilt weten, het was Teresa die erop aandrong dat we geliefden werden, niet ik.’

‘U was verliefd op Teresa Steiner. En toen ze het uitmaakte hebt u haar bedreigd.’

‘Dat is belachelijk. Nee. U verdoet uw tijd. Ze ging met iemand anders om – na mij.’

‘Hoe weet u dat?’

‘Dat heeft ze mij min of meer verteld.’

‘U liegt.’

‘Ik probeer u te helpen. Laat me schoon schip maken. Een bekentenis doen, zo u wilt. Ze brak mijn hart; een klein barstje, meer niet. Ik was geobsedeerd, een week lang, misschien twee. Ze wilde mijn telefoontjes niet aannemen. Ik was het niet gewend om te worden afgewezen. Maar als mannen onder elkaar: geen hand vol maar een land vol, waar of niet?’

‘Een land vol?’

‘Met meisjes. Vrouwen, als u “politiek correct” wilt zijn.’

‘Ik beweer dat u Teresa Steiner niet kon vergeten. Dat u haar volgde, tot en met de nacht waarin ze het leven liet. U hebt haar vermoord.’

'Absurd. De week voordat ze werd vermoord, heb ik haar een keer gevolgd, dat is alles. Ze liep tussen de middag voor mij de universiteit uit. Ik herinner me dat het maandag was en ik had net mijn eerste examen van het semester gegeven. Ze ontmoette een man voor de Cappella Sansevero. Ze glipten de steeg in en zoenden. Ik deed alsof ik belangstellend keek naar het antiek in de etalage van het winkeltje aan de overkant van de straat. Maar ze zouden mij niet eens hebben opgemerkt als ik pal langs hen heen was gelopen. Ik wachtte en ze gingen samen naar binnen. Voor zover ik weet hebben alleen geestelijken de sleutel wanneer de kapel is gesloten, zoals doordeweeks meestal het geval is. Maar blijkbaar heb ik me daarin vergist. Toen de deur op een kier bleef staan, dacht ik erover achter hen aan te gaan, maar de kapel is klein en dat zou te veel zijn opgevallen.

'Maar ik was nieuwsgierig, dus wachtte ik. Ik vroeg me af of ze het met een van mijn collega's had aangelegd. Maar ze kwam in haar eentje naar buiten. Ik wilde haar aanspreken, maar ze stormde weg. Ik wist dat ze interesse had in Sansevero. Sterker nog, ik zou er zelf met haar naartoe gaan, voordat ze het uitmaakte. Eerlijk gezegd verbaasde het me dat ze geïnteresseerd was. Het Christusbeeld van Sanmartino is natuurlijk magnifiek. Maar die lugubere reproducties van bloedvaten in die anatomische modellen, en dat twee bedienden mogelijk zijn vermoord om ze te vervaardigen... Barbaars! Ik dacht dat ze meer klasse had. Ze was van huis uit katholiek, maar ging niet naar de kerk. Dat maakte haar vermoedelijk nog nieuwsgieriger. U weet hoe dat gaat.

'Nadat haar moeder overleed, zei ze dat ze God haatte. Alsof God een magisch wezen was dat onze wensen in vervulling kon laten gaan. Ze was in sommige opzichten een kind. Een prachtig, verloren kind. Je wilde haar tegen de wereld beschermen. Alsof ze geen kwaad of gevaar kon herkennen, zelfs niet als het haar recht in het gezicht staarde.'

'En dat gevaar was u niet?'

'Nauwelijks.'

'Zou u hem kunnen identificeren, de man die bij haar was?'

'Ik stond te ver weg om hem echt goed te zien, maar hij had ongeveer mijn lengte en bouw. Ik zou zeggen dat hij rond mijn leeftijd was.'

'Komt u dat even goed uit.'

'U mag er voor mijn part een leugendetector bij halen.'

'Tot de zaak is opgelost, staat u onder verdenking.'

'Dit is echt zonde van de tijd. Ik word verwacht op de universiteit. Ik heb vanavond een college.'

Pino stond op. 'We zullen u moeten vragen uw paspoort in te leveren, dr. Lattanza.'

'U maakt een grapje.'

'Onder de omstandigheden mag u van geluk spreken dat het daarbij blijft.'

'U bent jong, sergeant Loriano, en weet misschien nog niet hoe de dingen werken in Napels.'

'Is dat een dreigement?'

'Hoe zou ik ú kunnen bedreigen? Een carabiniere, een gerechtsdienaar? Ik ben maar een eenvoudig professortje aan de universiteit.'

'U kunt het paspoort beneden afgeven bij de man achter de balie, binnen drie uur.'

Natalia zag hem het transcript en proces-verbaal doorlezen, en daarna allebei ondertekenen.

'Bedankt dat u bent gekomen,' zei Pino. 'U hoort nog van ons.'

Terwijl Lattanza's voetstappen wegstierven over het linoleum in de gang, kwam Pino naar Natalia in de observatieruimte. 'Alles goed?'

'Geloof je hem? Over die andere man?'

'Misschien vertelt hij de waarheid.'

'Die leugenaar?' zei Natalia. 'Stel dat het zo is, wat ik betwijfel, dan zou alleen een hooggeplaatst iemand beschikken over een sleutel tot de kapel. Een stadsfunctionaris, of een priester. Niet dat ik Lattanza's verhaal ook maar een seconde geloof.'

'Tenzij iemand zijn sleutel heeft uitgeleend.'

'Onwaarschijnlijk. Sansevero is naar de top van de monumentenlijst gestegen, die de burgemeester vorig jaar heeft opgesteld om de aandacht van haar slechte peilingen af te leiden. Dat heb ik onthouden, omdat de brandweer een gerechtelijk bevel moest aanvragen om binnen te komen. Die heisa heeft haar populariteit geen goed gedaan. Hoe haal je het in je hoofd?' Ze knikte. 'Ik hoop dat hij het heeft gedaan, de klootzak.'

Natalia wachtte bij de voordeur van professor Lattanza's appartement. Ze zou zweren dat de vrouw die opendeed pas had gehuild, maar haar make-up zag er fris uit en ze probeerde vriendelijk te glimlachen.

'Ja?'

Ook al was ze in uniform, toch klapte Natalia haar legitimatiemapje open.

'Mijn echtgenoot is er niet.'

Natalia knikte, wetende dat hij onderweg was naar de universiteit om een vier uur durend college te geven.

'Ik ben kapitein Monte. Mag ik dan met u spreken, als u dat niet erg vindt?'

'Natuurlijk. Kom binnen.'

Natalia zweette van de wandeling heuvelopwaarts. Haar uniformbroek werd bij haar middel opgehouden door een veiligheidsspeld onder haar jasje. Ze voelde zich verre van elegant. Anderzijds, vergeleken bij Marissa Lattanza, met haar kokerrok, getailleerde blouse en hoge hakken, maakten de meeste vrouwelijke stervelingen een verslonsde indruk.

'Een glaasje water, kapitein?' vroeg madame Lattanza.

'Graag, dank u.'

Natalia luisterde naar de zich verwijderende voetstappen. Leuk als je zo'n groot huis kunt betalen. Het salaris van een carabiniere was geen vetpot, maar zelfs zij kon zich af en toe verse bloemen veroorloven.

Marissa keerde terug met twee zwarte glazen en gele onderzetters, die ze op het glazen blad van de salontafel legde. Natalia dronk wat en plaatste toen haar glas zorgvuldig op de onderzetter. Ze haalde een notitieboekje tevoorschijn. 'Volgens mijn partner, sergeant Loriano, zei u dat uw echtgenoot afgelopen donderdag thuis was, op de avond dat Teresa Steiner is vermoord. Klopt dat?'

'Ja.'

'Hij is niet meer de deur uit gegaan?'

'Niet dat ik weet.'

'We hebben een getuige die hem na elf uur 's avonds op de Via dei Tribunali heeft gezien.'

'Dat liegen ze dan.'

'Weet u dat zeker, signora Lattanza? Dit zou belangrijk kunnen zijn. Er is een jonge vrouw om het leven gekomen.'

'Weet ik. Ja, het is vreselijk,' gaf ze toe. 'Maar mensen gaan dood. Dit is immers Napels.'

'Wist u dat uw echtgenoot een verhouding had met Teresa Steiner? Met haar naar bed ging? Dat hij serieus in haar geïnteresseerd was?'

'Dát betwijfel ik ten zeerste. Als je op de universiteit werkt, is het een risico van het vak. Al die jonge meisjes. Ze betekenden niets voor hem.'

'Hij nam haar mee op vakantie naar Procida. We hebben van diverse bronnen gehoord dat hij erg met haar was ingenomen.'

Ze zei niets, terwijl ze haar perfecte kapsel gladstreek.

'Signora Lattanza.'

'Ruttola. Signora Ruttola. Ik heb mijn eigen naam gehouden.'

Een opening, dacht Natalia. 'Dat is prijzenswaardig, dat u uw eigen naam hebt gehouden. U hebt uw eigen carrière, begrijp ik.'

Marissa Ruttola verschikte een van haar diamanten oorbellen.

'Ja, ik ben architect, zoals u ongetwijfeld al weet. Als dat alles is... Ik heb over een halfuur een bespreking met een klant.'

'Bedankt voor uw tijd.' Natalia stopte haar notitieboekje in haar tas. 'Mooie bloemen,' merkte ze op toen ze opstond.

'Ja,' zei Marissa Ruttola. 'We hebben elke week andere bloemen. Marco – mijn echtgenoot – kiest ze uit. Het is altijd een mooie verrassing.'

'Signora Ruttola, ik vind dat ik het u moet vertellen. Ik was jaren geleden een studente van uw echtgenoot. Hij maakte avances en ik ging er niet op in. Hij zorgde ervoor dat ik van de universiteit werd getrapt.'

Signora Ruttola zweeg even. Toen: 'Vindt u zichzelf dan niet ongeschikt om zijn gangen na te pluizen?'

'Vind ik ook. Dat deel van het onderzoek laat ik aan een collega over.'

Ruttola gooide haar haar naar achteren. 'Goed. Laten we ophouden met de beleefdheden. Mijn echtgenoot was geobsedeerd door dat meisje. Er waren altijd jonge meisjes, zoals u zich kunt voorstellen, maar dit was anders. De week voordat Teresa Steiner werd vermoord, vertelde Marco dat hij ons wilde verlaten om met haar samen te wonen. Ik kon hem op dat moment wel vermoorden. Als we geen kinderen hadden gehad, zou ik het waarschijnlijk nog gedaan hebben ook. Ik vond Teresa Steiners telefoonnummer. Ik belde haar en sprak met haar af om te gaan lunchen.'

'Jullie hebben elkaar ontmoet?'

'Ja. Ze bleef er opvallend rustig onder. Verrassend beschaafd. Droeg een Prada-outfit waarvoor ik de rekening had gevonden tussen de creditcardafschriften van mijn echtgenoot.' Signora Ruttola wuifde een gedachte weg en ging verder. 'Het was ironisch. Ze zei dat Marco mij wilde verlaten om bij haar te zijn. In werkelijkheid had ze het uitgemaakt met hem. Ze vertelde dat hij meer een experiment was.'

'Een experiment?'

'Ja. Ze zei dat hij tegen haar had gezegd dat ik het niet erg vond als hij een affaire had. Ze verontschuldigde zich. Hoe kon ik haar haten? Ze vertelde me over de kanker van haar moeder en over Gambini. Ze was heel openhartig. Ze zei dat ze niet graag geld weghaalde bij de kapellen, maar ze haatte de Kerk evenveel als de maffia. Als mensen dachten dat hun gebeden verhoord werden, dan maakte het niet uit waar het geld heen ging. Het enige wat ertoe deed was hun geloof.' Signora Ruttola gebaarde naar een foto in een grijs lijstje. 'Ze deed me denken aan mijn dochter. Die jonge vrouwen zien het leven als een soort kledingstuk, iets om even te proberen, maar niet om te blijven dragen.'

Ze vestigde een strakke blik op Natalia, schijnbaar weifelend om haar een vraag te stellen. Wat ze uiteindelijk toch deed.

'Vertel, kapitein. Denkt u dat hij haar van het leven heeft beroofd voordat ze haar volgende geliefde kon uitproberen?'

5

Pino fietste in burgerkleding over de Via Toledo, stapte af en liep met zijn rijwiel een straatje in, waar een paar mannen op een omgekeerde kist zaten te kaarten. Zoals de meeste mannen hier in de buurt zouden ze hem net zo lief de keel doorsnijden als hem aankijken. Gelukkig werden ze geheel in beslag genomen door de kaarten die ze in hun handen hadden.

Napels ontwaakte. Zondaars en Zaligen bijeen in dezelfde straten. Pino dacht aan het oude gezegde: *Il mare non bagnà Napoli*. De zee reinigt Napels niet.

De steeg was zo smal dat er nauwelijks ruimte overbleef om de was op te hangen. Een paar vrouwen hadden droogrekken voor hun deur gezet. Het ondergoed van een baby was gerangschikt naar kleur, sokjes netjes twee aan twee. Een vrouw in een huisjapon rinkelde met een pot in haar keuken op de begane grond, zichtbaar vanaf de straat. Pino deed zijn best om niet in haar krappe kamers te staren, hoewel dat niet meeviel.

Hij stak de Via Casarti over en drong voorbij een groepje voetballende jongens. Een van hen mompelde iets wat bedoeld was voor Pino. De gouden ketting en crucifix van de jongen, opzichtig op zijn gescheurde T-shirt, deden Pino denken aan Totò Riina, een jeugdige crimineel die een elfjarige had ontvoerd, de zoon van een rivaliserende bende. Ze hielden de jongen twee jaar vast in de bergen. De politie noch de carabinieri pakten de zaak serieus op. Ten slotte wurgde Totò het kind.

De kleine branieschopper botste tegen Pino aan en zei iets wat hij door het geroep van de voetballers niet kon verstaan.

'Wat zei je?' vroeg Pino. 'Dat verstond ik niet.'

'Ik zei: kom niet aan de bal of ik kom aan jou.' Hij grijnsde. Om zijn donkere glanzende krullen, vettig van de stylinggel en vochtig van het zweet, zat een bandana geknoopt. Hij was misschien twaalf. Hoogstwaarschijnlijk ingehuurd om drugs rond te brengen. Hij draaide zich om en liep met veel vertoon terug naar zijn vrienden.

Voor Pino tekende de toekomst van de jongen zich duidelijk af, net zo scherp als de Tiber Rome in tweeën sneed. Op zijn veertiende zou hij van school gaan. Zich aansluiten bij de camorra om eerst zijn loyaliteit te bewijzen met kleine misdrijven waarbij weinig op het spel stond. Het doorlopen van alle stappen werd even serieus opgevat als wanneer je zou toetreden tot het priesterschap. Hij zou beginnen onder de *picciotti*, als nieuwkomer drie jaar lang de Zaak dienen, tot hij de titel *picciotto d'onore* had verworven. Dan volgde de formele inwijding. De nieuweling opende een ader met een dolk, doopte zijn hand in het bloed en zwoer ten overstaan van de aanwezigen om hun geheimen te bewaren en hun bevelen uit te voeren. Daarna stak hij de dolk in de tafel, pakte een pistool en spande die. Met de andere hand hief hij een glas met vergiftigd water naar zijn lippen, daarmee zijn bereidheid tonend om te sterven voor de organisatie. Hij knielde voor de dolk. Een baas legde zijn rechterhand op het hoofd van de smekeling, nam het pistool in zijn linkerhand en vuurde het af. Daarna smeet hij het glas met vergif kapot en sloot hun nieuwe lid in de armen.

Pino negeerde het brutale joch. Vroeger of later zou hij hem weer tegenkomen. Op zijn bureau. In het mortuarium. Het pad van de camorra was eeuwenoud, ouder dan dat van de maffia, terugvoerend naar de meedogenloze Spaanse heerschappij over Napels die aanleiding had gegeven tot de opkomst van de organisatie. Praten met deze jongen zou zonde van de tijd zijn, hoezeer hij het ook had willen proberen. Bovendien werd hij over een uur op het hoofdbureau verwacht en moest hij nog snel zijn haar laten knippen, voordat kolonel Donati hem weer een preek kon geven over fatsoenlijk voor de dag komen.

Pino liep door met zijn fiets. De voetbal schampte zijn kuit, ketste van de muur en stuiterde terug naar hem. Hij schopte de bal naar het onderdeurtje van de bende en werd voor zijn moeite beloond met gejoel. Ze maakten obscene gebaren achter zijn rug. Hij sprong op het zadel en fietste weg. Een paar straten verder, op het voetpad voor Salvatores kapperszaak, hingen jongens op *motorini* rond. Sommigen van hen waren ongetwijfeld gevaarlijker dan de bende die hij zojuist achter zich had gelaten. Maar deze goedgeklede gangsters van in de twintig en dertig hadden tenminste een vernislaagje van beschaving aangenomen. Heren met alle tijd van de wereld. In tegenstelling tot Rome, waar ze allemaal met een mobieltje tegen hun oor zouden hebben gestaan, waren ze werkelijk met elkaar in gesprek. Pino wist bijna zeker dat Salvatore elke maand iets betaalde zodat zijn ruiten heel zouden blijven.

De magere straatboef met het rode zijden overhemd, die Pino in het oog hield en zich beleefd voordeed, was ooit een schattig engeltje geweest met grote ogen en bolle wangen, overstelpt door kusjes en aandacht van bewonderende vrouwen – zijn *nonna*, mama, oudere zussen, tantes en nichten. Maar je moest een prijs betalen. Geen zwakte. Geen tranen.

Een enkeling had het geluk om aan zijn familie te ontsnappen door priester te worden. Anderen werden straatveger of tafelbediende. Weer anderen hingen als tijdelijke krachten rond bij louche nachtclubs, in de hoop een klusje mee te pikken – een uitstaande schuld innen of een rivaliserend bendelid in elkaar rossen. Sommigen werkten als loopjongen voor een baas en slenterden naar de buurtwinkel om sigaretten en een loterijbriefje te kopen. Geluksgetallen verschenen in dromen.

Toen Pino de kapperszaak binnen liep, zag hij zijn reflectie in een spiegel. Hij was toch zeker niet die vermoeid uitziende ziel met die neerhangende schouders? Hij rechtte zijn rug en haalde diep adem. De stoel was vrij. Zonder conversatie knipte Salvatore het haar van Pino in model en trimde diens bakkebaarden, zoals hij al had gedaan sinds Pino Loriano's twaalfde verjaardag. In de kortst mogelijke tijd legde Salvatore de laatste hand aan de knipbeurt en scheerde hij de haren in Pino's nek, strooide er talkpoeder over en borstelde het poeder daarna weg met de zachte kwast – Pino's favoriete onderdeel van de hele behandeling, hoewel hij dat nooit openlijk zou toegeven.

'Pino.' De kapper leek bezorgd.

'Ja.'

'Er wordt gekletst,' zei hij en hij boog zich naar Pino's oor, 'over jou en kapitein Monte.' Hij legde een hand op Pino's schouder. 'Ik wil dat jij en Natalia voorzichtig zijn.'

'Honger?' vroeg Mariel aan Natalia toen ze voor hun lievelingscafé gingen zitten om te ontbijten.

Eugenio bracht zoals gebruikelijk een mandje brood en ging terug om hun koffie te halen. Eugenio was een jeugdvriend en behandelde hen dienovereenkomstig.

Een jonge vrouw met een zwarte paardenstaart liep voorbij, haar piepkleine slipje duidelijk zichtbaar door haar dunne witte rok.

Mariel trok een gezicht. 'Wat is dat toch met die rokjes waar je doorheen kunt kijken? Mijn moeder zou me hebben vermoord als ik ooit zoiets had gedragen.'

'Die van mij ook.'

Twee meisjes in korte rokjes huppelden langs, de armen om elkaar heen.

'Schattig,' zei Mariel.

Natalia lachte. 'Weet je nog? De visnetkousen?'

'Natuurlijk.'

Ze hadden ze op de lagere school onder hun schooluniform gedragen. Natalia werd gesnapt. Mariel wachtte trouw op haar, terwijl Natalia haar weesgegroetjes zei en de stoep van de pastorie schrobde. Om hun zonde te vieren, hadden Natalia en Mariel de rest van de middag in een chic café cappuccino zitten nippen.

'Je gaat dit niet geloven,' zei Natalia, die een stuk van het dikke brood beboterde.

'Wat?' vroeg Mariel. Ze reikte in de mand om er ook een puntje af te scheuren.

'Teresa Steiner, dat meisje dat is vermoord, die studeerde aan de universiteit.'

'Ja.'

'Haar scriptiebegeleider...'

'Nee!'

'Ja.'

'O god. Lattanza. Heeft hij haar vermoord?' vroeg Mariel.

'Dat weten we nog niet.'

'Zou het niet geweldig zijn als hij het heeft gedaan?'

Eugenio bracht twee koppen koffie. Sinds hun laatste bezoek had hij weer een van zijn tanden verloren. Helaas een voortand. Niemand zei er iets van toen hij de borden neerzette. Arm zijn in Napels stond gelijk aan aftakelen, leren je verliezen te accepteren. Eten was een eerste levensbehoefte, tandartsen een luxe. Ze hadden geprobeerd hem wat geld toe te stoppen voor de tandarts, maar Eugenio had zijn trots en weigerde altijd.

Twee mannen aan een tafel bij het dessertwagentje staarden naar Mariel en Natalia. Ze waren in de vijftig en droegen donkere brillen.

'Ze vinden je leuk,' plaagde Natalia haar vriendin. Mariel schopte haar onder de tafel. Bruno, een andere ober, danste voorbij, een rijmpje zingend over de *bruschetta* die hij serveerde, over het maagdelijk brood en tomatensaus rood als bloed.

'Met de complimenten van de heren,' zei Eugenio knipogend, terwijl hij een fles limoncello en twee glazen op de tafel zette.

'Wat denken ze eigenlijk, dat we toeristen zijn?' Natalia lachte. 'Bedank ze namens carabiniere kapitein Monte en haar vriendin.'

Nadat ze die boodschap hadden ontvangen, toonden de mannen zich plotseling niet meer geïnteresseerd in de vrouwen aan het tafeltje op het terras.

'Ga je je brood nog opeten?' vroeg Natalia.

Mariel schoof haar bord naar Natalia. 'Ik kan beter stoppen. Ik word te dik! Ik kon vanochtend mijn lievelingsbroek niet meer dicht krijgen.'

'Wat voor maatje is dat, zesendertig?' plaagde Natalia. 'Je raadt nooit wie ik tegen het lijf liep!' voegde ze eraan toe.

'Nick Keroci?' Mariel klapte in haar handen.

Nick Keroci was Natalia's eerste liefje geweest – zij was zeven, hij tien. Zwart glanzend haar, donkere ogen. In de zomer dat Natalia acht werd, was hij met zijn familie naar Palermo verhuisd en brak daarmee veel harten in de buurt.

'Ik heb al jaren niet meer aan hem gedacht. Zou hij nog steeds zo knap zijn?'

'Hij is ongetwijfeld een stuk,' zei Mariel. 'Nooit getrouwd en nog steeds aan het wachten tot jij een keer volwassen wordt.' Ze lepelde het schuim van haar cappuccino.

'Hoe dan ook. Het was niet Nick. Nee, ik kwam Turrido tegen. De bakker. Weet je nog? Van Vesuvio's bakkerij.'

'Natuurlijk.'

'Hij woont in een vervallen wijk bij de haven. Hij is praktisch een kluizenaar.'

'Triest,' zei Mariel. Ze depte haar lippen. 'Wil het een beetje lukken met de nieuwe zaak?'

'Het lichaam van het arme meisje lag geposeerd in het mausoleum onder de kerk.'

'Wat verschrikkelijk,' zei Mariel. 'Een religieuze gek?'

'Zou kunnen.'

'Óf jouw professor Lattanza. Ik bedoel, hij is een erkend expert op het gebied van het Koninkrijk Napels. Hij is vast goed op de hoogte van onze catacomben. Luister, ze komen over een paar minuten een bestelling afleveren bij de winkel. Bel me later, oké?'

'Doe ik,' zei Natalia en de twee vriendinnen kusten elkaar. '*Ciao!*'

Beter dan een zus, dacht Natalia, terwijl ze Mariel zag wegschrijden, haar mooie lange benen met vastberaden tred onder de witte plooirok. Mariel keek achterom en zwaaide. Toen verdween ze in de menigte.

Natalia had veel aan Mariel te danken. Nadat ze zich pas had ingeschreven voor de driejarige opleiding aan de officiersacademie van de carabinieri te Rome, had ze de door mannen gedomineerde organisatie alweer snel willen verlaten, om de pesterijen te ontlopen die de eerste vrouwelijke leden te verduren kregen. Mariel verbood het haar. 'Wat moeten ze wel niet denken, *cara*, als je het opgeeft? Dan winnen zij. Nee, dat kun je niet maken.' Ze wilde er niets van weten. Natalia had dus doorgezet, hoe moeilijk het ook was, en studeerde af als de op een na beste van haar lichting, wat beloond werd met een benoeming tot het Corazzieri-regiment, dat de president beschermde. Althans, zij regelde de logistiek, aangezien de erewacht geheel uit mannen bestond. De andere reden dat ze het had volgehouden was sergeant Pino Loriano.

Toen Natalia voor haar eerste werkdag arriveerde bij het nietszeggende maar intimiderende gebouw van zes hoog aan de Via Casanova – het Stazione dei Carabinieri – was Pino het andere groentje. Hij was al gekoppeld aan de beruchte maarschalk van de carabinieri Tommaso Cervino, beroemd om zijn aanpak van de zaak-Nicholas Green. Hoewel Cervino dik en kalend was, had hij Pino laten weten: 'Een goede playboy wordt een goede carabiniere. En een slechte playboy een slechte carabiniere.' Hij meende het in alle ernst en was buitengewoon vrouwonvriendelijk.

Toen Natalia kwam binnenlopen, had maarschalk Cervino gedreigd op te stappen. Hij was niet de enige. Er verschenen vunzige plaatjes en obscene spotprenten aan muren in het bureau en op haar kleedkastje. Achter haar rug werden opmerkingen gefluisterd en klachten ingediend over alle ongemakken die voortkwamen uit een vrouw in dienst hebben. De mannenclub sloot de gelederen. Natalia voelde zich een paria. Een paar keer ging ze in tranen naar huis.

Langzaam ging het beter. Kolonel Donati bracht Pino Loriano en Natalia Monte als partners onder bij de ROS, een speciale onderzoekseenheid, en de schunnige commentaren verstomden. Toegegeven, Natalia en Pino kregen het kleinste kantoor toegewezen, het enige zonder airconditioning en met een gammele opbergkast voor dossiers. Vanaf zijn kruis aan de wand zag Jezus hoe de handmatige typmachine werd weggesjouwd om plaats te maken voor de computer waarop Natalia had aangedrongen, en toen konden ze serieus aan de slag.

Voor hun eerste officiële ceremonie had Natalia Mariel uitgenodigd. Natalia wilde pronken met haar zwarte Armani-uniform; Mariel was behoorlijk onder de indruk en raakte niet uitgepraat over de glimmende petten en de leren riem met rode versiering. Als rechercheur in burger kwamen Natalia en Pino zelden in de gelegenheid om hun uniform te dragen, dat hun bewegingsvrijheid beperkte. De laarzen, de petten en zelfs de holsters moesten telkens gepoetst worden wanneer ze werden gedragen.

Nadat ze een maand hadden samengewerkt, bracht Pino een cadeautje voor haar mee: een boek met oude Japanse gedichten.

'Wat prachtig!' zei ze. 'Maar waar heb ik dit aan verdiend?'

Haar partner was druk bezig een stapel papieren recht te leggen. Hij bloosde. De telefoon ging voordat hij kon antwoorden. Toen hij de hoorn neerlegde, vertelde hij haar dat ze het kreeg omdat ze zich "niet liet kisten".

'In dat geval hoor ík een presentje voor jóú mee te nemen,' zei ze lachend. 'Ik had het zonder jou niet gered. Echt.'

'Onzin,' zei hij zonder haar aan te kijken. Maar het was waar.

Weldra kregen ze een kleine maffiamoordzaak in Castelnuovo. Terrein van Forchetti. Misschien was de dode man een indringer die een graantje had proberen mee te pikken. Een onderzoek bleek lastig, want niemand was bereid om te praten. Toen ze die avond thuiskwam, stond haar benedenbuurvrouw Luigina voor haar deur, in gezelschap van haar spookachtige kat.

'Je hebt het niet van mij,' zei Luigina, terwijl ze met haar handen over haar schort wreef. 'Carlo Forchetti, die hond. Hij zit bij zijn zuster. Via Villari 38.'

Het was niet de laatste keer dat Luigina haar waardevolle informatie toespeelde voordat iemand anders het kon achterhalen. De arrestatie van Forchetti en anderen zorgde ervoor dat Natalia werd bevorderd tot een rang hoger dan haar partner. Hij was de enige man in het korps bij wie de stoom niet uit de oren kwam.

De kerkklokken sloegen het uur. Natalia telde acht slagen.

Ze haalde een lippenstift tevoorschijn en maakte haar lippen rood. De burgemeester had een vergadering belegd van de adviesraad criminaliteit. Om de paar jaar, na een wel zeer bloedige week, verzamelde zich een panel van experts uit het Noorden om het misdaadprobleem in Napels te bespreken. Ze streken twee of drie dagen neer in de stad. Omringd door lijfwachten, met een waakzame glinstering in hun ogen, hun aanvalsgeweer klaar om te vuren. Ze stonden zelfs voor de restaurants waar de experts op kosten van de gemeenschap dineerden en de laatste roddels uitwisselden. Enkelen kwamen met slimme theorieën op de proppen, waarna een stuk of wat oplossingen over tafel werden geslingerd. Die zouden in een rapport terechtkomen. De burgemeester stond er altijd op om hun persoonlijk uitgeleide te doen op het treinstation. En er veranderde niets.

De ochtendbespreking zou worden bijgewoond door een allegaartje van experts. De Amerikanen waren bekend met de maffia, maar wisten weinig over de camorra, dus was Natalia gevraagd om de aanwezigen een korte uiteenzetting te geven. Ze hoopte niet dat ze op haar beurt een hele verhandeling hoefde aan te horen. Vorige keer had een academicus haar vergast op een monoloog over de samenhang tussen de armoede van de inwoners van Napels aan de ene kant en de georganiseerde criminaliteit aan de andere kant. Alsof ze dat niet al lang geleden zelf hadden bedacht.

Ze was opgetogen om te zien dat de groep uit slechts twee bezoekers bestond: een uit Berlijn en een uit Washington D.C. De kolonel introduceerde haar.

'Is de camorra actief in de VS?' wilde de agent met het vlassige haar uit Washington weten.

'Ze doken voor het eerst op in Brooklyn, New York, in de beginjaren van de twintigste eeuw, geleid door de Napolitaanse afperser Alessandro Vollero. Tegen 1916 had Vollero zich opgewerkt tot *Capo di tutti Capi*, de baas van de oostkust. Uiteindelijk gingen de camorra en de Zwarte Hand – de maffia – een machtsstrijd aan. Vollero eindigde in Sing Sing en de camorra verloor hun controle. Hier in Napels is de camorra de baas, net als de 'Ndrangheta in Calabria, in de teen van de Italiaanse laars, en de Sacra Corona Unita heeft Puglia in handen.'

De heer uit Duitsland droeg een groene bril, die hij graag van zijn neus zwiepte wanneer hij een punt wilde maken en wanneer hij in gepeins verzonk knabbelde hij graag op de pootjes. 'Uw plaatselijke hoofdman' – hij raadpleegde zijn notities – 'meneer Gambini, heeft belangen in ons land die zo snel groeien dat het ons zorgen baart. Hij zit in Duitsland bijvoorbeeld in de bouwindustrie en richt zich nu op de afvalverwerking.'

Ze knikte. 'Net als hier. Hij heeft een zeer lucratief contract met de stad voor het ophalen van vuilnis. Volgens een lokale bron smokkelt Gambini bovendien drugs Europa binnen via Polen en Letland.'

'Net wat we nodig hebben,' zei de Amerikaan. 'Wat voor soort drugs?'

'Een beetje cocaïne. Een heleboel heroïne. Hij verkent ook de markt in die landen.'

'Hoe groot is zijn afzetmarkt hier?'

Donati blies zijn wangen op terwijl hij nadacht. 'Zo'n half miljoen euro per dag.' Hij hief zijn wenkbrauwen en kin, een teken voor Natalia om verder te gaan.

'Recentelijk verscheepte een mantelbedrijf van Gambini goedkope wijn naar Berlijn. Ruim achtduizend kisten. Voordat de lading aankwam, werd de wijn overgegoten in luxe merkflessen en opnieuw geprijsd.'

Ze wilde het liever niet zeggen in het bijzijn van kolonel Donati, maar zei het toch: 'Gambini's greep wordt steeds sterker en de tentakels van de camorra strekken zich uit over de hele stad. De winst van het kartel neemt met de dag toe. Ze verzinnen altijd weer iets nieuws. Onlangs haalde onze politie een door de maffia beheerd radiostation in Palermo uit de lucht, nadat ze ontdekten dat er geheime boodschappen werden uitgezonden voor *mafiosi* in de gevangenis.'

'Geheime boodschappen?' De Amerikaan kon het niet nalaten hierom te glimlachen, waarbij hij een stel perfecte tanden ontblootte die Natalia onzeker maakten over die van zichzelf.

'Ja,' zei ze, 'door liedjes op te dragen.'

'Waarom verbaast me dat niet?' reageerde de Amerikaan. 'Wat kunt u ons vertellen over die Gambini?'

'Hij is een *guappo*, een hooggeplaatst lid van de camorra. Hij specialiseert zich in het kostbare en niet-bestaande. Doet alsof hij dure verse vis per vliegtuig laat importeren voor vishandelaren die voor de bende werken, exporteert allerlei goederen die niet bestaan en rekent honderdduizenden dollars voor medische ingrepen, zoals orgaantransplantaties, die nooit hebben plaatsgevonden.'

'Ja,' zei de Duitse ambtenaar. 'Uw sluwe meneer Gambini consolideert zijn macht en speelt handig in op de oorlog die de 'Ndrangheta en de maffia op ons grondgebied uitvechten.'

'Ik ben niet bekend met die 'Ndrangheta,' zei de Amerikaan.

'Een andere geheime criminele broederschap,' legde Natalia uit. 'Ze beheersen momenteel de drugshandel, met een jaarlijkse omzet van een slordige dertig miljard euro.'

De Duitser knikte. 'Ik zou ze met alle plezier elkaar uit de weg zien ruimen. Maar ik ben bang voor onschuldige burgerslachtoffers. Nog maar een paar uur geleden is er weer een moord gepleegd. Ditmaal in een winkelcentrum bij Düsseldorf. Een vijfenveertigjarige vrouw die boodschappen deed, kwam in het vuurgevecht terecht en werd neergeschoten, samen met vier mannen die het hoofddoelwit vormden.'

'Monsterlijk!' riep kolonel Donati met bijbehorende gebaren. 'Niemand is veilig.' Hij zwenkte naar Natalia. 'En nu moeten we ons ook nog zorgen maken over die camorra-organisaties van de heren Bagarella en Santa Paolo. Weet je het laatste nieuws al?'

'Alleen dat Bagarella's vrouw vorig jaar zelfmoord heeft gepleegd,' antwoordde Natalia.

'Precies. En de vrouw van Santa Paolo, Elena, is zes maanden geleden vermoord. De twee weduwnaars hebben dus enige tijd samen in de gevangenis doorgebracht. En nu blijken ze trouwringen te hebben uitgewisseld en de handen ineen te hebben geslagen, wat het leven voor ons nog interessanter maakt dan reeds het geval is.'

'Pardon,' kwam de Duitser tussenbeide. 'Bij die moorden bij Düsseldorf vonden we in de zak van een mannelijk slachtoffer een verschroeid bidprentje met op de achterkant een beeltenis van aartsengel Gabriël.'

Donati gebaarde Natalia het uit te leggen. 'Hoort bij het inwijdingsritueel,' zei ze. 'Rekruten voor de 'Ndrangheta steken een hand uit terwijl er een bidprentje wordt aangestoken, en dan reciteren ze: "Zoals dit heilige bidprentje brandt, zo zal mijn vlees branden als ik de Familie verraad."'

De bezoekers bedankten haar voor haar tijd en verhelderende praatje en begaven zich naar de kantine voor een ochtendlijke kop koffie.

Donati wenkte Natalia. 'Er zijn vannacht twee lichamen in de Torre del Greco gedumpt, voor het belastingkantoor. Heroïne is weer in opmars. Ik zat te denken, de moord op Teresa Steiner – stel dat het slachtoffer Gambini hielp om heroïne naar bijvoorbeeld Duitsland te smokkelen? Kunnen we Gambini in verband brengen met de moord op Steiner?'

'Nog niet,' zei Natalia. 'Daar is tot nu toe onvoldoende bewijs voor.'

Als er ooit al voldoende bewijs kon worden gevonden, dacht ze. Gambini was te slim en zorgde ervoor dat hij zijn handen nooit zelf vuil maakte.

De telefoon van kolonel Donati ging. 'Ik moet dit gesprek aannemen. Laat het me weten zodra je iets hebt, oké?'

In de gang liep Natalia carabiniere Doppo tegen het lijf. Na een lange verlovingsperiode stond hij op punt van trouwen met zijn verloofde, afkomstig uit een dorpje ten zuiden van Rome. Natalia feliciteerde hem. Die lange verloving was een vereiste – niet van beide families, maar van de overheid – om er zeker van te zijn dat Angelina's familie geen banden onderhield met de camorra of een van de andere geheime criminele genootschappen. Carabinieri konden niet zoals gewone burgers zomaar een huwelijkspartner kiezen. Er waren te veel gevallen bekend waarin de criminele broederschap argeloze geliefden met mooie dochters lokten om het korps te infiltreren. Dezelfde wachtperiode gold eveneens voor het handjevol vrouwen dat bij het korps diende.

Wat zou zij doen als haar superieuren haar vertelden dat ze niet langer zelf mocht bepalen met wie ze bevriend was?

Pino en Giulio zaten bij haar bureau te wachten.

'Is er wat?' vroeg ze.

'Broeder Benito, die novice, dat is de neef van Gambini.'

'Jezus!'

'Zijn moeders beste vriendin is Gina Falcone.'

'De bottenreinigster.'

6

Het was al jaren geleden sinds zij of Pino een kerk had betreden, laat staan een dienst bijgewoond. Bij het passeren van de biechtstoel keek Natalia er aandachtig naar. Ze was maar een stuk of tien keer wezen biechten, de laatste keer meer dan twintig jaar terug, op haar dertiende. Ze hield van het rode fluwelen gordijn, de beslotenheid van de kleine donkere ruimte, en wilde de priester iets dramatisch vertellen waarvoor ze zwaar moest boeten. Dat vond ze heel volwassen. Het vriendje van haar vriendin begeren kwam echter nauwelijks in aanmerking voor weesgegroetjes, laat staan knielingen. Toen ze op haar katholieke school genoeg kreeg van de dagelijks opgelegde religie en het verplicht bijwonen van diensten, weigerde ze nog langer naar de zondagdiensten te gaan. Ondanks druk van leraren en geestelijken respecteerden haar ouders haar besluit.

'Hoe voelt dat nu?' zei ze tegen Pino.

'Vreemd. Maar tegelijkertijd vertrouwd.'

'Ja, bij mij ook.'

Het was donker en koel. Zonlicht drong door het gebrandschilderd glas. Natalia haalde haar notitieblok en pen tevoorschijn terwijl ze tot vooraan in het schip liepen. De jezuïtische priester Pacelli wachtte hen op in de kleine zijkapel en ging hun voor naar de ernaast gelegen woonvertrekken. Als biechtvader van deze kleine populatie van monniken leefde hij in hun gemeenschap. Pino had op de universiteit les gekregen van jezuieten en voelde zich bij hen op zijn gemak. Zij en de school maakten al sinds de zestiende eeuw deel uit van de stad.

Om in die tijd zielen te winnen, hadden de jezuïtische evangelisten plaatselijke godsdienstige gebruiken overgenomen. Ze organiseerden processies en pelgrimages en gingen twee aan twee de straat op om het woord te verspreiden, waarbij ze de piazza's als hun kansel gebruikten. Menigten hadden zich verzameld, naar hen geluisterd en waren hen gevolgd naar de onderaardse grafkamers van de *ossario*. Onder het genot van eten en drinken luisterden de lokale inwoners naar de predikende jezuieten en raakten ze bekeerd.

Ondanks geruchten over concubines en seksueel wangedrag waren de jezuïeten altijd een heel respectabele orde geweest. Leden namen hun gelofte van armoede serieus; je hoefde bij eerwaarde Pacelli alleen maar te kijken naar zijn afgesleten broek en uitgelubberde trui, meermaals versteld bij de ellebogen. Hoe anders was dat bij de meerderheid van de geestelijken, die dure kleermakers bezochten om zich keurig zwarte outfits en weelderige gewaden te laten aanmeten: als prinsen van de Kerk werden ze in de watten gelegd door huishoudsters en assistenten. Hier was niets te merken van dat soort vertroeteling. In de keuken kookte een novice groenten voor een soep. Een ander deed de afwas. Het linoleum en tafelkleed waren versleten en vlekkerig. Boven een diepe gootsteen druppelde een lekkende kraan.

'We stellen het op prijs dat u een gesprek met Benito voor ons hebt geregeld,' zei Natalia.

'Dat spreekt vanzelf,' reageerde Pacelli, die zijn rossige haar naar achteren streek. 'Zoiets vreselijks, moord.'

Eerwaarde Pacelli leidde hen naar een deur. Pino bleef even

staan om de inscriptie erboven te lezen: Wees geprezen, mijn Heer, met al Uw schepselen – vooral Broeder Zon die de dag is en door wie U ons verlicht.

'Een lofzang van Sint-Franciscus,' zei Pacelli.

'Eerwaarde,' riep de afwasser hem na, 'ik moet u even spreken.'

'Zo meteen, Milo,' zei eerwaarde Pacelli.

Pacelli opende de deur naar hun privévertrekken. 'Zijn kamer is boven aan de trap, derde deur rechts.'

De trap deed Natalia denken aan haar oude katholieke school met de scherpe geur van bijtende zeep. Samen beklommen ze de steile treden naar de eerste verdieping. Op de overloop stond een gammele houten tafel met relikwieënkastjes en een plateau met ex voto's – een kinderhandje en een volwassen voet. Iemand met interesse in antiquiteiten. Natalia zuchtte. Zelfs bij de jezuïeten bestond er behoefte aan symbolen, hoe primitief ook. Maar misschien oordeelde ze te snel. Waarschijnlijk waren deze relieken eeuwen geleden achtergelaten en hadden ze sindsdien onder de melancholieke blik van Jezus gelegen.

Ze vonden de deur van de monnik. Zodra ze aanklopten deed Benito open. Had eerwaarde Pacelli hem verteld dat ze kwamen?

'Benito Gambini?'

'*Si.*'

'Ik ben kapitein Monte. Dit is sergeant Loriano. We zijn van de carabinieri. We willen je een paar vragen stellen.'

De kamer was, zoals verwacht, spartaans ingericht. Een piepklein venster keek uit op een binnenplaats, omsloten door een middeleeuwse kloostergang. Er stonden een bed, een nachtkastje en een gitaar. In een kledingnis hingen twee broeken en een overhemd. Benito ging op zijn bed zitten. Zijn gesloten oogleden zagen eruit als vale halvemaantjes.

'Naar wij hebben begrepen,' zei Pino, 'kende je het meisje dat onlangs is vermoord in de steeg hiernaast. Teresa Steiner.'

De monnik boog zijn hoofd en haalde diep adem. 'Teresa Steiner was mijn vriendin. Ze deed onderzoek naar de rol van kapellen in de Napolitaanse samenleving. Ik hielp haar soms. Ze werd overal gevolgd door haar professor, een engerd, en ze vond het prettig als ik haar vergezelde. Ze was een tijdje met hem uitgegaan. Nadat ze het uitmaakte met hem wilde hij haar niet met rust laten, zei ze. Bleef bellen. Wachtte haar overal op. Viel haar lastig.'

'Heeft hij haar bedreigd?' vroeg Natalia.

'Misschien. Weet ik niet. Hij zei dat hij haar afstudeerproject zou dwarsbomen. Teresa was er zeker van dat hij al eerder werk van studenten had gejat om het later als zijn eigen onderzoek te presenteren. Ze maakte zich zorgen dat hij van plan was met dat van haar aan de haal te gaan.'

'Heb je in de nacht van de moord iets verdachts gezien of gehoord?' vroeg Natalia. Ze keek uit het smalle venster op het dak van de meditatiegang.

'Ik heb wel iets gehoord. Ik werd er wakker van. Maar ik ben weer in slaap gevallen en werd even later opnieuw wakker door rumoer op de straat. Dat was toen ik naar beneden ging om te zien wat er aan de hand was.'

'Hoeveel kun je zien, als ik dat vragen mag?'

'Licht en schaduw. Alsof je door mist kijkt. Op een goede dag kan ik gezichten onderscheiden. 's Nachts kan ik niets zien.'

'En je denkt dat je iets op straat hoorde waar je wakker van werd, ondanks het feit dat het klooster oude dikke muren heeft en je kamer niet aan de straatkant ligt?'

'Mijn gehoor is scherp. Wie weet is dat Gods compensatie voor mijn gezichtsvermogen.'

'Dus misschien heb je gehoord dat Teresa Steiner werd aangevallen?'

Het gelaat van de monnik liep rood aan. 'Ja.'

'Kan iemand bevestigen dat je die nacht hier op je kamer was?' vroeg Natalia.

'Waar zou ik heen moeten? We bidden gemeenschappelijk na ons avondmaal en gaan vroeg naar bed.'

'Ben je weleens in de crypten geweest?'

'Ja, soms. Om de bottenreinigster te helpen, Gina Falcone.'

'Met zulke slechte ogen?'

'Het donker deert mij niet, rechercheur.'

'Kwam Teresa op bezoek?' vroeg Natalia. 'Was ze hier in de nacht dat ze vermoord werd?'

'Nee.'

'Nee? Weet je zeker dat je niets bij haar hebt geprobeerd?'

'Waar hebt u het over?'

'Je bent de neef van Aldo Gambini.'

'Al mijn hele leven. Ja. En zal ik ook altijd blijven. Wat dan nog?'

'Werk je voor hem?'

'Nee. Ik ben een dienaar van onze Heer.'

'Heeft Teresa je oom ontmoet?'

'Ja. Ik vroeg hem om haar te helpen.'

'Hoe?'

'Door een ziekte in haar familie zat ze financieel krap. Ze bezocht de kapellen om research te doen en haar geld raakte op. Hij huurde haar in om de collectekistjes langs te gaan. De Kerk heeft hem het recht verleend om de donaties in te zamelen. In deze wijk vielen ze onder haar toezicht en van een aantal ervan mocht ze de opbrengst zelf houden.'

'Was je verliefd op haar?'

'Wat? Dat gaat u niets aan.'

'Ik ben bang van wel.'

'Uw vraag is ongepast en haast beledigend. Zulke zaken zijn

privé. Iets tussen mijzelf en degene voor wie ik dat soort gevoelens zou koesteren.'

'Misschien is het binnenkort een zaak tussen jou en de openbare aanklager.'

Benito gebaarde dat hij geen zin had in een verder gesprek.

Toen ze opnieuw door de keuken liepen, stond eerwaarde Pacelli met de afwasser te praten.

'Hoe kan ik nu het avondmaal bereiden zonder dat mes?'

'Is er iets?' vroeg Pino.

'Niets. Er is een mes zoek. Een of ander Japans ding. Ik zal na de mis vragen of iemand het heeft gezien. Oké?'

'Oké.'

'Wat denk je?' vroeg Natalia toen ze de straat weer op stapten. 'Wat het mes betreft.'

Pino keek achterom naar het klooster. 'Waarschijnlijk niets. Maar als je denkt dat het belangrijk is, kan ik het later navragen. Vreemd dat het zoek is. Zal wel toeval zijn.'

'Vast wel.'

'Maar ik denk dat onze broeder Benito emotioneel betrokken was bij het slachtoffer, of die gevoelens nu wel of lichamelijk zijn beantwoord. Hij is duidelijk zeer aangedaan door haar dood. Of hij er ook iets mee te maken had, dat durf ik niet te zeggen.'

'Hoe je het ook wendt of keert,' zei Natalia, 'hij is een verdachte. De moeder van het meisje was ziek. Ze had snel geld nodig. Benito schoot te hulp. Deed een goed woordje voor haar bij zijn oom, de maffiabaas, hielp haar met haar scriptieonderzoek en het innen van donaties bij de kapellen. Misschien toonde zij interesse in hem als man. Toen hij doorkreeg dat hij niet de enige was...' Natalia wendde zich tot haar partner om te zien wat hij van de theorie dacht.

'Een verdachte,' zei hij knikkend. '*Certo.*'

'Ik ga me eens verder in hem verdiepen.'

'Laten we ook dat Japanse mes niet vergeten.'

Toen ze de binnenplaats betraden spetterde er water op hun hoofd. Ze keken omhoog en zagen de boosdoener haar planten, bloeiend met gele bloemen, water geven.

'*Mi dispiace*,' zei ze. Het spijt me.

'*Non ce problema, signora.*'

Onder een web van klimop zette Pino zijn fiets tegen de muur, hopend dat het roestige frame iedereen ervan zou weerhouden hem mee te nemen. Goudgetinte bladeren en drogend wasgoed strekten zich uit over de binnenplaats. Pino en Natalia klommen naar de vierde verdieping. De gang lag bezaaid met speeltjes. Ergens vlakbij huilde een baby. Natalia klopte op de deur.

'Ze is niet thuis.' Een vermoeid uitziende vrouw met sluik, asgrijs haar was uit de deur naast het flatje van de bottenreinigster gekomen. Ze schudde met een zwabber. Uit haar flatje klaterden de stemmen van kinderen. Pino haalde zijn legitimatiebewijs uit zijn zak.

'Ze is tweeëntachtig, mijn moeder. Koppig. Ze kan beter thuis met de kleinkinderen spelen in plaats van zich in de nesten werken bij de politie. Maar wat doe je eraan?'

'Ze kan ons mogelijk iets vertellen over een moordzaak.'

'Ik wist het.' De vrouw drukte haar handpalmen tegen haar ogen. 'Moeder Maria.' Er klonk een geluid van brekend glas. Ze smeet de zwabber neer en stormde haar flatje in.

Natalia en Pino hadden de deur achter hen niet horen opengaan. Gina Falcone stond in haar deuropening. Haar flatje rook naar een scheikundelab.

'We dachten dat u niet thuis was,' zei Pino tegen de bottenreinigster.

'Ik wilde niet dat mijn dochter mij lastigviel met haar problemen en haar kinderen. Ze denkt dat ik niets beters te doen heb dan achter ze aan te zitten. Kom.'

De bottenreinigster wuifde Natalia's penning weg en gebaarde hun binnen te komen. Ze had een klein balkon dat volop licht zou verschaffen, ware het niet dat de gordijnen voor de ramen waren dichtgetrokken. Op haar tafel lag een hoop botten. Het flatje was zo vol met opgehoopte dozen en stapels van alle mogelijke dingen die Gina Falcones handen ooit waren gepasseerd dat je er je kont nauwelijks kon keren.

'Leuke kat,' zei Natalia. Een mottige, oude cyperse kater lag gecamoufleerd op het bed.

'Bobo,' zei Gina. Ze maakte een kussend geluidje. Een kleine dreumes in een luier en een hemdje, volgesmeerd met het een of ander – hopelijk chocolade – stommelde achter hen aan naar binnen. 'God beware me! Ik vergat de deur dicht te doen. Wegwezen! Naar buiten! Terug naar mama. Nonna heeft het druk.'

Het kind viel en krijste. Gina zette hem buiten en sloot de deur.

'We hebben wat te eten voor u meegebracht,' zei Pino. Hij haalde een plastic bakje uit een tas.

'Dat hadden jullie niet hoeven doen,' zei ze. Ze droeg het de keuken in en maakte er ruimte voor te midden van de botten.

'*Friarielli* met worst?' zei ze. 'Mijn lievelingskostje.'

Ze had botten zitten wassen in een emmer bij het aanrecht. Pino herkende een dijbeen. Ze gooide de inhoud van het bakje in een lege pan. 'De rest doe ik later wel.'

Bobo sprong op de tafel en snuffelde aan de pan. 'Ksst!' siste Gina en ze klapte in haar handen. Pino sneed een plakje van de worst af en legde het op de vloer. De spinnende kat gaf zijn been een kopje.

'Je moet Bobo niet zo verwennen,' zei Gina.

'We hebben een paar vragen,' zei Natalia.

'Ah, zit het zo – voor wat hoort wat? Wat willen jullie weten?'

'We zoeken de moordenaar van Teresa Steiner.'

'Er was niemand beneden toen ik haar vond.'

'U wist dat het meisje de kapellen langsging voor Gambini?'

'Ja.'

'U kent meneer Gambini.'

'Aldo Gambini, zijn broer Pasquale en ik zijn samen opgegroeid. Pasquale is de vader van Benito. Ik zat op school naast Benito's tante in de klas. Zonder die paar mensen op de begraafplaats en Aldo Gambini zou ik verhongeren. Aldo vergeet mij niet. De regering kijkt nooit naar ons om, tenzij we problemen veroorzaken.'

'Als Aldo Gambini wist dat u ons over de kapellen vertelt, zou hij daar niet blij mee zijn, geloof ik. Als hij denkt dat u hem heeft verlinkt –'

'Hij zou geen haar op dit hoofd krenken.' Ze trok aan een pluk haar, haar vinger krom van de artritis.

'Familiebanden hebben hem in het verleden nooit tegengehouden.'

'Wat verwacht je anders? Hij is een belangrijk man. Hij doet wat hij moet doen. God waakt over mij.'

'God mag dan over u waken, maar wie zal er tussenbeide komen als u het zwaar te verduren krijgt?'

'Doe niet zo bijdehand. Jullie jongelui weten niet wat zwaar is. Toen er geen werk was en mensen vuurtjes stookten op straat, en toen ze tijdens de oorlog alle exotische vissen uit het oude aquarium opaten... Toen heeft Gambini me door al die ellende heen geholpen. Waar was de overheid toen?'

'We hebben de moordenaar van het meisje nog niet gevonden,' zei Natalia. 'Ik hoopte dat u ons iets kon vertellen. Haar familie heeft het recht om het te weten.'

Gina zweeg.

'Hoe zit het met Benito Gambini?' vroeg Pino.

'De jongen is een *monachello*. En blind. Waarom zou je hem lastigvallen?' Ze pakte afwezig een steen op. Natalia zag welke het was. De *pietra del sangue*, de bloedsteen. Nog meer bijgeloof.

'Wie hebt u in de steeg gezien in de nacht dat Teresa Steiner is vermoord?' vroeg Natalia.

Gina tuitte haar lippen.

Natalia herinnerde zich dat zij en Mariel haar als kinderen '*la strega*', de heks, hadden genoemd. Nu zag ze eruit als een normale bejaarde vrouw.

Pino schraapte zijn keel. 'Signora, we kunnen u het leven lastig maken als u niet wilt meewerken.'

'Ik heb jullie carabinieri al eerder te woord gestaan,' zei de oude vrouw en ze pakte de dikke cyperse kat op. 'Ze was iets aan het schrijven voor haar universiteit, over de kapellen. Ik waarschuwde haar. Wees voorzichtig. Je kunt de verkeerde een vraag stellen, en voor je het weet... Maar zie dat die jongelui maar eens aan hun verstand te brengen.'

Er verscheen een klein meisje, haar besmeurde gezichtje omkranst door krullen. 'Nonna! Nonna!'

'Nonna heeft het druk. Wegwezen. Zie je die mevrouw?' Ze wees naar Natalia. 'Ze gaat je in de gevangenis stoppen.'

Gina Falcone nam haar kleindochter in de armen en droeg haar naar de deur. Een paar tellen later kwam ze terug.

'Mijn dochter denkt dat ik zonder al dat babysitten niet genoeg te doen heb.'

'In de vroege ochtend dat het meisje is vermoord, heeft iemand u in de steeg gezien.'

'Ja, en wat dan nog?'

'Hebt u niemand gezien? Is u niets opgevallen?'

'Het meisje was Duits, ze kwam niet uit Napels. Ze hebben

daar geen bottenreinigers. Ze hoort toch eigenlijk geen jaren in het vagevuur door te brengen. Ik wou dat ik haar botten kon reinigen, zodra ze verlost zijn van het zondige vlees.' Ze liet een stilte vallen. 'Santa Maria del Purgatorio,' vervolgde ze. 'Ik kan je alles over de kerk vertellen wat je maar wilt weten. Ik ken haar zelfs beter dan de oude Cirillo. Ik ben daar getrouwd, decennia geleden. Er gingen een heleboel mensen trouwen in die tijd, in de oorlog. Mijn moeder had een lap zijde. Die had ze sinds mijn geboorte voor mij bewaard en ze maakte een prachtige bruidsjurk.

'Die jurk heb ik altijd gekoesterd. Maar mijn dochter was niet geïnteresseerd. Juffertje Nooittevree zei dat ze niet zo'n oud vod wilde. Ik probeerde haar te waarschuwen voor haar verloofde. Hij was een rokkenjager voordat ze gingen trouwen. Voor haar draaide de hele wereld om die kleine onderkruiper. Hij nam de benen toen ze zwanger was. En stierf een natuurlijke dood, dat moet ik hem nageven.'

Ze sloeg een kruisje en kuste haar vingers. Natalia besloot dat ze genoeg hadden gehoord en maakte dat met een opgetrokken wenkbrauw duidelijk aan Pino. Ze vertelden signora Falcone dat ze misschien nog terug zouden komen.

Buiten knalde de uitlaatpijp van een turquoise scooter. Een meisje met haar in alle kleuren van de regenboog hield de bestuurder rond zijn middel vast. Straatvegers in limoengroen uniform zetten hun oranje bezem tegen een muur om te pauzeren. Na het sombere grijs van de morbide wereld waarin signora Falcone vertoefde, straalden de kleuren hun tegemoet.

'Ik ben een vriendin van Teresa, Elsa Halme.' Het meisje wachtte voor de deur van Natalia's kantoor.

Ze droeg een jongensbroek, houtskoolgrijs, en een roestkleurige sporttrui. Ze had een kort kapsel. Het leek alsof ze het zelf had geknipt zonder daarbij in de spiegel te kijken. Te kort aan de zijkanten en plat boven op het hoofd. Het vertoonde nog steeds alle kenmerken van een hanenkam.

Ze had een aantal piercings – een boven haar linkerooglid, net onder haar wenkbrauw, en twee in haar neus. Natalia probeerde er niet naar te staren of te denken aan wat er zou gebeuren wanneer dit meisje onvermijdelijk een keer verkouden werd.

Elsa Halme was een groot meisje, grof van bouw, dat voorovergebogen stond om haar lengte te verbergen. Haar lichtblauwe ogen waren het mooiste aan haar uiterlijk.

'Kom binnen,' zei Natalia. 'Ga zitten. Dus je kende Teresa Steiner?'

'We waren goede vriendinnen.'

'O?'

'Ik weet niet waar te beginnen. Mijn Italiaans is niet zo goed. Ik kom uit Finland.'

'Je doet het prima. Kan ik je iets aanbieden? Bekertje vieze koffie?'

Dit zorgde voor een glimlach.

'Nee, bedankt. Ik heb moeite met slapen. Ik wilde eerder komen, maar ik was totaal van slag.'

'Zou je je meer op je gemak voelen als ik de deur sluit?'

'Misschien wel. Bedankt.'

Natalia deed de deur dicht en liep terug naar haar bureau. 'Vertel,' zei ze vriendelijk.

'Teresa was mijn beste vriendin op de universiteit,' begon Elsa en ze keek naar haar handen. 'Mijn enige vriendin in Napels. Ik ben buitenlands, daar begint het al mee.' Ze keek op naar Natalia. 'Mensen weten niet goed wat ze van mij moeten vinden. Ik kleed me niet vrouwelijk. Dat ik verlegen ben helpt ook niet echt. Een tijdlang was ik heel ongelukkig. Teresa en ik zaten bij een paar lessen naast elkaar. Onder meer bij tekenen naar levend model. Niet dat ik mezelf op de borst wil kloppen, maar ik ben vrij goed in portretten. Zij vatte het op als een geintje. Ze bewonderde een paar van mijn tekeningen en nodigde me uit om koffie te drinken. Zei dat ze wist hoe het was om je een buitenstaander te voelen. Voor het eerst voelde ik me gesteund. Daarna nam ze me mee om de schilderijen van Caravaggio in het museum te bekijken. Ze waren gewoon zo' – Elsa barstte een moment in snikken uit en veegde de tranen van haar wangen – 'prachtig.'

Toen Natalia aan de universiteit studeerde, had ze het Museo di Capodimonte als haar tweede thuis beschouwd. De Caravaggio's waren ook bij haar favoriet. Ze was vaak de enige bezoeker geweest. Ze had Pino er een keer over verteld toen ze hem bijpraatte over haar voortijdig beëindigde carrière aan de universiteit. Hij had in het park bij Capodimonte gevoetbald, maar nog nooit een stap in het museum gezet. Natalia nam hem mee naar precies dezelfde zaal met de Caravaggio's en bij het zien ervan was hij bijna flauwgevallen.

'Wat voor studente was ze?' vroeg Natalia.

'Super,' antwoordde Elsa, enigszins hersteld. 'Vlug van begrip, opmerkzaam. Academisch ging Teresa als een speer. Ze maakte vrijwel uitsluitend gebruik van primaire bronnen en ging zelfs de straat op om onderzoek te doen. Haar scriptiebegeleider en soms ook medestudenten dreven de spot met haar, maar ze was iets belangrijks op het spoor. Dat de eerste goden vrouwelijk waren, totdat de mannen het voor het zeggen kregen en de godinnencultus werd onderdrukt. En ze legde andere verbanden. Gevaarlijke, misschien. Teresa was vooral geïnteresseerd in de Kerk en de camorra.'

'Ambitieus,' zei Natalia.

'Ja. Dat was ze zeker. Het duurde even voordat ik het begreep. In Finland komen dat soort verwikkelingen niet voor. Wij hebben maatschappelijke gezondheidszorg, geen georganiseerde misdaad. Existentiële vragen. Wij hebben aquavit.

Goed en kwaad? God? Niemand gelooft in die nonsens. En als ze het wel deden, zou God geen man zijn.' Elsa lachte. 'Mijn land is kil en stil. Mensen zijn erg op zichzelf. Finland is zwart-wit en het merendeel van het jaar grijs. Ik wilde ontsnappen. Na de Baltische Zee was de Baai van Napels een wonderlijke verrassing. De kleuren en de mensen. Sorry. Ik bedoel het niet neerbuigend.'

'Integendeel,' stelde Natalia haar gerust. 'En Teresa was al net zo kleurrijk?'

'Fantastisch, ja. Zowel wat betreft kledingstijl als persoonlijkheid. Ze hield van Napels, maar ze was niet zoals Napolitanen – ze was opgewekt, vrolijk. Ongeveer een maand geleden zei ze dat ze mijn hulp nodig had. Ze moest naar huis om voor haar moeder te zorgen. Wist u dat overigens, dat van haar moeder?'

'Ja.'

'Op dat moment vertelde ze me dat ze voor meneer Gambini werkte, dat hij haar een kleine wijk had gegeven om toezicht te houden, wat neerkwam op de giften inzamelen die bij de kapellen waren achtergelaten. Ze verdiende er wat extra geld mee. Niet veel, maar toch wat. Ze wilde dat ik haar wijk een paar dagen overnam. Ze vertrouwde me. Ik wist alles, zelfs van haar verhouding met haar professor. Ik maakte me zorgen over haar, maar ze zei dat ze wel op zichzelf kon passen, en dat kon ze ook. Ik bedoel, dat deed ze ook totdat...'

Elsa begon opnieuw te huilen.

Natalia gaf haar een tissue. 'Dit zal wel niet makkelijk voor je zijn.'

'Haar professor was verliefd op haar. Maar Teresa was zijn machtsspelletjes zat. Ze wilde de relatie beëindigen. Toen ze het hem vertelde werd hij ontzettend kwaad.'

'Heeft hij haar bedreigd?'

'Ja. En toen heb ik het haar gezegd...'

'Wat, Elsa?'

'Dat ik lesbisch ben en wist dat zij het niet was, maar dat ik toch van haar hield en haar niet zou laten vallen.'

'Hoe reageerde ze daarop?'

'Ze lachte. Ze gaf me een knuffel en lachte. "Je komt er wel overheen," zei ze. En toen hebben we samen de nacht doorgebracht.' Elsa veegde een traan weg die over haar wang liep.

'Was zij lesbisch?'

Elsa glimlachte. 'Nee. Alleen nieuwsgierig. En ze had ongelijk. Ik kom er niet overheen.'

Dat zou best eens kunnen, dacht Natalia. Voorlopig niet, althans. Wat ze verder ook mocht zijn geweest, Teresa Steiner was een indrukwekkende persoonlijkheid.

'Nadat ze was vermoord,' vervolgde Elsa, 'vroeg professor Lattanza of ik na de les wilde blijven. Ik volg één cursus bij hem. Hij waarschuwde me dat als ik iemand over hem en Teresa vertelde, hij ervoor zou zorgen dat ik naar mijn titel kon fluiten. Alsof niet iedereen op de afdeling het allang wist.'

'Hoe heeft ze Gambini ontmoet?'

'Ze ging met professor Lattanza een weekendje naar een badplaats. Ze kregen ruzie en hij vertrok woedend. Gambini pikte haar op terwijl ze aan de waterkant in een restaurant zat te eten. Ze dacht dat hij een onschuldige oude man was.' Elsa schudde haar hoofd. 'Zelfs ik wist beter. De volgende dag nam hij haar mee op zijn jacht, zei dat hij een neef van haar leeftijd had in Napels. Een leuke jongen met wie ze eens kennis moest maken. Ze vond dat schattig van hem. Een "gentleman", zei ze. Ze vertelde hem over de kanker van haar moeder. Hij bood haar werk aan, het collectegeld ophalen bij de kapellen. Ze vond dat een geweldige kans om niet alleen haar moeder te helpen, maar ook om te zien hoe alles in zijn werk ging met de kapellen.'

'Het viel mij op dat ze designerkleding had. Vreemd, met een studentenbudget.'

'Afdankertjes. Alles wat ze droeg zag er stijlvol uit, zelfs spullen die ze op straat had gekocht. Toen ik haar werk tijdelijk overnam, stond ze erop dat ik iets voor mezelf hield, maar ik wilde dat ze het naar haar moeder stuurde. Ze kocht een mooie poster voor op mijn kamer en stuurde bijna al het andere geld dat ze uit de kistjes haalde naar huis. Mijn arme Teresa.'

'Een plichtsgetrouwe dochter,' zei Natalia.

Elsa glimlachte bedroefd en knikte.

'Ja. Maar... de moeder van Teresa Steiner?' voegde Natalia er zacht aan toe. 'Die overleed toen Teresa klein was.'

'Excuseer, kapitein,' onderbrak Giulio haar. 'Een dringend telefoontje van sergeant Loriano.'

Terwijl Natalia het gesprek aannam krabbelde Elsa iets op een stukje papier, waarna ze wegglipte.

'Pino. Wat heb je voor me?'

'Hoeveel geld hebben we in Teresa Steiners kamer gevonden? Lag daar iets?' vroeg Pino.

'Dertig euro in een lade. En nog wat in haar tas.'

'Ze had een rekening. Ik ben nu bij de bank.'

'Welke?'

'Banco di Napoli. Een maand voordat ze stierf opende Teresa Steiner een bankrekening met een storting van eenentwintigduizend euro in contanten.'

7

Pino was op weg naar het zencentrum. Hij hobbelde over de zwarte kasseien langs de marktkraampjes die in de Vico Nuovo ai Librai werden opgezet. Druiven en sinaasappels lonkten als glimmende juwelen, ondanks het feit dat de ochtendlucht al naar afval stonk.

De kiosk op de hoek was nog steeds gesloten: een sterfgeval in de familie. Aan hoge tafels voor koffiestalletjes stonden arbeiders gehaast espresso te slurpen, waarna ze de papieren bekertjes op de grond gooiden. In de verte, aan de overkant van de kloof, verrees de Vesuvius, zichtbaar tussen de tweehonderd jaar oude woongebouwen. Pino's moeder was een meisje geweest de laatste keer dat de vulkaan uitbarstte.

Met kwieke tred bereikte hij al snel zijn bestemming. In de meditatieruimte van de zendo trok Pino zijn jasje uit en nam plaats op een zitkussentje. Alle drie de boeddhistische monniken in Napels woonden in de kamers op de verdieping erboven. Pino zag hen zelden. Het was nog zeldzamer om ze in hun kersenrode gewaden door de stad te zien rondzweven.

Maar deze ochtend bleek de uitzondering op de regel. Een van de monniken tikte op de *mokugyo*, een houten slaginstrument dat eruitzag als een kogelvis. Op een porseleinen schaal voor het altaar lag een offerande van sinaasappels. Pas toen Pino zijn benen kruiselings in de lotushouding legde, besefte hij dat er nog iemand in de ruimte zat, dichter bij de schrijn met de gouden boeddha.

De diamantsoetra. Pino herkende de chant en zong mee in het Sanskriet; na jarenlange beoefening was hij vertrouwd met de tekst. De diamantsoetra was een van zijn favorieten: Subhuti vraagt de Boeddha naar de ware aard van de realiteit. 'Realiteit is verandering,' zegt de Boeddha.

Aan de stem te horen was het beslist een meisje. Ze kende de chant niet en probeerde bijpassende klanken voort te brengen. Toen het ritmisch tikken en chanten stopte, verbrak haar zachte gesnik de stilte. Pino stond op en liep naar haar toe.

Het was Tina, de aantrekkelijke serveerster van El Nilo. Ze droeg haar korte blond-met-roze haar in plukjes, samengebonden tot sprieten over haar hele hoofd. Zelfs met dat bizarre kapsel was ze verbluffend mooi.

'Het gaat wel,' zei ze sniffend. 'Alleen een liefdesprobleem.'

'Kan ik iets voor je doen?'

'Nee.' Tina schudde haar hoofd.

Meteen erna stond ze op en rende weg, haar verdriet in haar kielzog meevoerend. Het was stil in de ruimte. De monnik was ongemerkt verdwenen. De wierook, een hoopje as, verspreidde een zoetige walm. Pino ademde in, stelde zich de zee voor en het klagelijk gezang van een zeemeeuw.

Toen hij naar buiten kwam, scheen de zon fel door de roestbruine bladeren van de enige boom aan de avenue. Hij zocht naar het meisje. Onnozel om te veronderstellen dat ze was blijven rondhangen, maar hij keek toch om zich heen. Ze was nergens te zien. Hij pakte zijn fiets die achter Tommaso's kiosk stond en vertrok.

Toen Natalia in Fionetta's beautysalon werd binnengelaten, was Lola's hoofd al bedekt met een kroon van blinkende folie. Natalia begroette de eigenares en boog zich naar voren om haar jeugdvriendin een zoen te geven, voordat ze op de stoel naast haar plaatsnam. De grote rolgordijnen bleven discreet gesloten, zoals gebruikelijk wanneer Lola hier 's ochtends vroeg, nog voor openingstijd van de salon, met haar oude vriendinnen had afgesproken. Mariel was er nog niet.

Mariel, Lola en Natalia hadden samen op de lagere school gezeten en hun puberteit overleefd als klasgenoten onder elkaar. Ze kregen tegelijk hun eerste beha en roddelden onophoudelijk over hun rivales en eerste vrijers. Naarmate ze ouder werden, bleek Lola's familie een probleem. De Nuovoletta's hoorden bij de camorra. Haar grootvader was tijdens de maxiprocessen achter de tralies beland, waarna haar vader probeerde het rechte pad op te gaan, maar de verleiding en de druk werden hem te groot. Hij begon illegale sigaretten te smokkelen en breidde zijn werkterrein later uit met harddrugs. Lola was twaalf toen hij werd doodgeschoten. Haar moeder nam de smokkelhandel over.

Signora Nuovoletta was een plattelandsmeisje uit een bergdorp in Abruzzo. Haar ouders verhuisden met het gezin naar Napels, waar ze Lola's vader had ontmoet en met hem was getrouwd. Een echt liefdeshuwelijk. Natalia wist nog dat ze zich bij Lola thuis ongemakkelijk had gevoeld bij hun langdurige gezoen en de speelse tik van Lola's vader op het omvangrijke achterwerk van haar moeder. Een wereld van verschil met de fysieke uitingen die haar eigen ouders zich permitteerden.

Natalia was dol op Lola's verjaarspartijtjes, die nog uitbundiger werden nadat haar vader was gedood. Maar Natalia's en Mariels ouders verboden hun er nog langer heen te gaan, waarmee er een einde kwam aan de ponyritjes en elegante taarten en cadeautjes. Niettemin hadden ze de traditie met zijn drieën voortgezet en kwamen ze in het geheim samen om verjaardagen te vieren. Ze waren immers verre nichtjes van elkaar, zo hield Lola vol. Familie.

Op haar veertiende veranderde Lola – een dikkerdje met afzakkende kniekousen – in een slanke den en had ze boven haar schoolrok een bustier gedragen. De nonnen stuurden haar naar huis. Binnen een week was ze van school af en serveerde ze drankjes in de bar van haar oom. Op haar achttiende was ze getrouwd met haar achterneef Frankie. Als huwelijksgeschenk kreeg Frankie de transporthandel in het district. Lola en Frankie lieten een luxueuze woning in Posillipo bouwen, maar gaven de voorkeur aan de eenvoudige kamers boven de bar, waar ze tot op de dag van vandaag waren gebleven. Het andere huis gebruikten ze als vakantieverblijf.

Tegen de tijd dat Natalia en Mariel naar de universiteit gingen, was Frankie het hoofd van de lokale bende, de *capo paranza*, en Lola een jonge glamoureuze matrone, die zich in het nieuwste trendy café liet omringen door een hofhouding bestaande uit de vrouwen en zusters van andere camorrakapiteins. Maar waar mogelijk, of wanneer de gelegenheid erom vroeg, kwamen ze gedrieën heimelijk bij elkaar om te roddelen en feest te vieren.

‘Wat had mevrouw vandaag in gedachten?’ vroeg Fionetta, die fronsend de grijze krullen van Natalia ophield. ‘Een kleurtje?’

‘Alleen bijpunten,’ zei Natalia.

Fionetta droeg nog altijd hetzelfde bijenkorfkapsel als toen de drie vriendinnen op hun zestiende voor het eerst bij haar in de salon kwamen, in de hoop het geheim te ontdekken om er ouder uit te zien. ‘Onetta’ verspreidde een zoetige geur van Chanel en de haarlak die haar coiffure in model hield.

‘Het is toch niet te geloven, al dat huisvuil,’ merkte ze op, terwijl ze langs de neergelaten rolgordijnen naar buiten gluurde.

'Wat is dit?' vroeg Natalia, waarbij ze Lola's pols omhooghield.

Lola straalde. 'Mijn nieuwe armband.'

'Leuk.'

'Leuk? Schítterend zul je bedoelen. Goud met tweeëntwintig karaats diamanten.'

'Van Frankie?'

'Ja.'

'Speciale reden?'

'Weet ik niet.' Lola keek peinzend. 'Ik denk dat hij vreemdgaat.'

'Frankie?'

'Ja. Frankie.'

'Ik denk het niet, Lola. De man kust de grond onder je voeten. Misschien had hij gewoon een mazzeltje... op zakelijk gebied.'

'Misschien.' Lola lachte. 'Luister, ik hou van die man, maar hij is geen groot licht.'

'Hoe is het met de kinderen?' vroeg Natalia.

'Het is net onkruid. Nico is al zo.' Ze hield een hand boven de grond, op een meter hoogte. 'Hij is een kop groter dan de andere twee. En ik word horendol van hun gezeur over wanneer tante Natalie en tante Mariel langskomen met meer cadeautjes.'

Behalve de discreetheid zelve was Fionetta ook nagenoeg doof. Niettemin wenkte Lola Natalia dichterbij en boog ze voorover om te fluisteren. 'Ik kreeg onlangs Aldo Gambini op bezoek. Toen Frankie niet thuis was.'

'Je meent het.'

'Ik dacht eerst dat hij weer op de versiertoer was.'

'Die oude man?'

'Oude mannen doen ook aan seks, Natalia. Weet je nog, seks?'

'Toch niet met de vrouw van een van zijn kapiteins?'

'Het zou niet de eerste keer zijn. Maar daar kwam hij niet

voor: hij heeft overal scharreltjes zitten en houdt er een serieuze *amorat* op na, Bridget genaamd. Nee, hij wilde advies.' Lola leunde nog dichterbij. 'Gambini rekruteert vrouwen.'

'Geweldig,' zei Natalia. 'Een feministische golf. Maar daar is hij een beetje laat mee. Rosetta "IJsogen" Cutolo nam dertig jaar lang de zaken van haar broer waar, terwijl hij in de gevangenis zat. Ermina Giuliano heerste een eeuwigheid over het stadsdeel Forcella rond het treinstation. En in de buitenwijk Secondigliano was Maria Licciardi de baas. Ze voerde een drugsoorlog met rivalen, leverde vuurgevechten met andere camorravrouwen op straat. Volgens mij zijn daar een stuk of tien doden bij gevallen.'

Lola werd ernstig. 'En hij probeerde meer te weten te komen over jou. Ik kon niet inschatten of hij nu wel of niet verwachtte dat ik het jou zou vertellen. Hij weet ongetwijfeld dat we elkaar nog af en toe spreken. Dat hij naar jou vroeg was misschien bedoeld als boodschap.' Ze trok een gezicht. 'Al weet ik dat niet zeker.'

'Waarschijnlijk wel.'

'Ja.'

Natalia hoefde niet te vragen wat de stilzwijgende boodschap zou kunnen zijn: bemoei je niet met zaken van Gambini. Ze haalde haar schouders op. 'Ik moet mijn werk doen.'

Lola wierp haar een geërgerde blik toe. 'Denk nou ook eens aan jezelf. Zie jij je baas op straat lopen? Hij gaat nooit ergens heen zonder drie lijfwachten in twee auto's. Drie. Wie houdt jóú in de gaten?'

Een klop op de voordeur kondigde de komst aan van Mariel, zoals altijd een plaatje in een zijden blouse met bijpassende linnen rok, haar steile, goudkleurige haar perfect in model.

'Sorry dat ik te laat ben. Ik probeerde iets te doen aan het afval voor de boekwinkel. Ik had gisteren welgeteld één klant. De stank is vreselijk. De hele straat ligt bezaaid met vuilnis, van de Porta Alba tot het Piazza Dante.'

'Hier ook,' zei Fionetta en ze hielp haar in een kapmantel.

'Heb ik iets gemist?' vroeg Mariel.

'Lola wilde weten hoeveel afspraakjes ik het afgelopen halfjaar heb gehad.' Natalia beroerde een krul die voor haar oog hing. 'Ik moest eerlijk bekennen: geen één.'

'Mannen worden overschat,' zei Mariel. 'Geef mij maar mijn kat.'

'Jij kunt afspreken met wie je maar wilt,' zei Lola.

Natalia gaf haar gelijk. Behalve intelligent was Mariel ook beeldschoon. Natalia daarentegen was minder te spreken over het beeld van zichzelf in de spiegel.

'Kijk naar Nat,' zei Lola. 'Ze heeft een metamorfose nodig. *Cara*, heb je nooit overwogen lippenstift te dragen? Hier, neem die van mij. Je ziet lijkbleek.'

'Die kleur rood staat mij niet.' Natalia weerde het glimmende hulsje af.

'Doe niet zo eigenwijs. Probeer het in elk geval.' Lola draaide de lippenstift open terwijl ze uit haar stoel opstond en bracht een laagje op Natalia's lippen aan. 'Zo.' Ze bewonderde haar snelle werk van een afstandje. 'Je ziet er fantastisch uit. Waar of niet?'

'Niet slecht,' zei Fionetta, die de chemicaliën mengde om Mariels haar bij te kleuren.

Mariel moedigde Natalia altijd aan om schoonheidsbehandelingen te nemen. 'Onderhoud' noemde Mariel dat. Het had weinig mogen baten. Mariel trakteerde zichzelf eens per maand op een bezoekje aan een salon. Ze kreeg er een manicure, een pedicure, een massage, en een verfbeurt die haar haar net zo glanzend hield als sinds haar jeugd. Maar de salon ging Natalia's budget ver te boven, en zelfs als dat niet zo was geweest, kon ze geen enkel geduld opbrengen om als een gevangene haar tijd uit te zitten in zogenaamde beautysalons. Dus blijft mijn haar grijs, mijmerde ze, waarbij ze de handspiegel oppakte en haar onhandelbare krullen bestudeerde.

'Haal die frutsels van me af,' zei Lola en ze wees naar de stukjes folie die in haar haar zaten. 'Ik ben klaar en ik moet weg.' Ze groef in haar tas naar haar mobieltje.

'Niet vergeten,' zei Mariel. 'Op Natalia's verjaardag spreken we om zeven uur af op de gebruikelijke plek.'

Fionetta verwijderde het folie en borstelde Lola's lange haar met een paar behendige halen. '*Perfetto*,' zei Lola. '*Ciao, ciao.*'

Ze zoende elk van hen gedag en klikte op haar rode hakken de deur uit.

'Net een wervelwind, die meid,' zei Fionetta en haar schaar tikte toen ze aan Natalia's haar begon.

Natalia knikte en peinsde over de stille waarschuwing die haar vriendin haar had gegeven. Als kind was ze in slaap gevallen bij verhaaltjes over Peppe "Lange Neus" Misso en hoorde ze al op vroege leeftijd over de *pizzo*, het beschermgeld dat winkeliers werd opgelegd. Als ze voor haar wekelijkse chocoladereep bij de snoepwinkel van Anatolia langsging, zat Enzo Spina steevast achter in de zaak. Nadat ze hem een rolletje biljetten van Anatolia had zien aannemen, had Natalia, met de onschuld van een zevenjarige, gevraagd: 'Waar is dat voor?'

'Kinderen moeten hun neus niet in andermans zaken steken,' had Enzo gezegd en als om dit te illustreren tikte hij tegen zijn grote neus.

'Waarom niet?' vroeg Natalia.

'Om de winkel te beschermen,' zei Anatolia.

'Tegen wat?'

'Tegen slechte mensen,' zei Enzo met een knipoog naar Anatolia. 'Kom nu maar hier en geef me een kus.'

'Nee,' zei Natalia. Ze deinsde terug.

'Doe wat hij zegt,' zei Anatolia.

Natalia deed wat haar werd opgedragen. Enzo's ruwe baard kriebelde en hij rook naar sigaretten en wijn. Hoewel hij zijn belofte om Anatolia's winkel te beschermen moest zijn nagekomen. Ze bleef vele jaren een vast gegeven in de buurt en sleepte haar stoel vaak de stoep op om met de andere weduwen een praatkransje te vormen. Ze verfde haar haar zwart, tot ver in de negentig. Dat ze zelf tot de lagere regionen van de camorra behoorde, en mogelijk geld had witgewassen en belastingvrije sigaretten had verkocht, kwam pas in Natalia op toen ze bij het korps zat.

Terwijl Fionetta de laatste hand legde aan de styling, gingen Natalia's pieper en telefoon tegelijk. Nooit een goed teken. *Moord – Sorrento*, luidde het bericht.

Het vrijdagverkeer zorgde voor grote drukte tot buiten de stad. De zon was fel, de airconditioning in de auto in het beste geval onbetrouwbaar. Natalia zette de airco uit en draaide de raampjes omlaag. Beter hete lucht dan helemaal geen lucht. Een paar Napolitanen dompelden zich onder in de stinkende haven. Vele anderen probeerden de onwelriekende geuren die door heel Napels dreven te ontvluchten. Zij die het geluk hadden een voertuig of roestige brommer te bezitten, bonden hun bagage vast en vertrokken. De verkeerschaos nam iets af voordat ze haar toevlucht tot de sirene moest nemen, al zou die niet veel hebben geholpen om de nog altijd volle straten door te komen.

De melding was afkomstig van de politie in Sorrento. Normaal gesproken werden Napolitaanse carabinieri niet ingeschakeld voor een onderzoek in Sorrento. Maar als lid van de ROS-elite binnen de carabinieri, belast met alle onderzoeken gerelateerd aan de camorra, was Natalia opgeroepen. Naar verluidt was het slachtoffer een ingezetene van Napels en de moord vertoonde de kenmerken van een vergeldingsactie door het misdaadsyndicaat.

Aan de rand van de stad dacht ze de stank van de afvalmanagementcrisis, zoals de politici en de pers het noemden, eindelijk achter zich te kunnen laten. Maar de rechterberm van de weg lag bezaaid met vuilnis gedumpt door wanhopige Napolitanen. Furieus over de incompetentie en corruptie hadden ze geweigerd ook maar iets te recyclen of te scheiden. Alles werd op een hoop buiten geslingerd om langs de rijwegen en straten in de zon te bakken. Kon dit een opmaat zijn tot anarchie? Ze bevond zich al op enige afstand ten zuiden van de stad voordat de afvalbergen langs de kant van de weg eindelijk kleiner werden.

Toen Natalia de kruising naderde waar het busje van het slachtoffer dwars over de weg stond, kwam het verkeer tot stilstand. De weg had geen zijberm, dus manoeuvreerde ze haar ongemarkeerde Fiat op de geschilderde middenberm en zette haar sirene op de motorkap. Met blauw zwaailicht en gillende sirene trapte ze het gaspedaal in en bereikte in enkele minuten de plaats delict, dankbaar dat er geen motorrijders waren die op hetzelfde idee waren gekomen om hun vierwielige buren te passeren.

Het gebied was afgezet zoals het hoorde, hoewel de waarschuwingslichten op de grond overbodig leken in het schelle licht van de ochtendzon. Natalia toonde haar legitimatie, terwijl ze naar het witte busje liep dat een aantal rijbanen versperde. Het portier van de cabine stond open en de bestuurder zat rechtop, nog met de veiligheidsgordel om. Het wemelde van de stadspolitie, die ruimte maakte voor een ambulance, nieuwsgierige toeschouwers in toom hield, het verkeer om de versperring heen dirigeerde en elkaar aanwijzingen gaf. Haar 'nemesis' Cervino, maarschalk van de carabinieri, stond met een agent te smoezen.

'Dat noem ik iemand de hoorns op zetten,' hoorde ze hem zeggen. De twee grinnikten.

De dode bestuurder bood een bloederige aanblik. Op wat er van zijn hoofd resteerde prijkten twee zwarte duivelshoorntjes, zoals een kind op de avond voor Allerheiligen had kunnen dragen. Zijn dikke witte haar zat onder het bloed. Ze zou dat pompadoerkapsel overal hebben herkend. Angelo Tortorino. Eigenaar van een populaire gourmetwinkel en restaurant in de wijk Fontanelle. Hij was haast onherkenbaar. Het enkele schot had een oog weggeblazen, evenals het merendeel van zijn mond, die volgepropt was met euro's, schijnbaar bedoeld als commentaar op de hebzucht die hem fataal was geworden.

Natalia moest plotseling weer denken aan de man die ze als achtjarige dood op straat had zien liggen. Het was de vader van haar schoolmaatje geweest, een schoenlapper die vanuit een piepklein winkeltje onder hun flat werkte. Hij had hen 's winters vaak allebei getrakteerd op *biscotti* en warme chocolademelk, en in de lente op abrikozen en aardbeien. Hij had een betaling gemist en de geldophaler afgebekt, zeiden de buren. En toen was hij dood, net zoals deze man.

Volgens de geruchten die Natalia ter ore waren gekomen, had Tortorino zich verzet tegen Gambini en het rottend afval waardoor de klanten van zijn restaurant wegbleven. Hij had zelfs een foto opgehangen waarop de camorrabaas duivelshoorns droeg.

Cervino stuurde agenten eropuit om de naaste familie te beschermen. De immuniteit die de Siciliaanse maffia ooit zou hebben verleend aan familieleden en onschuldige burgers had nooit gegolden voor de camorra. Als de overtreder 'uit de wind' bleef, pakten ze familieleden aan: echtgenotes, moeders, nichten en neven, zelfs kinderen. Niemand was vrijgesteld van de toorn en wraak van de camorra. Ook ex-vriendinnen of verre verwanten niet. Priesters, politieagenten, openbare aanklagers, onderzoeksrechters – ze waren allemaal het doelwit geweest van camorristische moordenaars.

Een rechercheur uit Sorrento, zijn legitimatie met een clip aan zijn revers bevestigd, kwam naar haar toegelopen.

'Zo te zien wilde hij zijn eigen vuilnis wegbrengen. Hij moet vast wanhopig zijn geweest, maar jezus, hoe haal je het in je hoofd?'

'Zeg dat wel,' zei Natalia.

Napolitanen waren een vreemd volkje, ook al omdat ze leefden aan de rand van een vulkaan. Bij een dreigende uitbarsting zou de stad een rampenplan in werking stellen om alle inwoners binnen achtenveertig uur te evacueren. De politie en brandweer zouden worden ingezet en alle wegen zouden als vluchtroute dienen. Toch zou niemand de stad verlaten. De ringweg om Napels en de hoofdwegen zouden leeg blijven, de burgers zouden zich verschansen in hun lievelingscafé.

'De hoorns zijn in zijn hoofd gejaagd met een spijkerpistool,' zei de rechercheur.

'Je hebt een belangrijke oproep gemist, sergeant,' zei Natalia. Ze keek van haar notities op naar Pino.

'Mijn fiets had een lekke band. Sorry.'

Natalia had het opgegeven om Pino er steeds op te wijzen dat hij zijn horloge moest dragen, dat ze zelf van de Bengalees bij het treinstation had gekocht. Pino had het een week gedragen en de volgende week alweer vergeten.

'Misschien moet je er eens over denken om die fiets van je weg te doen,' zei ze.

'Ja, kapitein.'

Ze hield hem het verslag voor dat ze zojuist had getikt. 'Angelo Tortorino. Vanmorgen doodgeschoten toen hij zelf zijn vuilnis wilde afvoeren.'

'Jezus.'

'Ja. De man is gestorven voor een lading afval.'

‘Het spijt me dat ik de oproep heb gemist, kapitein.’

‘Excuses aanvaard. Maar Pino, het wordt echt tijd dat je in deze eeuw gaat leven, begrijp je?’

Pino pakte het verslag en las het vluchtig door.

‘Kolonel Donati,’ vervolgde ze, ‘heeft over een paar minuten een vergadering belegd om deze moord en de afvalcrisis te bespreken. Een inwoonster van de Spaanse wijk ligt in het ziekenhuis. Ze vermoeden cholera. Net als bij een bejaarde priester die gisteravond ziek werd. Hij overleed op weg naar het ziekenhuis.’

Ze kwamen als laatsten de vergaderkamer binnen. Kolonel Donati stond al achter de lessenaar.

‘Dit is slecht voor het toerisme. De burgemeester is pislink. Ze verafschuwt alle publiciteit rondom de afvalcrisis en zou liever zien dat de rivaliserende transportbendes hun geschillen oplossen zoals ze altijd hebben gedaan: gewelddadig en geruisloos. Probleem is alleen dat het afval eigenlijk nergens heen kan. De stortplaatsen zijn vol en officieel gesloten, ondanks de eis van de premier, die blijft hameren op het onvoltooide vuilverbrandingsproject, maar dat gaat ook niet gebeuren.’

‘Waarom moest Tortorino worden vermoord?’ vroeg maarschalk Cervino.

‘Gebrek aan respect. Een voorbeeld voor alle anderen. Een week geleden hing hij een foto van Gambini in zijn winkel, afgebeeld met duivelshoorns Een week later…’

Cervino schraapte zijn keel. ‘Ik hoop dat hij al dood was toen de spijkers erin gingen.’

‘Dat horen we nog van de lijkschouwer.’ Donati schudde zijn hoofd. ‘En net als je dacht dat het niet erger kon, werd er gisteren een kind ziek na het eten van buffelmozzarella. Het schijnt dat de ophoping van afval het rioolwater vervuilt, wat de grondwaterspiegel vervuilt en dat verontreinigt het lokale drinkwater dat onze mozzarella die karakteristieke smaak geeft.’

'Ja, *E.coli*,' zei Pino. 'Wie gaat het in de vuilnisoorlog tegen Gambini opnemen?'

'Het algemene vermoeden is dat Bianca Strozzi's clan zich opmaakt voor een confrontatie, want ze zijn bezig zwaar transportmaterieel te regelen. Sinds Gambini zijn werkterrein niet langer beperkt tot Napels en zich ook op het buitenland richt, is de machtsbasis van zijn clan op het thuisfront enigszins verzwakt, wat mevrouw Strozzi ambitieuzer maakt. En agressiever. Er is een strijd gaande tussen camorraclans over het recht om afval te vervoeren. Dat het momenteel nergens naartoe kan, maakt ze niet uit. Het zal wel een principekwestie zijn.'

'Ik denk niet dat dat het enige is,' zei Natalia. 'Ik vermoed dat vuilnis ophalen belangrijk is om een andere reden.'

'Zoals?' vroeg Donati.

'Ik denk dat Gambini de vrachtwagens heeft gebruikt om het transport van grote partijen drugs te camoufleren. Door deze afvalcrisis zagen ze zich gedwongen alternatieve methoden te verzinnen en de hoeveelheden die ze in één keer kunnen vervoeren in omvang te verkleinen, waarschijnlijk heel wat kleiner dan wat er in die enorme vuilniswagens aan vracht verborgen zat. Ze willen hun manier om grote partijen ongemerkt af te leveren niet zomaar uit handen geven.'

Alle ogen richtten zich op Natalia. '*Gesù*,' zei Donati. 'Daar had ik nog niet bij stilgestaan.'

'Zo'n beetje de perfecte dekmantel,' voegde Cervino eraan toe. 'Wie gaat er door al die rotzooi kruipen om illegale drugs te zoeken? Je zou weleens gelijk kunnen hebben, kapitein.' Het was het eerste complimentje dat de maarschalk haar ooit had gegeven.

Kolonel Donati verzamelde zijn papieren. 'Maarschalk Cervino zal dit moordonderzoek afhandelen. We zullen jullie bij volgende briefings op de hoogte houden van de ontwikkelingen.'

Het werk zat er voor die dag eindelijk op. Pino kwam thuis en plofte neer in zijn leunstoel. Op de salontafel lag zijn gebedsarmband, gemaakt van de zaden van de boom waaronder de Boeddha de verlichting had bereikt. Normaal uitziende bruine zaden, aan elastiek geregen als kralen. Soms droeg Pino de armband, maar meestal niet.

Pino was pas vijf jaar praktiserend boeddhist. Hij had de Kerk nog voor zijn puberteit verlaten, kort na het overlijden van zijn moeder. En zelfs als ze was blijven leven, zou hij misschien tot hetzelfde besluit zijn gekomen. Hij verafschuwde de visie van de Kerk op zonde en verdoemenis. Het leven op aarde was al moeilijk genoeg.

Impulsief deed hij de armband om. Er werd op de deur geklopt. Het was bijna tien uur 's avonds – laat voor een bezoeker, en Pino's bezoekers waren op één hand te tellen. Natalia? Het was waarschijnlijk signora Lucci van boven, met een bord eten – of een nieuw plannetje om zijn ziel te redden. Voor het geval dat er iemand anders voor zijn deur stond nam hij zijn pistool mee, dat hij met de loop omlaag achter zijn bovenbeen hield.

'Ja?' Hij opende de deur op een kier, in de verwachting zijn buurvrouw te zien. Maar het was het meisje uit de bakkerij – Tina. In een zwart kanten rokje – de stijl die ze allemaal imiteerden – waar een petticoat onderuit stak. En een legging, ondanks de hitte. Om het geheel af te maken droeg ze bergschoenen. Maar haar buik was bloot en glad, haar lippen vochtig en rood.

Ze lachte. 'Je ziet er grappig uit in pyjama.'

Haar haar was rozer dan de vorige keer, toen hij haar had zien huilen in de meditatieruimte van de zendo. Jezus. Hij wreef over zijn baard. Hij stond op blote voeten in een katoenen pyjamabroek met parapluutjes erop geprint. Geen hemd.

'Wat doe jij nog zo laat op straat?'

'Ik kon niet slapen. Mag ik binnenkomen?'

'Hoe wist je waar ik woon?'

'Wat denk je? Zou ik een goede detective zijn?'

'Ik ga een taxi voor je bellen.'

'Niet doen. Alsjeblieft. Ik ben achttien. Je bent bij mij veilig... min of meer.' Ze boog zich voorover in de deuropening. 'Ik zit met een probleem.'

'Een politieprobleem, of weer een probleem in de liefde?' vroeg hij.

'Het laatste. En het is hetzelfde romantische probleem waar ik eerder mee rondliep.'

'En dat is?'

'Jij, sergeant Loriano.'

Pino zuchtte. 'Je bent geen volwassene.'

'Ook geen kind meer. Ik weet wat ik doe.' Het pruilmondje was perfect: koppig en erotisch.

'Je dénkt dat je weet wat je doet. Je bent betrokken bij een zaak waar ik aan werk. Dit kan me mijn baan kosten.'

'Sst. Niemand komt het te weten. Alsjeblieft?'

Pino ging haar voor naar de keuken. Hij zou haar een sapje of wat water geven, zo bedacht hij, en dan een taxi bellen. De hele tijd wetend dat hij zichzelf voorloog. Je bent een lafaard, vermaande hij zichzelf. Als iemand op het bureau dit zou zien. Als Natalia... Jezus!

Maar Natalia had duidelijk gemaakt dat ze niet in hem was geïnteresseerd. En wie kon het haar kwalijk nemen? Ze kon wel iets beters krijgen dan een teruggetrokken excentriekeling; hij een sergeantje, zij een kapitein. Zijn vorige vriendin had hem ervan beschuldigd te leven als een monnik. Een mooie monnik was hij, zeg. Het vlees is nu eenmaal zwak, dacht Pino, en eenzaamheid maakt het nog zwakker. Allemaal rationalisaties, zo besefte hij, terwijl hij de drinkglazen pakte en het meisje zich tegen hem aandrukte, haar zachte armen om hem heen sloeg.

8

Toen Pino ontwaakte was het licht. Zijn buurman aan de overkant van de binnenplaats had zijn wasgoed al opgehangen. Alles wat hij bezat was zwart of wit. Zijn kleding accentueerde het fletse roze van de muren. Pino's arm streek langs een zachte borst. Roze haren waaierden als bloesems uit over zijn kussen. Ze had haar ene been over het zijne gedrapeerd en ze snurkte. Hij kon de verleiding niet weerstaan om naar het plukje schaamhaar te kijken dat het geslacht van het meisje bedekte. Hij nam het prachtige lichaam in zich op dat afgelopen nacht het zijne was geweest.

Een libelle zweefde de kamer in. Gaasachtige vleugels. Het achterlijf overdekt met minuscule druppeltjes, als smaragden. Pino hoorde de oude vrouw in het appartement boven hem tegen haar kat praten. Ze was ongetwijfeld al wezen biechten. Een dag zonder het dragen van een last, zonder boete te doen, was voor haar een dag niet geleefd.

Pino douchte en kwam terug, in een handdoek gewikkeld. Hij zag dat Tina wakker was.

'Kom hier, schatje,' zei ze.

Hij liep naar het bed en kuste haar.

Ze greep zijn schouders, probeerde hem omlaag te trekken.

'Ik moet naar mijn werk,' zei hij.

'Kun je geen dag vrij nemen?'

'Vandaag niet.'

'Wil je eens iets geks horen? Iets echt geks?'

'Wat?'

'Turrido.'

'Wie?'

'Turrido, de bakker bij El Nilo.'

'Wat is daarmee?' Pino trok zijn broek aan.

'Ik weet niet. Hij is een eenling. Een beetje vreemd. Drie dagen geleden kwam hij in het zwart naar zijn werk. Op zijn schort na. Maar er was niemand overleden. Hij is ook niet getrouwd of zo. Het is echt een rare.' Ze lachte. 'En toen ik een paar keer in de keuken kwam, zat hij op één knie te bidden. Ik weet dat hij gelovig is, maar... Ik denk dat hij het vermoorde meisje kende, die Teresa Steiner.'

'Wat?'

'Zie je? Nu heb ik je aandacht.'

'Tina, dit is geen spelletje. Waarom heb je dat niet eerder verteld, toen we langskwamen?'

'Het leek me niet belangrijk. Totdat ik me iets herinnerde. Zo'n maand geleden liet ik een sjaal in de bakkerij liggen en aan het eind van de middag ben ik teruggegaan om hem te halen. Turrido zat aan een tafeltje met een vrouw te praten. Hij ging nooit bij klanten zitten, dus vond ik dat best vreemd. Ik dacht dat ze misschien familie van hem was. Ze zat met haar rug naar me toe. Maar ik zou zweren dat ze rood haar had. Zou ik geen goede rechercheur zijn? Dan konden we samenwerken.'

Natalia bladerde door de dossiers van onopgeloste zaken. De stapel op haar bureau werd steeds hoger. Het oudste en dikste was het dossier waarvoor ze zojuist had getekend: Vesuvio's bakkerij, waarbij Turrido's moeder was omgekomen. Zij en Pino brachten er een uur mee door en vertrokken daarna in de ongemarkeerde Fiat. Ze reden door de wijk Forcella langs het centraal station, de heuvel af naar de baai. Hoe verder de stad zich zeewaarts strekte, hoe vlakker ze werd. Bij de haven, evenwijdig aan de kust, stonden overheidsgebouwen en blokvormige hotels uit de jaren zestig. Ze volgden een strook met groen naar het sjofelere havenkwartier in het oosten. Toen ze eindelijk arriveerden strekte Natalia eerst haar benen toen ze was uitgestapt. Vracht- en cruiseschepen voeren heen en weer in de haven onder het uitstoten van melancholische klanken van aankomst en vertrek, galmend over het water. Ze sloot haar ogen. Even bestonden alleen de wind en de zee.

'Verdomme,' zei ze. Pino was verbaasd, want ze vloekte zelden.

Twee kleine meisjes zwierden rond met parasolletjes. De ene was blond, de ander donker. 'Sneeuwwitje en Rozerood', zo herinnerde Natalia zich van een sprookje uit haar jeugd. Ze kwamen achter haar en Pino aangelopen.

'Jij ben van de politie!' riep de jongste, wijzend naar Natalia.

'Geen politie, sufferd. Carabinieri! Weet je dan helemaal niets?' zei het oudere meisje.

'We zijn militaire politie. Dat is bijna hetzelfde,' zei Natalia tegen de donkerharige. Haar naam stond op haar truitje geborduurd. Ze kon niet veel ouder zijn dan drie en leek elk moment in huilen te kunnen uitbarsten. 'En jij bent Anna?'

'Ja.' Ze glimlachte, haar waardigheid hersteld. Ze miste een voortand.

Natalia en Pino vonden het adres. Natalia ging in haar eentje naar de benedendeur, met een doos bij zich. Het jonge poesje dat erin zat, was als door een wonder in slaap gevallen. Natalia belde aan bij Turrido. Er was geen intercom. Wat moest ze doen als hij niet naar de deur wilde komen? Maar hij deed open – ongeschoren en verfomfaaid.

'Ik kom net van Nilo. Daar zeiden ze dat het je vrije dag was.'

Het poesje roerde zich. 'Wat is dat?' vroeg Turrido.

'Ik heb iets voor je meegebracht. Mag ik bovenkomen?'

'Wat je wilt,' zei hij en hij liet haar binnen.

Ze beklommen de trap zonder iets te zeggen. Toen ze in Turrido's kamer kwamen, zette Natalia de doos neer.

'Ik wist nog hoe gek je op katten was,' zei Natalia, die de doos opende. Een piepklein grijs poesje sprong tevoorschijn en wreef sloom tegen Turrido's benen.

'Zie je? Ze wil bij je blijven. Ik heb wat eten voor haar meegenomen,' zei Natalia. Ze haalde wat blikjes uit haar tas. 'Hou haar een week. Als je haar niet wilt hebben, neem ik haar weer mee. Oké? Doe het voor mij.'

'Goed, ik neem het beestje wel in huis. Voorlopig.'

Het bed lag bezaaid met kleren. Er stond vuile vaat in de gootsteen. En een zak rottend afval op de grond. Het poesje knabbelde aan een dode potplant.

'Wat is er met je plant gebeurd?'

'Ik ben een goede kok en bakker, geen tuinman.'

'Hoe zullen we de kat noemen?'

'Onschuld.'

Het poesje kwam meteen naar hem toegelopen. Hij pakte haar op en gaf haar aan Natalia.

'Onschuld. Mooie naam. Ik heb nog wat lekkers meegebracht. Voor Onschuld.'

'Bedankt,' zei Turrido. 'Luister, ik ben een kip aan het bereiden. Heb je mijn kip ooit geproefd? Je zou kunnen blijven. Het is mijn moeders recept. Echt heerlijk. Er is meer dan genoeg.'

'Turrido, misschien moet je niet meer zo veel in het verleden leven. Weet je nog dat je dat ooit tegen mij zei?'

Hij gaf geen antwoord.

'Een ander keertje,' zei ze. 'Ik zou dolgraag willen. Maar ik ben aan het werk. We zitten midden in een zaak. Ik had je toch verteld over de moord op Teresa Steiner? Het meisje dat je café bezocht.'

'Ja, ja.'

'Misschien herinner je je dat ze na een ruzie met haar professor naar El Nilo kwam voor koffie en je verrukkelijke brood – voor troost. Huilde ze?'

Turrido knikte.

'Heb je haar haar koffie gebracht?'

Turrido knikte opnieuw. 'En brood.'

Natalia zag het voor zich. Hij was een verlegen man. Niet aantrekkelijk voor vrouwen. Maar misschien voelde hij zich wel aangetrokken.

'Teresa was dankbaar,' zei hij. 'Ze was altijd aardig tegen me als ze binnenkwam. Eén keer gaf ze mij een kus, zoals ze een oom zou hebben gekust. Ik begreep het eerst verkeerd. Ik dacht...' Hij wuifde de gedachte mismoedig weg. 'Ik vind het erg dat ze er niet meer is. Ze vrolijkte mijn dag op.'

Er liep een traan langs de wang van Turrido. Onschuld spinde aan zijn voeten.

Natalia legde een hand op zijn arm. 'Ik ga weer,' zei ze. Ze trok de deur beneden stevig achter zich dicht.

Pino wachtte haar buiten op. 'En?'

Ze schudde langzaam haar hoofd. 'Ik denk het niet, maar ik weet het niet. Ik weet het niet.'

Kolonel Donati gebaarde Natalia en Pino naar de elegante houten stoelen tegenover zijn bureau. Zijn gemillimeterde kapsel was achter in de nek strak bijgeschoren, wat getuigde van zijn dagelijks bezoek aan de barbier. Diverse mensen hadden door de jaren heen geprobeerd kolonel Donati over te halen zijn kantoor te moderniseren. Hij weigerde altijd, want hij gaf de voorkeur aan de spartaanse inrichting.

'Geen bezwaar?' vroeg Donati toen hij een sigaret uit een pakje tikte. 'Ik rook weer als een ketter, om het zo te zeggen.'

Hij opende het raam achter zijn bureau. Zijn dikke zwarte haar was de laatste paar jaar steeds grijzer geworden en zijn ooit zo jeugdig gladde huid werd nu doorgroefd met lijnen.

Eens per jaar, tussen kerst en oudjaar, gaf de kolonel een diner voor de rechercheurs. Iedereen dronk te veel en zei dingen die ze waarschijnlijk liever niet hadden willen zeggen. In plaats van bonussen kregen ze geschenken. Attente geschenken, vermoedelijk uitgezocht door Elisabetta: Gucci-sjaals, leren riemen, uitmuntende flessen wijn. Toen Pino vorig jaar zijn geschenkdoosje opende trof hij een lachende boeddha aan.

'Ik ben zojuist gebeld door Gambini's advocaat.'

'Hmmm.' Natalia schoof naar voren op haar stoel. 'Wij denken dat Teresa Steiner voor Gambini werkte, door collectegeld op te halen bij kapellen.'

'Had Gambini een relatie met het meisje?'

'Daar is geen hard bewijs voor,' zei Pino, 'maar ze kenden elkaar voordat hij haar inhuurde.'

'En de andere verdachten?'

'Haar scriptiebegeleider, professor Lattanza,' zei Natalia. 'Een jonge novice, familie van Gambini. Misschien een kok-bakker in een café waar ze regelmatig kwam. O, ik heb hier een aanvraag tot huiszoeking van het pand van Gina Falcone, en voor een technisch onderzoek van Teresa Steiners huurkamer. Als u die voor mij zou willen tekenen?'

Donati blies een ring van rook uit. Natalia schoof de autorisaties voor huiszoeking naar hem toe. Met een zwierige handbeweging zette de kolonel zijn krabbel eronder.

'Gambini doet zich voor als een beschaafde meneer,' zei hij. 'Niets is minder waar. Onthoud goed, de camorra is nog groter en ouder dan onze organisatie. De carabinieri zijn ontstaan uit wantrouwen – om te voorkomen dat niet alle leger- en politiemacht bij één ministerie terecht zou komen. Onze voorouders hebben die macht uitgesmeerd. Dat is de reden waarom wij nu verantwoording schuldig zijn aan de ministers van Binnenlandse Zaken, van Buitenlandse Zaken en van Defensie, en aan iedereen met wie ze ons verder nog denken op te zadelen. Maar de camorra, dat is andere koek. Ze gedragen zich niet eens als een criminele organisatie. Meer als een tweede regering. Inclusief rivaliserende partijen, maar bij conflicten zijn hun oplossingen, zeg maar… definitief. Wees voorzichtig.'

'Jawel, kolonel,' zei Natalia.

'Smerige gewoonte,' mopperde Donati, terwijl hij de half opgerookte sigaret in een glazen asbak uitdrukte. 'Hou me op de hoogte.'

Natalia keerde met Pino terug naar hun kantoor. Ze ging zitten en sloeg het dossier over Vesuvio's bakkerij open.

'Gambini was niet de man met de lucifer, Natalia.'

'Gambini is nooit de man met de lucifer, of het pistool, of het mes.'

'Ja, daarom is hij Baas Gambini. En daarom zul je nooit kunnen bewijzen dat hij erbij betrokken was. Bovendien is het niet jouw taak om alles wat fout is gegaan recht te zetten.'

'Wat is mijn taak dan wél?'

'De dodelijke brandstichting bij Vesuvio's ligt in het verleden, Natalia. Turrido leeft. Teresa Steiner is pas dood.'

'Je hebt gelijk.' Natalia legde de map opzij. Bij elk onderzoek lag uitputting op de loer – zowel lichamelijk als emotioneel – en de vermoeidheid begon haar parten te spelen. 'Wat heeft het voor zin?' Natalia schrok van haar eigen woorden. Ze stopte haar notitieboekje in haar tas en sloeg haar armen om zichzelf heen, in een poging op te warmen. 'We worden overal omringd door de camorra.'

'Je stelt de verkeerde vraag,' zei Pino.

'Wat is dan de juiste vraag?'

Pino trok zijn jasje uit en hing het naast dat van Natalia. Hij droeg vandaag zijn schouderholster. 'Ik weet niet wat de juiste vraag is. Dat is ingewikkeld. De enige juiste vraag bestaat uiteraard niet. Maar ik weet wel dat we erachter moeten komen wie haar heeft vermoord.'

'Goed. We beginnen bij dr. Francesca.' Aldus begaven ze zich naar het mortuarium.

Natalia knipperde met haar ogen tegen het harde tl-licht, en er hing een geur waar zij en Pino allebei een hekel aan hadden: formaldehyde. Het was middagpauze. Dr. Francesca Agari zat alleen in het lab, over een microscoop gebogen. Toen ze binnenkwamen stond ze op en strekte haar lange benen. Ze droeg zwarte kousen onder een korte zwarte rok, hoge hakken, en een witte labjas over een turquoise sweater. Natalia pakte een slonzig vest uit haar tas. Er ontbraken knoopjes en in de hals zat een mottengaatje. Pino rilde; hij was zijn trui vergeten.

'Trek dit aan, sergeant.' Dr. Francesca haalde nog een labjas van een haak aan de muur en gaf die aan Pino.

'*Grazie.*'

'Graag gedaan.' Ze wierp hem een vriendelijke glimlach toe.

Pino, die dicht bij dr. Francesca stond, ving een vleugje van haar parfum op. Zoals gebruikelijk was dr. Francesca's haar zacht en glanzend, met een reeks tinten van bruin tot goud. Ze droeg oorbellen met grote traanvormige parels. Natalia herkende het design: Mariel had in Milaan eenzelfde paar gekocht. Beeldschoon en peperduur. Mode hield alles op afstand, een geweldige afleiding. Ergens logisch bij het soort werk dat Francesca deed, want dat was zonder meer onplezierig te noemen. Voordeel was wel dat ze haar eigen baas was en zich sexy kon kleden.

Het stond Pino en Natalia altijd vrij om de autopsies persoonlijk bij te wonen. Maar ze waren bijna nooit getuige van de procedure, behalve in het zeldzame geval dat het cruciaal was voor een onderzoek. Het was beter om alle details naderhand van Francesca te horen.

'Zoals ik al vermoedde,' begon Francesca, hen bijpratend over de autopsie op Teresa Steiner, 'drong het mes diep door in het hart, waar het de hoofdslagaders doorsneed. Dat heeft geleid tot de dood van Teresa Steiner. De blauwe plekken op haar nek zijn vrij ernstig, maar ze is niet door wurging om het leven gekomen. Ook de messteek van voren lijkt meer een impulsieve handeling achteraf. De eerste en fatale wond zat in haar rug. Rechtshandig toegebracht.' Francesca deed het voor bij Pino, waarbij ze hem vasthield alsof ze aan het dansen waren. 'Van heel dichtbij, als in een omhelzing.'

'Interessant,' zei Pino. Hij stapte weg bij Francesca en sloeg zijn armen over elkaar om warm te blijven.

'Er zijn vezels aangetroffen, maar die waren zo klein dat we ze naar het forensisch laboratorium in Rome moesten sturen. Eerlijk gezegd verwacht ik daar niet veel van.'

Francesca's pieper ging. 'Sorry.' Ze klapte haar mobieltje open en sprak. *'Pronto. Sì. Sono Francesca.'* Ze luisterde nog steeds toen ze zei: 'Ik moet gaan. Er zijn net drie mannen doodgeschoten in hun auto, één straat verwijderd van de haven. Op klaarlichte dag. Ze denken dat het een vergeldingsactie is voor de aanslagen van vorige week. Er zijn ook twee voorbijgangers geraakt door rondvliegende kogels.'

Haar witte jas ging uit en Francesca was al verdwenen voordat ze zelfs maar hun vest en labjas konden uittrekken.

De rest van de middag brachten ze door met formulieren en

verslagen uitwerken. Natalia wist Giulio net voordat hij naar huis ging te pakken te krijgen om hem te vragen een stadsarcheoloog voor haar te regelen. Tegen de tijd dat zij en Pino het kantoor verlieten, was het vroeg in de avond. Een paar collega's, die buiten stonden te roken, knikten naar hen toen ze langsliepen.

Natalia strekte haar armen boven haar hoofd. 'Zin in een ritje op mijn stalen ros? We kunnen later terugkomen voor je fiets.'

'Perfetto,' zei Pino. Hij liep met haar naar de Vespa.

'Pino!' riep een vrouwenstem aan de overkant van de straat. Ze zagen een meisje met beide armen naar hen zwaaien. Strakke gele broek, de buik ontbloot. Haar roze topje paste goed bij haar haar.

'Is dat niet je vriendin?' zei Natalia.

'Ik ben zo terug.' Pino liep op een drafje de straat in, onderschepte Tina toen ze tussen het verkeer overstak en leidde haar terug naar de hoek van de straat.

Natalia wilde haar blik afwenden, maar het was een fascinerend schouwspel. Haar partner leek zich te hebben ingelaten met een tiener. Het meisje reageerde boos. Ze ruzieden. Pino legde een hand op haar schouder. Ze rukte zich los en rende weg. Hij bleef even staan, hulpeloos. 'Sorry,' zei hij toen hij terug sprintte naar Natalia. 'Ik heb het verknald – min of meer.'

'Het is jouw privéleven.'

'Ze is smoor op me, dat is alles. Ik weet wat ik doe.'

'Zij ook?' Natalia haalde de scooter van het slot en duwde hem weg bij het gebouw.

'Het is belachelijk,' zei hij. 'Ze is nog maar een kind.'

'Ach, sergeant Loriano. Liefde is liefde.'

'Ja, kapitein Monte, en je hebt zelf duidelijk gemaakt dat jíj niet beschikbaar bent – althans niet voor mij.'

Pas toen de Vespa heuvelopwaarts ging, sloeg Pino zijn armen om haar middel. Niet ver van de top parkeerde Natalia bij een uitkijkpunt, dat door verliefde stelletjes soms als vrijerslaantje werd gebruikt. Ze zette de scooter af. Ze stapten af en liepen naar de reling. Het was stil. De haven glinsterde, evenals een paar schepen. Venus pulseerde lavendelblauw aan de horizon.

'Prachtig, hè?' Natalia haalde diep adem.

'Ik kreeg hier mijn eerste zoen,' zei Pino.

Natalia lachte. 'Jij ook al?'

'Natalia.'

'Wat?' Natalia stapte weg bij haar partner.

'Vind je het te fris?' Hij deed snel zijn jasje uit en bood het haar aan.

'Nee, hoeft niet. Je koffie,' zei ze, terwijl ze uit haar thermosfles een bekertje voor hem inschonk.

'Op ons,' zei hij met een proostgebaar. 'De beste speurneuzen van Napels.'

'Als je niet bij de carabinieri was beland, wat zou je dan zijn geworden?' vroeg ze.

'Och, ik weet niet. Een dichter, misschien. Een bedelmonnik. Waarschijnlijk een zwerver.'

'Zo'n schitterend uitzicht,' zei Natalia. 'Een mooi verjaardagsgeschenk.'

'Ben je jarig?'

'Ben bang van wel.'

'*Tanti auguri*. Van harte gefeliciteerd,' zei hij en hij gaf haar een kus.

'Natalia?' Pino streelde haar over de wang.

'Niet doen,' zei ze. Hij trok zijn hand terug. 'Ten eerste ben ik je baas. En zelfs al zouden we dat willen riskeren, ik denk dat je in de war bent. Woont het meisje bij jou?'

Pino sloeg zijn ogen neer. 'Nee.'

'Hoe dan ook, ze is verliefd op je. Doe voorzichtig.'

'Het is niet hetzelfde als wat ik voor jou voel.'

'Ik moet zo naar mijn vriendin voor onze traditionele verjaardagsavond. Meiden onder elkaar.'

Ze zette Pino af bij zijn fiets en reed naar Mariels huis. Lola's grootmoeder woonde op de verdieping eronder. Onder het voorwendsel van een bezoek aan haar *nonna* had Lola alle verjaardagsfeesten boven in Mariels flatje bijgewoond, inclusief dat van zichzelf, waarbij Lola's grootmoeder altijd voor het eten zorgde. Het was een doorzichtige smoes, meer voor de vorm dan om iemand echt voor de gek te houden. Iedereen wist dat het drietal al sinds hun jeugd met elkaar bevriend was.

Mariel woonde in het Palazzo, het statige maar vervallen flatgebouw waar ze was opgegroeid. Haar ouders hadden een kunstgalerie. Natalia's moeder daarentegen was huisvrouw en haar vader straatveger in dienst van de gemeente Napels. Hij stond om vijf uur 's ochtends op en verliet het huis tegen zessen. Als jonge puber had Natalia zich tijdens een klassenuitje naar de Galleria Umberto I geschaamd voor de man die de uitgestrekte marmeren vloeren dweilde en haar naam had geroepen. Ze had net gedaan alsof ze het niet hoorde.

Omdat de meisjes zulke goede vriendinnen waren, werden Natalia's ouders uitgenodigd om te komen eten. Nog altijd zag Natalia voor zich hoe haar vader nerveus olie in zijn dikke, ruwe haar kneep. En met haar kerkjurk van blauwe serge zag haar moeder er tuttig uit in vergelijking met Mariels moeder, hooggehakt in een rode cocktailjurk met laag uitgesneden rug. De gerechten werden opgediend op goudgerand porselein en er was een bediende. Rozen versierden de tafel. Natalia's moeder kletste onophoudelijk van de zenuwen. Mariels ouders probeerden haar op haar gemak te stellen. Het enige wat haar vader over de avond opmerkte, een opmerking die hij door de jaren heen herhaalde, was dat Mariels moeder wel wat meer vlees op haar botten kon gebruiken.

Vijf jaar na hun etentje kwamen Mariels ouders om op de Autobahn, op weg naar een kunstbeurs in Frankfurt. Mariel was zeventien. Ze stond erop in het flatje te blijven en de zuster van haar moeder kwam een jaar bij haar wonen. Toen Mariel eindelijk weer over haar ouders kon praten, zei ze dat lezen haar leven had gered. Dat, en Natalia's ouders, die haar behandelden als een tweede dochter.

Nu, meteen na aankomst bij Mariel, barstte Natalia los over wat er zojuist tussen haar en Pino was voorgevallen op de heuvel boven de haven.

'Je maakt jezelf maar wat wijs, schat,' zei Mariel, die een glas wijn voor haar vriendin inschonk. 'Je bent niet verliefd op Pino Loriano. Geloof me.'

'Ik haat die uitdrukking: "geloof me". Dat betekent meestal het tegenovergestelde.'

'Sorry.'

'Nee, ík hoor sorry te zeggen. Ik ben niet te genieten.'

'Je hoeft je niet te verontschuldigen. Je staat onder grote druk. Er is een meisje dood. Haar moordenaar loopt vrij rond. Je hebt een moeilijke baan. Wat zeg ik, een onmogelijke baan. Ontspan een keer. Bovendien kan ik ernaast zitten. Ik ben immers ook niet bepaald succesvol geweest op mannengebied.'

Natalia schudde haar hoofd. 'Dat komt doordat je dat niet wilt.'

'Ja. Misschien.'

'Nou, daar ga je. Op ons.' Lola glimlachte toen zij en Mariel met Natalia klonken.

'Op ons.'

Mariel overhandigde cadeautjes: een zwarte capribroek, gevolgd door een oranje chiffon topje met diepe hals.

'Dit kan ik echt niet dragen!' protesteerde Natalia, die het topje lachend omhooghield.

'Je bent vijfendertig, geen vijfennegentig. Aantrekken! Dat is een bevel, kapitein Monte! O, en dit is van Lola.'

'Lola?'

'Ja. Van mij.'

Het waren een paar gouden oorbellen, in een simpel zwart doosje gevlijd. Ze oogden heel luxueus – een waterval van gouden glimmertjes, bezet met een soort edelsteentjes.

'Lola, ben je helemaal gék geworden?!' riep Natalia uit, terwijl ze een van de oorbellen naast haar gezicht hield. 'Wat vinden jullie?'

'Staat je beeldig,' zei Mariel. 'Laat mij eens zien.'

'Kijk maar eens goed, meiden,' zei Lola. 'Dat zijn saffieren en parels!'

Natalia hapte naar adem. 'Dat meen je niet!'

'En?' vroeg Natalia vervolgens aan Mariel, terwijl ze een slokje wijn nam. 'Hoe staat het met Stefano?'

'Stefano is getrouwd,' zei Mariel met een wegwuifgebaar.

'En als hij het niet zou zijn?'

'Maar hij is het wél.'

'Doe nou niet zo moeilijk.'

'Goed. Ja. Misschien. In mijn volgend leven ga ik met hem uit. Nou je zin? En dan laat ik hem meteen een nieuw gebit aanmeten.'

'In je volgend leven? Je klinkt als je *nonna*.'

'Ik zat vandaag aan haar te denken. Weet je nog dat ze altijd zei: "Soms lijkt iets gesneden koek, maar je weet nooit hoelang die koek al op de plank heeft gelegen"?'

'Ja.' Lola lachte.

'Ze zal het wel niet over koek hebben gehad, maar kun je je haar chocoladetaart nog herinneren? Na school gingen we minstens twee keer in de week bij haar langs.'

'Hou op. Ik krijg er alweer honger van.'

'Dan heb je geluk. Ik heb een *torta al cioccolato* voor je gekocht, als herinnering aan vroeger.'

'Wat lief van je.'

'Ja, nou ja... Ik heb de laatste tijd veel aan Nonna zitten denken, me afgevraagd of ze in de laatste jaren van haar leven niet eenzaam was.'

'Mijn Nonna was gek op je,' zei Natalia.

Lola's grootmoeder bonkte tegen het plafond ten teken dat het eten klaar was, waarop de vriendinnen naar de onderliggende verdieping gingen om tijdens het eten verder te genieten van elkaars gezelschap. Het lukte nog maar zelden om met zijn drieën samen te komen. Nonna had zichzelf overtroffen en Natalia's favoriete gerecht bereid: *branzino*, vers gegrilde zeebaars, met behalve Parmigiano, pijnboompitten en rozijnen ook wat knoflook en peterselie.

Rond middernacht stond Mariel op. 'Ik ben lichtelijk aangeschoten. Het is al laat. Neem jij de rest van de taart maar mee. Ik zal een taxi bellen.'

'Niet de hele taart. Een stukje,' zei Natalia. 'En geen taxi. De wandeling zal me goed doen.'

'Dan loop ik met je mee,' zei Lola. Ze ging de keuken in en keerde terug met een grote tas.

'Taart en cadeautjes. Hier.'

'U bent net mijn Nonna,' zei Natalia tegen Lola's nonna, 'die probeerde me ook altijd vet te mesten.' Ze nam de tas aan. '*Ti ringrazio tanto*. Maar, Lola, jij kunt beter hier blijven. Anders lopen we morgenochtend nog heen en weer om elkaar thuis te brengen.'

Mariel giechelde. 'Welke carabiniere durft nu in het donker niet alleen over straat?'

Natalia zoende haar vriendinnen elk op de wang en pakte nog een cadeautje op, een dunne sjaal van blauw kasjmier. Ze drapeerde hem rond haar nek. Haar nieuwe oorbellen stonden er prachtig bij.

'*Bella*,' zei Lola bewonderend.

'Pas je goed op?' zei haar grootmoeder. 'Heb je je grote pistool bij je?'

'Ja, mama, ik heb mijn pistool.' Ze kuste Nonna gedag en bedankte haar voor het heerlijke feestmaal.

Het getik van Natalia's hakken galmde op de trap en door de straat. De meeste mensen waren thuis, maakten zich gereed om naar bed te gaan of lagen al verzonken in dromenland. Ze liep langs de muziekzaak Musici per il Momento. De winkel had al haar hele leven in ditzelfde pand gezeten. Tijdens openingstijden kraste er uit een luidspreker bij de deur een aria uit een opera. Iets verderop stond er voor een kapelletje een boeket mimosa's in een kruik. Ernaast brandde een dikke kaars.

Natalia stak over bij de kruising.

Ze rook de geur van een brandende sigaret – hoogstwaarschijnlijk een *donna* die op haar balkon genoot van een rokertje, onzichtbaar in het donker. Plotseling hoorde ze voetstappen achter zich. Ze keek om. Er waren alleen schaduwen te zien. Paniekerig bracht ze haar hand naar de speciale holster met haar 9-mm Beretta en omvatte de grote handgreep. In al haar tijd als carabiniere had ze haar wapen maar één keer hoeven afvuren. Een man dook op uit de duisternis. Een gekke man met woest haar.

'Hé, schoonheid!' riep hij.

Toen hij dichterbij kwam, herkende ze de eerste jongen met wie ze ooit had gezoend. Zijn grijns oogde nog even charmant als toen zij vijftien was geweest en hij achttien, maar hij had een paar van zijn tanden verloren.

Zigeunerbloed, had haar moeder gezegd toen ze Natalia en Tomas samen op het Piazza Gaetano had gezien. De afkeurende houding van haar moeder had er alleen voor gezorgd dat ze hem nog meer begeerde. Er volgden hevige vrijpartijen. Ze liet hem haar borsten strelen, waarbij een schok door haar heen voer, het eerste echte sprankje van seksueel verlangen.

'Tomas,' zei ze glimlachend.

Natalia stapte naar hem toe. Hij had nog altijd de diepliggende ogen die amber kleurden wanneer ze het licht opvingen. Vannacht zagen ze alleen donker, de kringen eronder zwarter. Vroeger moest Natalia wel honderd uur in zijn ogen hebben gestaard.

'Nee maar.' Hij nam haar handen in de zijne en hield ze stevig vast. 'Ik vroeg me al af hoe het met je was. Ik heb in de loop der jaren wel het een en ander gehoord. En mijn moeder vraagt altijd naar je. Ze hoopte dat we zouden trouwen.' Hij lachte. 'Ik ook.'

'Wat een wonderlijk toeval om je hier tegen te komen. Na al die tijd.'

Hij liet haar handen los. 'Je zit bij de carabinieri. En je bent nooit getrouwd. Ik heb toch niet je hart gebroken?'

'Hoe gaat het met jou, Tomas?' vroeg Natalia. 'Hoe is het jou vergaan?'

'Ik? Mag niet klagen. Ik ben betongieter. Ik hou daar toezicht op. Er is van te leven. Ik heb drie kinderen. Een vrouw. Ik ben met Concetta Milo getrouwd.'

Natalia kon zich Concetta herinneren, een stoer meisje uit de straat van Tomas. De derde van tien kinderen. Haar moeder was schoonmaakster, haar vader een draaideurcrimineel. Op haar dertiende had Concetta haar haar geblondeerd, korte rokjes aangetrokken en elke man verleid die haar kant op keek. Ze had het slechter kunnen treffen dan Tomas.

'Maar je ziet er goed uit, Natalia, echt waar! Nog hetzelfde figuur. Mijn moeder was altijd erg op je gesteld. Zei dat je te goed voor me was. Vertel... Wat doe je nog zo laat op straat?'

'Verjaardagsetentje met mijn vriendinnen. Mariel ken je misschien nog wel. En Lola.'

'Je oude clubje. Ja, ja. Mariel, de boekenwurm. En Lola, is die niet met Frankie getrouwd?'

'Ja. We zien elkaar nog zo vaak mogelijk.'

'Moet ingewikkeld voor je zijn, want Lola... Nee, laat maar,' stamelde hij. 'Wij zouden ook weer eens moeten afspreken. Een kop koffie. Een etentje.'

De eerste vreugde over het weerzien vervloog. Ze voelde een slappe versierpoging aankomen. Hopelijk zou het nog eens vijftien jaar duren voordat ze hem weer tegen het lijf liep. We hebben onze keuzes gemaakt, wilde ze zeggen, nu moeten we ermee leren leven.

'Ja, tuurlijk,' zei ze. 'Dat zou leuk zijn. Geweldig om je te zien, Tomas.'

'En om jou te zien,' zei hij. 'Luister...' Hij pakte opnieuw haar handen.

'Het is al eh... laat. Ik kan beter gaan.'

Natalia wilde haar handen terugtrekken. Hij liet niet los.

'Tomas!' Ze trok harder. 'Stop daarmee.'

De *donna* was van haar balkon verdwenen. Ze waren alleen in de donkere straat. Een schaduw maakte zich los van de muur en greep haar tas, maar rukte hem niet van haar schouder, hield hem alleen vast.

'Wees niet bang,' zei Tomas. 'Niemand gaat je kwaad doen.'

De schaduwman stopte iets in de tas.

'Wat heeft dit te betekenen, Tomas?' vroeg ze, waarbij ze zich inspande om haar stem niet te laten trillen.

'Een donatie voor je favoriete goede doel. Een cruise. Een auto. Alles wat maar je wilt, snoes.'

'Wát?'

'Er zit een envelop in je handtas met vijftigduizend euro.'

'Pardon?'

'Als je een beetje meewerkt, is er niets aan de hand. Het is simpel. Je hoeft er je mooie hoofdje niet mee te vermoeien. Oké?'

Hij raakte geïrriteerd. Natalia snoerde zichzelf de mond.

'Vergeet niet waar je vandaan komt, wil ik maar zeggen. Je hoort bij ons, bij mensen zoals Lola en ik. Niet bij hen.'

'Je werkt voor Gambini,' zei ze. 'Tomas –'

'Fijne verjaardag.'

Haar handen kwamen los en hij verdween weer in het donker waar hij uit tevoorschijn was gekomen. Geboefte van de camorra. Haar moeder had gelijk. Maar had je, zoals Tomas, wel echt een keuze als je geboren was in de sloppenwijken van Napels? Waar was de lieve jongen gebleven aan wie ze haar maagdelijkheid had verloren? Zou ze voortaan, net als met Lola, meer oude vrienden in het geniep moeten bezoeken, omdat er zo veel in de criminaliteit waren beland en het voor een officier bij de carabinieri niet gepast was om ze nog langer tot je kennissen te rekenen? Wat zou ze doen als ze daarop aangesproken werd?

Natalia tastte naar haar pistool en haar portefeuille. Ze zag de envelop. Ze haalde hem uit haar tas en opende hem. Biljetten. Een hele stapel. Dacht Gambini werkelijk dat hij haar kon omkopen? Had hij deze tactiek eerder succesvol toegepast bij een van haar collega's? Ze hoorde er nooit iemand over, maar wist dat het gebeurde. Het was niet moeilijk je iemand voor te stellen die financieel worstelde, die in de schuld zat. De zorg droeg voor een kwakkelende ouder. Een ziek kind. Dan stelde het salaris van een carabiniere niet zo veel voor.

Ze liep verder over het kleine verlaten piazza, waar de Via Altri, haar straat, op doodliep. Met de hand op haar pistool opende ze de deur naar de binnenplaats. Boven waren alle ramen donker. Er hingen nog een paar handdoeken aan de lijn. Ze wapperden zacht in de zwarte nacht, verlicht door de maan.

Ze meed de lift en beklom de drie trappen. Ze was buiten adem tegen de tijd dat ze haar verdieping bereikte. Ze stak haar sleutel in het slot en opende haar voordeur, die ze stevig achter zich afsloot. Nadat ze haar tas en handtas had neergelegd, haalde ze haar automatische wapen tevoorschijn en deed haar schoenen uit. In de keuken zocht ze in de kast een oude fles whisky, draaide hem open, schonk een bodempje in en sloeg dat achterover. Toen trok ze haar kleren uit en viel uitgeput op bed, met haar Beretta als een knuffeldier tegen haar borst.

Wat was ze opgewonden geweest toen ze haar eigen appartement betrok, en trots op de dag dat ze het met Mariel en Tomas had gevonden. Het was vervallen, zoals alle flats in de oude wijken, maar met een marmeren vloer in de keuken en badkamer, en sierlijk lijstwerk langs de randen van het hoge plafond. Ze had Tomas ingeschakeld om een ladder te brengen en hij had haar geholpen om de scheuren dicht te pleisteren en de kamers te schilderen. Boterbloemgeel voor de keuken, oker voor de slaapkamer, flets rood in de woonkamer en het plafond maagdenpalmblauw.

Ze had van haar ouders het bewerkte houten bed en een dressoir overgenomen. Mariels bijdrage was het elegantste meubelstuk: een licht rozerode fluwelen bank van haar grootmoeder. Natalia dacht met genegenheid terug aan die tijd, en de luie middagen in bed met Tomas. Er was geen sprake geweest van een dramatische breuk; het was meer dat ze langzaam uit elkaar waren gedreven. Op een dag kwam hij gewoon niet meer langs.

Natalia had al jaren niets nieuws voor de woning gekocht. Ze had ooit gefantaseerd over elegante dinertjes die ze zou geven, maar kon haar gasten niet eens een onderzettertje aanbieden. Niet dat ze veel mensen over de vloer kreeg. Na een dag werken had ze nauwelijks puf om een pizza op te warmen en in haar eentje van een dienblad op te eten.

Ze was te opgefokt om te slapen en stapte in een badjas het balkon op. De nacht was warm en stil. Luiken waren gesloten.

Aan de overkant was het balkon van mevrouw Bruna overladen met potplanten, die ze uit haar appartement had gedragen in afwachting van de regen. Haar jicht was betrouwbaarder dan de weersvoorspellingen. Natalia rook de zoetgeurende kamperfoelie en rode lelies.

Beneden stond een auto geparkeerd, dicht tegen de muur van de smalle straat. Normaal gesproken was dit geen straat waar iemand de hele nacht zijn voertuig liet staan. Aan de bestuurderskant zag ze door de voorruit het puntje van een sigaret opgloeien. Met bonzend hart ging Natalia terug naar binnen en pakte haar mobieltje. Het was halfvier 's nachts toen ze Pino's nummer intoetste.

'*Pronto.*' Zijn stem klonk slaperig.

'Pino?'

'Natalia. Wat is er?'

'Ik ben daarnet, op weg naar huis, aangeklampt door een van Gambini's hulpjes en nu zit er beneden iemand op de uitkijk in een Fiat.'

'Ik ben er over negen minuten.' De verbinding werd verbroken.

Natalia trok een pyjama aan, met daarover opnieuw de badjas, en pakte haar pistool en mobieltje, waarna ze naar beneden ging. Op de binnenplaats begaf ze zich naar de kleine deur in de toegangspoort en zette die op een kier. Het passagiersraam van de Fiat stond open en er stak een elleboog uit. Op straat hing de penetrante stank van het afval. Woede steeg tot gelijke hoogte met haar angst en kreeg de overhand. Natalia kalmeerde zichzelf en stapte de straat op, de Beretta in beide handen, vinger op de trekker. Met de veiligheidspal eraf en de loop omlaag liep ze langzaam naar de auto.

Terwijl ze dichterbij kwam vloog de sigaret naar buiten, op de keien. Koplampen knipten aan. De motor loeide toen de Fiat snel achteruitreed, omkeerde op de volgende kruising met een steeg, en wegscheurde in de nacht.

Natalia blies haar adem uit, schoof de veiligheidspal terug en liep weer naar haar huis.

'Natalia!'

Ze draaide zich om naar Pino. 'Wie het ook was, ze zijn ervandoor.'

Hij stak zijn wapen in zijn holster en sloot haar in de armen. 'Alles oké?'

'Ja. Een beetje aangeslagen, maar ja. Hoe kom jij zo snel hier?'

'Met de taxi.'

'Dat is dan ook voor het eerst.' *Je moet wel erg gek op me zijn*, wilde ze hem plagen, maar het leek haar beter dat niet te doen. 'En jij zei dat boeddhisten niet in taxi's geloven.'

'Voor jou maak ik een uitzondering.'

Ze wandelden terug naar het flatgebouw, haar hart nog altijd bonkend in haar keel, haar ademhaling oppervlakkig. Boven liep Natalia de badkamer in, waar ze haar gezicht met water bespatte. Toen ze in de spiegel keek, schrok ze van zichzelf. Ze probeerde haar wilde krullen te temmen. 'Je hoeft er niet zo belabberd uit te zien, *cara*,' zei ze, met in gedachten de vermanende stem van Lola. Na enig gerommel in het medicijnkastje vond ze de ongebruikte tube glinsterende lipgloss, die ze had gekregen van Mariel. Ze smeerde wat op haar lippen en keerde terug naar de woonkamer.

'Zal ik een poosje blijven? Alleen tot je weer van de schrik bent bekomen.'

Natalia bloosde. 'Ik weet niet...'

'Luister,' zei hij, 'het is oké. Hoort bij het werk. Ik zal niet bijten. Beloofd.' Hij klopte uitnodigend op het bed.

'Goed dan,' zei ze geeuwend. 'Jij wint.'

'Mooi zo.'

Hij strekte zich uit op het bed. Ze ging naast hem liggen, liet haar hoofd op zijn borst rusten.

'Veel beter,' zei hij, terwijl hij haar haar streelde.

Natalia maakte een tevreden geluidje en mompelde: 'Ja.' Ze viel binnen een paar tellen in slaap. Pino wrong zijn 9-millimeter uit zijn riemholster en dommelde ook langzaam weg.

9

Natalia stond op haar balkon om wakker te worden. Ze herinnerde zich amper dat Pino bij het eerste ochtendgloren stilletjes was weggegaan.

Blauwe bloemen bespikkelden de heuvels. De geur van regen hing in de lucht. Ze zocht haar spullen bijeen en controleerde haar wapen alvorens naar haar werk te vertrekken. Beneden beschermde Natalia haar ogen toen ze na het oversteken van de straat op een zonverlicht piazza kwam. Ondanks de hitte waren bejaarde mannen kleine bocceballen over zandbanen aan het gooien en bepaalden tussen de worpen door hun strategie. Een jong meisje met een hoofddoek stond naast een man met een gezicht als een bulldog voor het stoplicht te wachten. Een jongen van vier, vijf jaar stuntte op het achterwiel van een piepklein fietsje. Zijn moeder werd te zeer in beslag genomen door een kleine baby om hem te vertellen ermee op te houden.

De jaren dat Natalia kinderen kon krijgen, waren praktisch voorbij. Ze dacht aan de baby. Zo'n volmaakt wezentje met een onmogelijk zachte huid en ondoorgrondelijke ogen.

Er liep een man tegen haar aan. Ze wilde bijna haar wapen trekken tot ze zag dat hij naar een iPod luisterde. '*Scusi*,' zei hij.

Midden op de volgende straat stonden een jongen en een

meisje te kussen, handen in de achterzak van elkaars spijkerbroek. Natalia stapte om hen heen. Deze jongeren gingen vast niet gebukt onder al het bijgeloof van hun ouders. Het meisje met fleurig zeegroen haar niet, noch de jongen met onder zijn ene arm een partituur van Liszt. Dachten ze ooit aan bloedbeloften of de camorra, de maffia, de 'Ndrangheta, of het half dozijn andere, niet-zo-geheime verborgen genootschappen dat zich in de catacomben van hun land ophield?

Natalia kwam vroeg aan op kantoor. Ze was een uur bezig om haar bureau op te ruimen en op orde te brengen, in een poging de gebeurtenissen van afgelopen nacht en het besef dat ze volslagen verliefd was op haar partner van zich af te zetten. En te vergeten hoe schokkend ze het vond dat haar eerste liefde naar de vijand was overgelopen en voor haar onbereikbaar was geworden, zelfs in haar herinnering.

Om zichzelf af te leiden dumpte ze drie flesjes nagellak, een poederdoos en twee lippenstiften in de prullenbak. Ze vond ook nog een flesje parfum, een duur merk, gekregen van Mariel toen ze bij het korps werd aangenomen. De dop begon al te roesten. Het parfum moest in al die jaren dat het in haar lade had gelegen merendeels zijn vervlogen. Ze pakte het op en slaagde erin de dop open te krijgen. Vervolgens kantelde ze de fles om de laatste paar druppels over haar pols te wrijven. Ze bracht de pols naar haar neus en rook een vleugje verbena.

Ze zette een cd van Vivaldi op. Het album was een geschenk van haar laatste serieuze vriendje, Giorgio, een violist. Was dat alweer drie jaar geleden? Ze waren als vrienden uit elkaar gegaan en om de paar maanden kreeg ze een berichtje van hem, uit Praag of Londen.

Ze was dertien geweest toen de schoonheid van Vivaldi's muziek aan haar werd geopenbaard, hetzelfde jaar waarin ze van haar moeder naar het straatfeest van de Luchetti's mocht. Guillermo Luchetti was de eigenaar van het buurtcafé en zonder twijfel een camorrista. Als goed katholiek wilde hij zo kort mogelijk branden in het vagevuur, dus gaf hij ieder jaar een groot feest om de balans in evenwicht te brengen. Ze wist nog hoe opgewonden ze was geweest, die eerste keer dat ze er met Lola heen ging. Mariel was zó jaloers geweest toen ze erachter kwam. Ze hadden al vroeg gegeten en waren bij zonsondergang op pad gegaan. De avond viel over Napels. Er werd vuurwerk afgestoken, knallend als bommen. Het lawaai joeg alle katten van straat.

Natalia en Lola hadden zich bij de massa aangesloten en meegelopen in een stoet. Op de ene praalwagen lag Jezus opgebaard in een glazen kist. Op de andere speelde een fanfarekorps. Mensen dansten, ook al klonk de muziek treurig. Eerwaarde Ponti doorkruiste de menigte, glimlachend en handen schuddend. Luchetti trad op als gastheer voor de hoogwaardigheidsbekleders, onder wie signor Gambini. Vrouwen hielden hun baby omhoog voor een kus van de monseigneur. Natalia was urenlang gebleven.

'Kapitein, er is iemand die u wil spreken,' kreeg Natalia van Giulio te horen, die bij haar deur stond en haar mijmering onderbrak. 'Een vrouw.'

Giulio had pistachenoten gegeten. Natalia kon ze ruiken. 'Wie is het?' vroeg ze.

'Ene signora Ruttola,' zei hij, terwijl hij zout van zijn lippen veegde. 'Ze zegt dat ze informatie heeft over de zaak-Teresa Steiner.'

'Bedankt.'

Lattanza's echtgenote zat op een stoel in de wachtruimte en was gekleed in een mooie witte jurk die afgunstige blikken oogstte bij twee vrouwelijke carabinieri die langsliepen. Maar haar perfecte uiterlijk werd ontsierd door de doorgelopen mascara op haar gezicht.

Ze depte haar ogen toen Natalia bij haar kwam. 'Ik moest u spreken.'

'Kom maar mee.'

De twee vrouwen liepen terug naar Natalia's kantoor. Natalia trok een stoel bij voor signora Ruttola en sloot de jaloezieën voor haar raam, waarna ze achter haar bureau ging zitten.

'Wat is er?'

'Marco,' snikte ze. 'Ik was naar een designconferentie in Milaan en kwam een dag eerder thuis. Laat ik dan voor de verandering maar eens het vrouwtje spelen, dacht ik: lekker koken, een negligé dragen. Echtparen krijgen het druk en vergeten dan tijd voor elkaar vrij te maken. U weet vast hoe dat gaat.'

Natalia knikte, al kon ze zich niet voorstellen ooit in een niets verhullend negligé rond te paraderen voor Marco Lattanza.

'Ik betrapte hem – hén. De smeerlap had niet eens het fatsoen naar een hotel te gaan.'

Ze rechtte haar rug alvorens verder te gaan: 'Hij was niet thuis op de avond dat het meisje werd vermoord, die Teresa Steiner. Ik heb gelogen. Ik ben de leugens zat. Hij verzekerde mij dat hij niets met haar moord te maken had. We zijn al heel lang bij elkaar; we hebben een dochter samen.' Zwarte druppels stroomden over haar wangen.

'Bent u bereid een verklaring te ondertekenen?' vroeg Natalia.

'Ja,' zei Marissa Ruttola.

'We zullen hem moeten meenemen naar het bureau voor nader verhoor. Misschien vasthouden op verdenking van moord. We hebben getuigen die hoorden dat hij het meisje bedreigde. Misschien wilt u uw dochter weghalen uit het appartement voordat we hem oppakken. Dat wordt waarschijnlijk pas morgen. Weet u zeker dat u zich tot die tijd kunt gedragen zoals normaal?'

'Absoluut.'

Nadat Marissa de verklaring voor een videocamera had voorgelezen en ondertekend, belde Natalia Pino op zijn mobiel en bracht ze de secretaresse van kolonel Donati op de hoogte. Toen zag ze pas het belformulier voor een telefoontje dat ze had gemist. *Hoop dat je je oorbellen mooi vindt. Lola*, stond er op het papier. Het hokje TERUGBELLEN was aangevinkt. Lola had Natalia nooit eerder op kantoor gebeld.

Pino kwam eindelijk opdagen. En niet met lege handen.

'De technische recherche heeft in Teresa Steiners huurkamer een dagboek gevonden, opgerold in de holle koperen bedstijl.'

'Fantastisch.'

'Dat is nog niet alles. De huiszoeking in het flatje van de bottenreinigster heeft dít opgeleverd: Kiyoshi nummer 7, het speciale koksmes dat zoek was in de kloosterkeuken.'

Hij hield beide omhoog in hun doorzichtige plastic bewijszak, zo blij als een kind dat goudvissen mee naar huis bracht.

Natalia klapte in haar handen. 'Bingo en bingo.'

Pino bleef op het laad- en losterrein in de auto wachten, terwijl Natalia in haar eentje het treinstation in liep. Ze stak de spelonkachtige hal over en kwam bij de openbare toiletten. Zoals gebruikelijk stond er een rij. De vrouw vooraan verspreidde een geur alsof ze zich al een poosje niet had gewassen. De vrouw recht voor Natalia was elegant gekleed in een witte capribroek en een lichte Gucci-blouse. De rij schuifelde naar binnen.

Twee prostituees waren hun was aan het doen in een wastafel. Een van de vrouwen, die haar ondergoed waste, had zwart vlassig haar. Haar zonnejurk toonde een broodmager lichaam en op haar arm waren zweren te zien. De andere vrouw, potiger, droeg een strakke broek met een haltertop. De vrouw voor Natalia hield haar tassen steviger beet en sloeg een kruisje toen ze besefte dat de potige vrouw in werkelijkheid een man was.

‘Weet een van jullie waar ik eerwaarde Pacelli kan vinden?’ vroeg Natalia.

‘Tuurlijk. Probeer het eens bij spoor 22, helemaal aan het eind.’

Na het verlaten van de toiletten begaf Natalia zich naar Binario 22, het spoor dat het verst van de centrale hal lag. Carabiniere Cesare straalde toen hij Natalia zag naderen. Hij leek nog even vrolijk als altijd.

‘Kapitein.’

‘Carabiniere. Hallo. Weet jij toevallig waar de priester is die met de prostituees werkt?’

‘De jezuïet? Tuurlijk.’ Hij wees haar in de richting van een grote deur.

Ze liep langs de wachtkamer, die afgescheiden was van de hoofdhal door een bewaker en een barrière. Je kon er alleen in met een kaartje. Een godsgeschenk voor alleenreizende vrouwen.

Natalia was zich ervan bewust dat ze niet langer werd nagefloten of nagestaard door mannen, zoals toen ze jong was. Aan de ene kant was ze daar dankbaar voor, maar het deed haar ook beseffen dat ze ouder werd. Jonge meisjes beschouwden het als vanzelfsprekend, hun perzikhuidje en spontane glimlach maakten het dagelijks levenspad in veel opzichten eenvoudiger. Teresa Steiner was in de volle bloei van haar leven geweest – lichamelijk en intellectueel. Het was heel goed mogelijk dat haar moordenaar haar vriendelijkheid voor iets anders had aangezien. En toen hij werd afgewezen…

En hoe zat het met Lattanza, de serieverleider? Hij had volop de gelegenheid gehad. En vermoedelijk ook volop jonge meisjes. Maar misschien wilde hij de relatie deze keer niet beëindigen, terwijl zij inmiddels haar oog op jongere mannen liet vallen. Zijn ego kon dat niet verdragen. Misschien voelde Lattanza dat hij de macht over haar verloor – seksueel of anderszins. Hij had het niet zo bedoeld, alles was uit de hand gelopen. Misschien, misschien, misschien. Pino zag niet echt een moordenaar in Lattanza, maar Pino had dan ook geen verleden met hem, had hem niet kwaad zien worden.

Ze liep door de deur naar spoor 22, waar een lege trein stilstond, en daar zag ze Pacelli op een plastic krat zitten, het hoofd voorovergebogen naar een prostituee op een ander krat. Hij luisterde aandachtig naar haar. Twee monniken waren koffie en brood, grof belegd met plakjes kaas, aan het uitdelen. Het duurde even voordat Natalia begreep dat Pacelli niet in een wederzijds gesprek met de hoer was verdiept: hij nam haar de biecht af. In de achttiende eeuw hadden de jezuïeten gepredikt tegen prostituees, hun een fatsoenlijke verblijfplaats aangeboden in ruil voor hun geloof, en in Napels een hospitaal voor syfilislijders opgericht. 'Vredesengelen', zo hadden de gevallen vrouwen de jezuïeten genoemd.

De tippelaarster sloeg een kruisje en stond op. Pacelli hervatte zijn taak: eten en drinken ronddelen.

'Monseigneur,' riep Natalia.

'Kapitein.' Pacelli wenkte haar naar zich toe, terwijl hij het laatste meisje in de rij een kop koffie aanreikte. Ze leek rond de veertig.

'We zijn op zoek naar Benito.'

'Hebt u het al bij het klooster geprobeerd?'

'Ja. Hij is niet in zijn kamer. Zijn kleren zijn ook weg.'

'Misschien is hij naar zijn ouders. Daar had hij het een paar dagen geleden over.'

'Bedankt. We zullen kijken of hij daar is.'

'Mag ik vragen waarom u hem zoekt?'

'Er is bewijs opgedoken dat tegen hem pleit. We moeten hem spreken.'

Pacelli keek gepijnigd. 'Hij heeft dat meisje niets misdaan. Daar is hij niet toe in staat.'

‘Hij was verliefd op haar,’ wierp ze tegen.

‘Overduidelijk. Maar dat hij geweld tegen haar heeft gebruikt? Onmogelijk.’ Hij tuitte zijn lippen, verontrust door het gesprek. ‘Ja, hij was gek op haar. We mogen dan tot priester zijn gewijd, maar we zijn ook maar mensen.’

‘Precies wat ik bedoel,’ zei ze. ‘Monnik of geen monnik, hij blijft een man.’

‘Als u Benito vindt, wilt u hem dan niet al te hard aanpakken?’

‘Ik zal mijn best doen, monseigneur.’

‘Ik zal voor jullie alle twee bidden.’

‘U neemt mensen de biecht af, monseigneur.’

‘Uiteraard. Daar ben ik priester voor.’

‘Het meisje dat is vermoord, is zij ooit bij u komen biechten? Volgens Benito kwam ze immers vaak genoeg in uw kerk. Ze was een afvallige katholiek. Al die keren dat ze Benito bezocht vormden een perfecte gelegenheid om weer in contact te treden met de Kerk.’

‘Waarom vraagt u dat?’

‘Mogelijk heeft ze u iets verteld wat ons kan helpen haar moordenaar te vinden.’

‘Het spijt me. Ik kende haar niet.’

‘Niet? Zo’n kleine parochie…’

‘Dan nog…’

‘En Benito? Is hij naar u toe gekomen? Heeft hij tegenover u bekend dat hij het meisje had vermoord?’

‘U weet dat ik niets mag onthullen over wat mij in de biecht ter ore komt.’

‘Monseigneur!’ Een lange vrouw met grote schommelende borsten liep met gezwinde pas op hen af. Haar ondergoed was zichtbaar door haar flinterdunne gele jurk.

Maar van dichtbij bleek ook zij een kerel te zijn, met de bouw van een man, de schaduw van een snor boven de roze lippen.

'Ida, een ogenblikje, oké?'

'Het is belangrijk.' Ze keek stuurs naar Natalia, klikte een poederdoosje open en bracht meer poeder aan.

'Geen rust voor een arme zondaar, ben ik bang,' zei Pacelli. 'Het spijt me dat ik niet meer tijd heb. Maar alstublieft, voel u welkom. Als ik u ergens mee kan helpen...'

'Bedankt.'

'Mag ik heel eerlijk tegen u zijn?'

'Natuurlijk.'

'U hebt een zware baan, kapitein Monte, heel zwaar. U ziet veel dingen die geen mens ooit onder ogen zou moeten krijgen. Als u ooit de behoefte voelt aan troost... U weet waar u mij kunt vinden. Na tien uur 's avonds kunt u aanbellen en dan zal iemand opendoen – ikzelf, of een van de broeders. We hebben allemaal hulp nodig. Zelfs priesters. De kracht van een hogere macht. Of alleen een luisterend oor. Een geruststellende hand.' Hij legde een hand op haar schouder.

'Bedankt, monseigneur.'

Ze stonden zo dicht bij elkaar dat ze de koperkleurige sproeten op zijn neus kon zien, en zijn mooie groene ogen. Een knappe man, realiseerde Natalia zich, toen er door de luidspreker een mededeling klonk en op het tegenoverliggende spoor een trein aankwam.

Geen '*scusi*' van de vrouw met een enorme koffer, paarse lippenstift en opgejaagde blik toen ze tegen Natalia botste. Achter haar kwam een jonge man aangehold. Hij gooide zijn sigaret weg en haastte zich, net als de vrouw, voor de trein.

Natalia had besloten om eerst langs te gaan bij Benito's ouders. Pino was blij dat hij met Natalia kon meerijden in een Alfa Romeo van het bureau, en ze zoefden langs de grote lelijke gebouwen die de oude stad omringden. Voordat ze vertrokken belde ze

Lola en sprak een korte boodschap in op het antwoordapparaat, zonder haar naam te noemen.

In de buurt van Cosenza stopten ze voor de lunch bij een smoezelig *trattoria*. Ze waren de enige klanten. De *padrone* bereidde hun gerecht – een verrassend lekkere *risotto ai funghi*. Nu zat hij aan een tafel een glas wijn te drinken. Rond hun tafel zoemde een grote zwarte vlieg.

'Zin in een korte wandeling?' stelde Natalia voor.

De *padrone* was druk bezig met papierwerk toen ze langsliepen. Op straat jankte een hond. Even dreven de wolken uiteen. Er stonden wat vervallen gebouwen. Achter een raam hield een gezicht hen nieuwsgierig in de gaten. Het was te fris om rond te hangen. Binnen een paar minuten bevonden ze zich op een landweg. Ze zagen een lange muur, prachtig opgebouwd uit oude gladde stenen, en wijngaarden op de heuvels. Toen een poort, verwaarloosd: het hout was verrot en de poort opengevallen.

'Kijk.' Natalia raapte iets op van de grond. 'Citroenen.' Ze gaf er een aan Pino. 'Daarachter ligt een boomgaard.' Ze wees naar een paar bomen.

'"*Dan valt de regen, en raakt de aarde versleten; het winterniets slaat neer op de daken, het licht wordt vrekkig, bitter de ziel. Tot op een dag door een halfgesloten poort, tussen het gebladerte van een binnenplaats, het geel van citroenen gloeit, waarop het ijs van het hart smelt, en liederen in ons schallen uit gouden trompetten van zonnelicht.*"'

'Schitterend,' zei Natalia.

'Montale, "De citroenen".'

Ze keerden terug naar de auto. Toen ze bij de boerderij arriveerden, stond de keukendeur open.

'Benito?' Zijn moeder greep naar het crucifix aan een gouden ketting rond haar nek. De ogen van Jezus waren diamanten. 'Er is toch niets met hem gebeurd?'

'Mogen we binnenkomen, signora Gambini?' Natalia klapte haar legitimatiemapje open.

'Pasquale!' riep ze, terwijl ze hun gebaarde plaats te nemen op een paar stoelen. 'Mijn man.'

Toen hij niet kwam ging ze het andere vertrek in. Natalia stond op en liep achter haar aan.

De gordijnen waren zelfgenaaid. De muren hadden in lange tijd geen likje verf gehad. Er stond een kleine boekenkast met meer lege planken dan boeken. Het bankstel zag er verlopen uit, maar de stoel waarin Pasquale zat moest duur zijn geweest, zo'n relaxfauteuil die je elektrisch kon laten draaien en kantelen.

'Opstaan!' Ze stompte hem op de arm. 'Carabinieri.'

Pasquale ging rechtop zitten en wreef met een hand over zijn baard. Toen stond hij op, waarbij hij even keek of zijn gulp niet openstond. Een grote hond volgde hem naar de keuken. Het dier begon te blaffen toen het de bezoekers zag. 'Stil.' Pasquale gaf de hond een tik op de neus.

'Hebt u recentelijk nog iets van Benito vernomen?' vroeg Natalia.

'Waar gaat dit over?' wilde Pasquale weten, met een blik naar zijn vrouw alsof het haar schuld was.

'Heeft Benito u ooit over een meisje verteld?' vervolgde Natalia.

'Benito is een man van de Kerk.' De vader was nu volledig wakker. 'Hij staat op het punt om tot priester te worden gewijd.'

'Dat valt nog te bezien,' corrigeerde Pino hem.

'Benito is een goede jongen.'

'Afgelopen week is er in zijn kerk een meisje vermoord,' zei Natalia.

'O God!' De vrouw greep naar haar rozenkrans.

'Dat had niets met mijn zoon te maken,' zei Pasquale.

'We hopen van niet. Maar hij kende haar.'

'Nee!' riep de moeder uit. Ze pakte een theedoek op en legde hem weer neer.

'Ga zitten,' zei Natalia, die haar in een stoel hielp.

Pasquale staarde uit het raam.

'Wanneer hebt u uw zoon voor het laatst gesproken?'

'Benito belt ons iedere week,' zei zijn moeder. 'Meestal op maandag. Zondags heeft hij het druk. Hij belde ons gisteren.'

'Weet u van waar hij belde?' vroeg Pino.

'Nee. Hij zei dat hij langs wilde komen. Normaal gesproken komt hij maar eens in het jaar, rond kerst. Ik vroeg hem of er iets was. Hij zei dat hij ons miste, meer niet.'

'Aldo Gambini is toch uw broer?'

'Aldo?' Pasquale verhief zijn hoofd. 'Ja.'

'Dat is ons bekend. We hebben Gina Falcone gesproken. Zij heeft het lichaam ontdekt.'

'We zijn samen opgegroeid.'

'Ja,' zei Pino. 'We willen u niet verder van streek maken, maar wij denken dat Aldo mogelijk iets te maken had met de moord.'

'Aldo deugt niet.'

'U hebt geen contact met uw broer?'

'Nee.'

'En uw zoon?' vroeg Pino.

'Had hij contact met zijn oom?' verduidelijkte Natalia.

De oude man schudde zijn hoofd. 'Nee, niets.'

'De satellietschotel en uw rozenkrans,' merkte Pino op. 'Die lijken mij niet goedkoop.'

'Van Benito,' zei Pasquale. 'Van zijn spaargeld uit de tijd dat hij nog werkte. Voordat hij een *monachello* werd. We houden niet van aalmoezen.'

Zijn vrouw friemelde met de kralen van de rozenkrans.

'We willen uw zoon helpen,' zei Natalia. 'Als u weer van hem hoort, bel ons dan meteen.' Ze liet haar kaartje achter op de armleuning van Pasquales stoel.

Pino reed de Alfa terug naar Napels. Hij keek even opzij naar Natalia. 'Je hebt die blik over je,' zei Pino. 'Je denkt zeker weer aan professor Lattanza?'

'Ik weet het niet, het is zo gecompliceerd. Het zou net iets voor hem zijn om een labyrint aan te leggen dat alleen hij begrijpt. Hij moet afgunstig zijn geweest op Teresa Steiner vanaf het moment waarop ze hem haar onderzoek liet zien.'

'Dat is een grote stap, vind je niet, van jaloezie naar moord?'

'Bij moordzaken staat jaloezie boven aan de lijst van motieven. Waar of niet?'

'Jaloezie in de liefde, misschien. Maar beroepsmatig?' Hij gaf richting aan om van rijbaan te veranderen en voegde behoedzaam in op de snelle strook.

'In dit geval kan het om allebei gaan.'

'Teresa Steiner was ook niet bepaald zo onschuldig als ze eruitzag. Ze papte aan met een novice, in godsnaam. De neef van een gangster. Misschien wel met de gangster zelf.'

'En zeker met een egobeluste professor die het op haar en haar scriptie had voorzien. Ze was een ongelofelijk slim meisje, maar ook geraffineerd en niet al te kieskeurig wat mannen betreft. En als gevolg daarvan ligt ze nu in het mortuarium. Vind jij dat haar ziel een dikke onvoldoende verdient omdat ze het met jan en alleman deed, of een meedogend zesje omdat ze op deze manier aan haar einde is gekomen? Zijn we haar recht om te leven nu aan het beoordelen aan de hand van hoe ze leefde?'

Pino schudde zijn hoofd. Ze bleven enige tijd zwijgen.

'Zou Lattanza eigenlijk wel in staat zijn geweest om haar lichaam naar die crypte te dragen?' vroeg hij ten slotte.

'Hij ging altijd prat op zijn conditie.'

'En we weten toch niet zeker of Teresa en Benito iets met elkaar hadden?'

'Weten we dat niet?' Ze lachte. 'Dat weten we wel, Pino. Dat weten we wel. Ze waren meer dan alleen vrienden.'

'Jij denkt dat professor Lattanza haar heeft vermoord?'

'Dat denk ik, ja. Marco Lattanza.'

'Maar als het iemand anders is en wij niet bij de les blijven...' zei Pino. 'Teresa Steiner kan heel goed ruzie met Gambini hebben gekregen. Ze werd vermoord bij de kerk van zijn neef en het heeft er alle schijn van dat het moordwapen uit de kloosterkeuken van zijn neef kwam. Afgaande op wat we over haar horen, kan ze het best spannend hebben gevonden om voor een rendez-vous met hem het klooster binnen te sluipen.'

'Benito was verliefd op het meisje,' zei Natalia, terwijl ze de zonneklep omlaagklapte. 'Gambini heeft een zwak voor zijn neef en zij gaf hem de bons om een affaire met Lattanza te beginnen. Wie weet is ze ook met Gambini naar bed geweest.'

'Wat ik eigenlijk wil zeggen...' begon Pino. Hij zweeg even. 'Misschien heb je gelijk over professor Lattanza, maar je vijandigheid jegens hem –'

'Luister, sergeant Loriano. Ik ben verantwoordelijk voor dit onderzoek. Het is míjn reputatie die op het spel staat!'

'In rang ben je mijn superieur. Maar we zijn een team of niet?'

Ze vervielen in een mokkend stilzwijgen.

'Hé,' zei hij. Hij kneep haar zacht in de schouder. 'Ik wilde je niet overstuur maken.'

'Nee, je hebt gelijk. Ik moet meer afstand nemen.'

'Ben je niet wat streng voor jezelf?'

'Nee. Dat ben ik niet. Dit is belangrijk. Ik beloof beterschap.' Ze keek naar hem. 'Vrienden?'

'Domme vraag, kapitein Monte. Domme vragen verdienen geen antwoord.'

Ze checkte haar mobieltje op berichten: Lola had nog niet teruggebeld.

'Denk je dat we ons zorgen moeten maken over de auto die ons volgt?' zei Pino.

Natalia wierp een blik in de achteruitkijkspiegel. 'Ongetwijfeld handlangers van Gambini.'

'Dat lijkt me van wel.'

'Als Gambini achter de moord op Teresa Steiner zit, maak ik me meer zorgen dat we daar geen bewijzen voor kunnen vinden. En tegelijkertijd maak ik me zorgen dat we ze wel vinden, dat we hem zullen moeten arresteren en wraakacties van de camorra over ons afroepen.'

'Niet echt wat je noemt een win-winsituatie,' meesmuilde Pino.

'Heb je het gerucht op het bureau al gehoord, dat kolonel Donati erover denkt met pensioen te gaan?'

'Zou mij niet verbazen,' zei hij. 'De kolonel komt er aan het eind van het jaar voor in aanmerking. De arrestatie van een camorrabaas zou een mooie bekroning zijn op zijn carrière. Dan krijgt hij alle lof van de premier, een gouden handdruk als beloning voor zijn trouwe dienst. En vervolgens rijdt hij de zonsondergang tegemoet en zitten wij hier met de gebakken peren.'

'Volgt die wagen ons nog?'

Pino keek even in de spiegel. 'Ja. De zilverkleurige Wrangler. Twee auto's achter ons.'

'Luister. Morgen...'

'Ja?'

'...draag je uniform. Het wordt tijd voor een confrontatie met de grote baas zelf.'

10

Pino haalde het zwarte uniform uit de plastic hoes van de stomerij en maakte het klaar voor gebruik. Hij poetste de rand van zijn pet, zijn riem en zijn schoenen tot ze blonken, poetste zijn knopen, borstelde de epauletten en roodgetinte chevrons op de mouw die zijn onderofficiersrang van sergeant aangaven: *vice brigadiere dei carabinieri*. Natalia deed ongetwijfeld hetzelfde. Hierna pakte Pino zijn pistool, maakte het schoon en laadde vervolgens extra magazijnen voor het wapen. Ze gingen naar het hol van de leeuw. Ze moesten indruk maken. Gezag uitstralen was min of meer hun enige vorm van bescherming. Om halfnegen belde Natalia aan en ging Pino naar beneden. Ze zat ditmaal achter het stuur van een officiële blauwe patrouillewagen, met op de zijkanten in grote letters CARABINIERI boven een rode horizontale streep. Op het dak bevond zich een blauw zwaailicht. Achterin hing Natalia's uniformjas aan een kleerhanger. Hij legde zijn pet naast de hare op de achterbank en stapte naast haar in. Ze sjeesde weg voordat hij de kans kreeg om zijn veiligheidsgordel om te doen.

Natalia reed snel, met het raam open. Drie kilometer buiten de stad werd het platteland betoverend. Nevel trok op boven de velden vol oranje klaprozen. Paarden hieven hun hoofd om hen voorbij te zien rijden. Pino herkende de bomen: walnoot. Hij telde wel zo'n vijftig walnotenbomen. Ze reden in rap tempo nog een paar kilometer, totdat Natalia opeens vaart minderde en naar de kant ging om te stoppen. Gelukkig was er geen verkeer. Zonder iets te zeggen stapten ze uit en liepen, beschut onder een rij eikenbomen omgeven door klimplanten, langs een groot veld met gelijkmatig geplaatste walnotenbomen die tot bloei waren gekomen. De grond lag bezaaid met opgedroogde schillen.

'Net de boerderij van mijn grootouders,' zei Pino.

Elke Napolitaan wist dat je de noten traditioneel moest plukken op de dag van San Giovanni Battista, wanneer ze nog groen waren. Van de donkerbruine olie die eruit werd geperst, bereidde men een dessertdrankje: een zwaar gekruid, haast bitter digestief. Natalia had het nooit lekker gevonden, maar ze lustte niets liever dan een verse walnoot en pakte een ongeschonden noot op om hem aan Pino te geven. Hij nam haar hand en bracht hem naar zijn wang.

'We kunnen beter gaan,' zei Natalia, met haar handpalm tegen zijn gezicht.

'Het zou fijn zijn om hier de dag door te brengen. Jammer dat we moeten gaan.'

Ze reden verder als in een tijdmachine, rolden vijf eeuwen terug naar een feodaal tijdperk toen de baronnen en *signorotti* – de prinsen – heersten, bevelen en wetten uitvaardigden. De *guappi*, de camorraleiders, hadden deze aristocratie vervangen wat betreft autoriteit en privileges.

Hoewel de camorra groot was geworden over de ruggen van de armen, was de organisatie bijzonder klassenbewust. De topgangsters kleedden zich piekfijn, begaven zich in beschaafde kringen en sluisden hun miljoenen weg naar banken in Zwitserland, in Liechtenstein, en op Gibraltar. Ze kochten politici om en aasden op winkeliers, aan wie ze namaakartikelen verkochten voor in de detailhandel. Ze smokkelden belastingvrije sigaretten, bepaalden de uitslag van belangrijke voetbalwedstrijden, en handelden in wapens en in drugs.

Het camorraleven draaide om oligarchen zoals Gambini. Hij was niets minder dan een leenheer. Een dictator met totale macht. Sinds Mussolini had geen enkele Italiaanse regering het aangedurfd om de strijd aan te binden met de camorra of de andere maffiaorganisaties.

Natalia en Pino stonden er helemaal alleen voor. Onbeschermd. Als de twee voortijdig de dood vonden, zou het publiek schande roepen. De media zouden speculeren, de overheid zou een onderzoek instellen en zoals gebruikelijk verontwaardigd reageren. Maar dat duurde nooit lang.

'Er liggen twee Heckler & Koch-aanvalsgeweren in de kofferbak,' zei Pino. 'Voor als je de behoefte voelt aan meer vuurkracht dan onze pistolen.'

'Nee, ik denk niet dat we meneer Gambini vandaag met grof geschut gaan verslaan.'

Na nog eens een halfuur kwamen ze bij de rand van het dorp waar Gambini zijn verblijf had. Op de pleinen hingen veel jongeren rond en oude knoestige mannen zaten op hun gemak onder de buxusbomen en esdoorns. Ze reden door naar het andere eind van het dorp en vervolgens het terrein op van Gambini's landgoed, waar ze zwarte Hummers passeerden die bij de fruitkwekerijen en olijfgaarden aan de kant van de weg stonden geparkeerd.

De oprijlaan naar de deur was ruim drie kilometer lang. Onderweg zagen ze nog meer mannen rondhangen, wilde frambozen plukkend met een geweer over hun schouder. Er waren ongetwijfeld nog zwaarder bewapende mannen in de buurt. Gezien de mate van beveiliging moest er wel iets broeien in gangsterland, dacht Natalia. Sinds Gambini zich op het buitenland was gaan richten, waren naburige clans ambitieuzer geworden op het thuisfront. Volgens de geruchten was met name de bende van Bianca Strozzi vervuld van afgunst over Gambini's contracten met de stad voor het ophalen van het vuilnis.

Natalia en Pino bereikten uiteindelijk het hoofdgebouw en een voorplein van kasseien, met gele primula's en grote planten in vaalgele bloembakken. Ook de voordeuren waren door de tijd en de zon verbleekt. Slechts een paar delen gaven een idee van het originele blauw. Ze trokken allebei hun jasje aan, zetten hun pet op en stapten in gelijke pas naar de vooringang van het barokke herenhuis. De zijkant van het huis was overwoekerd met bougainville. Natalia knikte naar Pino toen ze bij de deels openstaande deur kwamen.

'Carabinieri!' riep hij, terwijl hij één zijde van de walnotenhouten deur helemaal openduwde. De deurhelft schraapte over de stenen vloer. Er kwam een oude man aanlopen en ze vertelden hem dat ze signor Gambini wilden spreken. De oude bediende ging hun voor langs gewapende bewakers die rondhingen in een lange gewelfde gang die naar een grote zaal leidde, helemaal achter in het herenhuis aan de tuinzijde, waar vier mannen rond een tafel zaten. Het waren normaal uitziende plattelandsheren in vrijetijdskleding. Het stonk naar sigaren. Ze waren aan het kaarten.

Gambini zat met zijn rug naar hen toe. Ze had hem al haar hele leven van veraf gezien, maar nooit een gesprek met hem durven aanknopen. Zij en Pino stapten naderbij, hun uniform onberispelijk, hun leren laarzen en riemen krakend in de stilte. Ze kwamen naast hem tot stilstand. Hij had zich pas geschoren en droeg een grijs T-shirt van Armani, een witte broek, en fluwelen Paciotti-pantoffels waarop een familiewapen stond geborduurd. Met zijn bolle roze wangen en gerimpelde blauwe ogen zou Aldo Gambini hebben kunnen doorgaan voor een lieve, rijke opa of de Kerstman op vakantie.

Gambini was getrouwd, maar hield er ook een aantal vriendinnen op na, en die ene serieuze minnares over wie Lola het had gehad. In tegenstelling tot heel wat van zijn leeftijdgenoten vond hij alleen het zomerpaleis niet genoeg. Hij had een villa op het eiland Procida en een jacht dat daar in de haven lag, hoewel beide de laatste tijd niet vaak waren gebruikt. Hij bezat in Napels ook het appartement van zijn familie in zijn oude sloppenbuurt, plus een weelderige villa aan het water en een nieuwe kantoorsuite in de chique wijk Chiaia. Het merendeel van zijn tijd bracht hij in de stad door, waar hij leidinggaf aan het defensief tegen de nieuwste aanval op zijn zakenbelangen.

'Jullie zijn laat,' zei Gambini. 'Jullie zijn onderweg vast ergens gestopt.' Natalia en Pino liepen om de tafel heen zodat ze hem konden aankijken. Ze waren bewust onaangekondigd gekomen.

'Ik wist niet dat u ook kaarten kon lezen,' zei ze.

Er liep een litteken van zijn wang over zijn nek. 'Ja. Soms kan ik ook de toekomst voorspellen.' Hij stond op. 'Laat me u eens goed bekijken. Ik heb al het nodige gehoord over de damesagent,' zei hij, waarbij hij Natalia van top tot teen in zich opnam. 'Indrukwekkend. We hebben dezelfde kledingontwerper. Koffie?' bood hij aan.

'Nee, bedankt,' zei Pino.

'Ik ben kapitein Monte,' stelde ze zichzelf voor. 'En dit is sergeant Loriano.'

'Wat kunnen we voor u doen, signora?' vroeg hij.

'We moeten eens praten. Onder vier ogen.'

Met het kleinste gebaar wist hij de zaal te ontruimen, want op zijn teken trokken zijn manschappen zich terug binnen de muren van het grote huis. Natalia slikte. Ondanks het hoge plafond was het door de hitte van de dag warm geworden in het enorme vertrek, en benauwd. Ze was bovendien nerveus en probeerde haar onrust in te dammen. Hoe was ze ooit op het idee gekomen dat je mensen als Zazu Gambini kon intimideren door bij hen langs te gaan? Natalia haalde een foto van Teresa Steiner uit een envelop en liet die voor hem op de tafel vallen. Hij keek er even naar.

'Mooi meisje,' zei hij. 'Luca's foto in de krant deed haar geen recht.'

'We hoorden dat ze wat klusjes voor u deed bij de kapellen in Napels.'

'Ik heb een heleboel mensen in dienst voor het onderhoud van de kapellen. Honderden. Misschien wel duizend,' zei hij.

'Ja. Vast moeilijk om ze allemaal uit elkaar te houden,' merkte Pino op.

'Deze is dood,' zei Natalia. 'Vermoord onder een van uw kapellen.'

Gambini haalde zijn schouders op. 'Mensen gaan dood. Wat doe je eraan?'

'Hebt u uw neef onlangs nog gesproken?' vroeg Natalia.

'Welke?'

'Uw neef Benito, die bij de kapucijner monniken verblijft. Hebt u hem recentelijk gesproken, in de afgelopen paar dagen?'

'Mijn neef is een geestelijke. Een novice. Ik ben op hem gesteld, maar we verschillen wat betreft leeftijd en interesses, en hebben niet veel contact. En daarbij, ik ben lang op reis geweest.'

Natalia raadpleegde haar notitieboekje. 'Ja. Negen landen in elf maanden: de vs, Brazilië, Peru, Colombia, Zwitserland, Joegoslavië, twee keer naar Duitsland, Engeland, Zuid-Frankrijk.'

'Ik reis voor zaken. Wat dan nog?'

'Drugszaken.'

'Farmaceutica. En cruiseschepen en kunstgaleries, om maar wat te noemen.' Gambini tikte met zijn vingertoppen tegen elkaar.

'Ja.' Natalia draaide een pagina om. 'U hebt nogal wat in uw portefeuille zitten.' Ze las de lijst op: 'Bronwater bottelen, schoenen vervaardigen, vleesverwerking, grondtransport, cement, reisbureaus, restaurants, bioscopen, boerderijen, appartementencomplexen, dienstverlenende bedrijven, kledingfabrieken, wijnmakerijen, suikerraffinaderij, reisagentschap, professioneel voetbalteam, ijzergieterij, particuliere school... Zelfs uw eigen bank, en de helft van de aandelen in een andere bank in Monaco. Toch?'

'Hmm. Mijn financieel adviseurs dringen altijd aan op de spreiding van investeringen. Maar verstandig investeren is een echte uitdaging. Er lopen zo veel charlatans rond in de financiële wereld.'

'U bedoelt spreiden over prostitutie, woekerpraktijken, gokken, smokkelen, drugs, afpersing, protectiegeld –'

'Leugens, kapitein. Aantijgingen van jaloerse rivalen.'

'Had u een relatie met het overleden meisje? En dan bedoel ik een affaire.'

'Ik ben getrouwd, kapitein.'

'Zegt u nu dat u geen relatie met haar had, of dat uw vrouw het niet wist?'

Gambini lachte. 'U bent echt een brutaaltje. Nee, ik had geen intieme betrekkingen met de jongedame. Ik kwam haar bij toeval tegen en huurde haar in voor wat karweitjes in Napels. Ze zei dat ze uit Duitsland kwam, in Italië naar de universiteit ging en de kapellen wilde bestuderen. Ze zei dat ze die persoonlijk wilde ervaren. Ze wilde ook onze hele organisatie onderzoeken vanuit sociologisch oogpunt, met het idee om verslag te doen over hoe wij ons in het uitvoeren van onze activiteiten verhouden tot de Kerk en landelijke overheid, onze fiduciaire verplichtingen wat betreft het groepsinkomen, de verdere verdeling onder partijen in de regering, personen ten laste van overleden leden en degenen die momenteel in hechtenis zitten, lokale herinvesteringen van onze winsten, investeringen wereldwijd. Et cetera, et cetera.'

Pino en Natalia waren stomverbaasd toen ze dit hoorden. 'Ze wilde toestemming voor een studie naar...'

'Mijn zakelijke belangen. Ja.' Hij telde ze na op zijn vingers. 'De schoonmaak- en vuilnisophaaldiensten, casino's, bouwbedrijven, kredietverenigingen, import-export... Ze was van plan de informatie te gebruiken voor haar afstudeerscriptie aan de universiteit, misschien om een boek te schrijven, en wilde mijn goedkeuring en medewerking.' Hij lachte. 'Ongehoord, hè?'

'Hoe reageerde u?' vroeg Natalia.

'Ik zei dat ik haar initiatief bewonderde en wel iets voor haar kon regelen wat de kapellen betrof. Maar voor de rest' – hij maakte een wegwuifgebaar – 'was haar nieuwsgierigheid ongewenst, onverstandig.'

'U liet haar het geld bij de kapellen ophalen,' zei Natalia.

'Ja. Met de zegen van vertegenwoordigers van de Kerk. Volstrekt legaal.'

'En ze was betrouwbaar in haar werk en deed alles naar tevredenheid?' vroeg Pino.

'Niet alles, maar genoeg.' Hij leek een ogenblik weemoedig. 'Ze had eigenlijk een jongen moeten zijn.'

'Was signora Gambini op de hoogte van haar... tewerkstelling?' vroeg Natalia.

'Nee. Net zomin als ze het van anderen weet.'

'Is de signora beschikbaar voor een kort gesprek?'

Gambini liep rood aan. 'Jullie zouden er beter aan doen mijn vrouw niet te benaderen of vragen te stellen... Over wat dan ook.'

'Dat is niet aan u.'

'Het zou onverstandig zijn contact te zoeken met mijn vrouw, kapitein,' zei hij. 'Ze staat overal buiten en heeft niets te maken met wat er zich tussen u en mij afspeelt. Het is niet nodig haar te ondervragen of hierbij te betrekken.'

'We zijn gerechtsdienaren van de republiek,' zei Natalia. 'De wet zegt dat we haar mogen ondervragen. U bent ons toch niet aan het bedreigen?'

'De hemel verhoede het!' riep Gambini uit, een en al onschuld. 'Jullie hebben rechten gestudeerd aan de officiersacademie in Rome. Bravo. Maar jullie zijn *Napoletani* – allebei. Jullie weten hoe wij zijn.'

Ze haalde de envelop met contant geld tevoorschijn die haar 's nachts was opgedrongen door haar eerste vriendje en gooide hem voor Gambini op de tafel.

'Wat is dit?' Gambini's gezicht betrok.

'Een valentijnscadeau dat ik eergisternacht kreeg. Vijftigduizend euro. Misschien weet signora Gambini wel een paar goede doelen om het aan te schenken.' Natalia zette haar pet op. 'U hoort nog van ons,' zei ze, waarna ze naar de deur liep, gevolgd door sergeant Loriano.

Ze beenden opnieuw de lange gang door en via de voordeur naar buiten. Het grind knarste onder hun voeten. In de conciërgewoning naast Gambini's garage en stallen zagen ze een gordijn bewegen. Pino bracht zijn hand naar het wapen in zijn holster.

'Jezus!' zei Natalia tegen haar partner toen ze in de auto stapten. 'Dit was een slecht idee.'

'Misschien niet. Dat met dat smeergeld vond ik een goede zet van je. Waarom zou hij zoiets proberen als hij er niets mee te maken had?'

'Ja. Hij doet me denken aan een adder.' Natalia veegde wat zweet van haar lip. 'Doodstil als je er eentje tegenkomt, maar klaar om het volgende moment toe te slaan.'

'Nou, je hebt in elk geval zijn rust verstoord.'

'Heb jij daar iets van gemerkt dan? Zo koelbloedig als hij zijn er maar weinig.'

Ze stak de sleutel in het contact en klikte haar veiligheidsgordel vast. Pino deed zijn raampje omlaag.

'Je veiligheidsgordel,' zei Natalia.

'Wat?' Pino leek er niet helemaal met zijn gedachten bij.

'Doe je veiligheidsgordel om,' zei Natalia.

'Ja, moeder.' Pino glimlachte en gehoorzaamde.

'"Moeder overste" voor jou.'

De dag liep bijna ten einde en de laatste kapel waar Teresa Steiner geld had opgehaald lag op de terugweg. Aangezien ze zich veilig waanden in hun uniform en de kapel diep in een camorrawijk stond, besloten Natalia en Pino er een kijkje te gaan nemen. Tegen de tijd dat ze het piazza voor het metrostation bereikten, zakte de zon naar de zee. De bergen vuilnis leken in dit deel van de stad nog hoger.

Natalia en Pino betraden het kleine park. Het stonk er naar urine en de bankjes waren geruïneerd. Aan een opklaptafel zaten vier mannen te kaarten. Onder hen, op het Piazza Cavour, braakten oranje bussen zwarte walmen uit. Natalia nam een slok uit het waterflesje dat ze bij zich had. Er verschenen drie grote magere honden die stukken worst naar binnen schrokten en daarna water dronken, waarbij ze op het voetpad spetterden.

'Wil jij ook?' Ze gaf het flesje aan Pino.

Enkele bejaarde mannen zaten rond een betonnen tafel. Ernaast sloeg een ander oudje met indrukwekkende vitaliteit een stoel kapot op de grond. Overal om hem heen lagen gebroken poten en houtsplinters.

'Heren,' zei Pino, toen ze bij het gezelschap kwamen. 'We willen jullie graag een paar foto's laten zien.' De mannen legden hun kaarten neer. De stoelenmepper verliet zijn stapel hout en voegde zich bij hen.

'Staat deze kapel hier in de buurt?' Natalia toonde een van Teresa's foto's van de kapel.

'Moet je aan hem vragen,' zei de stoelenmepper en hij gebaarde met zijn kin.

De man die afzijdig zat van de anderen was Natalia en Pino niet opgevallen. Hij was gekleed als een *boulevardier*, in een gestreken broek en een wit overhemd met lange mouwen, zij het respectievelijk bevlekt en gerafeld. Zijn sandalen hingen met plakband aan elkaar.

'Zijn jullie studenten?' vroeg een van de kaarters aan Natalia.

De stoelenmepper lachte. 'Studenten! Je bent toch niet debiel of zo? *Vaffanculo*. Sodemieter op.' Hij spuugde. Pino en Natalia herkenden twee van de mannen. Ze waren vroeger drugskoerier voor de Provenzano's geweest, talloze malen verhoord op het hoofdbureau en zelfs een nacht of twee in de cel vastgehouden.

'Let maar niet op hem,' sprak de deftige eenling. 'De kapel staat daar, voorbij de Via Cimitile. Kan niet missen.'

Natalia hield vervolgens een foto van Teresa omhoog. 'Hebben jullie haar hier in de buurt gezien?'

De stoelenmepper bracht zijn gezicht naar voren om beter te kijken. 'Zeker! Dat meisje is hier geweest. Een paar keer. Ze heeft ons gefotografeerd. Wat dan nog?'

'Ze is dood,' zei Pino, vooral om de reacties op hun gezicht te peilen.

'Was ze hier alleen?' vroeg Natalia, terwijl ze haar voorhoofd afveegde.

'Er was een priester bij haar,' zei de stoelenmepper. 'Dat herinner ik me nog, want als je een priester met een mooi meisje ziet...' Hij knipoogde en bracht zijn duim en vingers samen om er een kus op te geven.

Zij en Pino bedankten het gezelschap en vervolgden hun weg. Een eindje verderop kwamen ze de straatkapel tegen. De verf bladderde eraf. Eronder stond een blik met een klein boeket goedkope witte anjers, keurig geschikt. Natalia en Pino liepen naar de nis. Aan de buitenkant hing een gipsen ledemaat en op de grond ervoor lag een bos halfdode wilde bloemen. In het lijstwerk van de kapel stak een foto van een priester met een witte snor. Ook hij vervaagde door de tijd.

Het glas voor de nis was vertroebeld door vuil. Twee figuren waren nauwelijks zichtbaar: de Madonna met kind. Natalia deed een stap dichterbij en tuurde naar binnen. Rondom Maria zag ze de lange hoorns van een koe en een zonneschijf. De figuren waren feitelijk een eeuwenoud bas-reliëf. Grof uitgewerkt maar herkenbaar: Isis, de Hemelkoningin van de Egyptenaren, met haar zoon, tevens haar gereïncarneerde echtgenoot. Een maagdelijke geboorte, zo herinnerde Natalia zich. De gebeeldhouwde figuren stamden van vóór het christendom en waren op een of andere manier bewaard gebleven in deze muurnis uit de Romeinse tijd, toen de legioenen van het Rijk ze als favoriete goden hadden meegebracht.

Natalia boog zich voorover om het beter te kunnen zien. Teresa, Teresa, dacht ze. Je was iets op het spoor.

'Hoop je op een wonder?' vroeg een vrouwenstem.

De vrouw kon niet ouder zijn dan vijftig. Mollig, blauwzwart geverfd haar. Rode broek en geel shirt. Limoengroene sandalen. Een paar meter achter haar stonden een paar jonge moeders nieuwsgierig naar de indringers te kijken. Hun peuters dwaalden rond over de straatkeien. Hier opgroeien betekende dat ze zelfs niet de luxe hadden van een opleiding na de lagere school. Een meisje werd een vrouw zodra ze borsten kreeg en borstvoeding kon geven. Er waren er weinig die hard werkten, afgezien van de zware taak om een grote kinderschare op te voeden en het huishouden te doen.

'Ga naar huis,' zei de vrouw tegen de moeders, die onmiddellijk verdwenen.

'Ze noemen mij hier de burgemeester,' vervolgde de vrouw.

'En wat ik nu ga zeggen is niet beledigend bedoeld, ik vertel het jullie vriendelijk, maar carabinieri of geen carabinieri, buitenstaanders zijn hier niet welkom. Zoals die sloerie die in onze zakken begon te graaien.' Ze klopte zich op de borst. 'Het collectegeld is mijn verantwoordelijkheid, of was dat althans tot zij kwam opdagen. Meneer G. stuurde haar om het op te halen, en dat terwijl wij het al jaren deden. Het was van ons. Totdat zij kwam. Waarom hij die hoer wilde gebruiken bleef ons een raadsel. Tenzij... je weet wel.' Ze maakte een obsceen gebaar.

Abrupt sleepte ze haar boodschappentassen een deuropening in. Een broodmagere kat sprintte naar buiten, net toen ze de deur achter zich sloot. Het was algemeen bekend dat Aldo Gambini een afspraak had met de lokale kerken voor de bazaars en collectekistjes bij de kapellen. Als de autoriteiten zich met de kapellen bemoeiden, zou dat uitmonden in burgerlijke onrust. De kerken kregen een maandelijks stipendium en iedereen hield zijn mond, zeker de boetelingen die hun munten en zuurverdiende biljetten in de houten kistjes stopten. Zolang er maar iemand naar hun gebeden luisterde.

Er klonk een andere stem. 'Alstublieft, signora.' Natalia kon eerst niet achterhalen waar de stem vandaan kwam.

'Alstublieft, ik heb honger.'

Ten slotte zag ze knokige vingers heen en weer wiebelen uit een kelderraam. Het gezicht oogde rond de tachtig. Natalia bukte zich naar het raam en zocht in haar schoudertas naar een paar euro. Hoogstwaarschijnlijk voor wijn.

De kogels sloegen onverhoeds in. Een ervan maakte een gat in de muur boven de kapel, een andere liet pal naast Natalia mortel opspatten. Een grootmoeder, die voor haar huis sokken ophing aan een waslijn, liet zich vallen en krijste: 'Ik ga sterven! Ik ga sterven!'

Natalia en Pino trokken hun Beretta. Ze dook ineen, pistool

geheven. Ze speurde de daken en vensters af om de schutter te vinden. Geen gezichten achter de ramen. Lege balkons. Niemand te bekennen. Een baby huilde. Langzaam liepen ze achterwaarts de steeg uit, hun wapen nog altijd op de huizen gericht.

'Gaat het?' vroeg Pino. Hij bood haar een zakdoek aan.

'Ik heb me weleens beter gevoeld.' Natalia nam de zakdoek aan en wiste het zweet van haar gezicht. 'Bedankt.'

'Hij was voor je arm bedoeld.'

Ze keek naar haar ene arm, toen naar de andere. Haar rechteronderarm bloedde en de mouw was gescheurd. Pino vouwde de mouw om.

'Het valt wel mee,' zei ze. 'Vermoedelijk ben ik geraakt door een scherf die van een gevel afspatte.'

De zakdoek kleurde rood. 'Ik breng je naar het ziekenhuis.'

'Geen sprake van, sergeant.'

'Laten we dan bij mij langsgaan,' stelde Pino voor. 'Dat is vlakbij.'

Natalia knikte aangeslagen. Een zwaarlijvige man in een mouwloos onderhemd gluurde uit een raam en sjorde de luiken dicht.

Toen ze de straat buiten de steeg bereikten, leek het leven weer normaal te verlopen. Jonge kinderen slenterden van school naar huis, mensen deden hun alledaagse dingen. Als ze de schoten al hadden gehoord, was daar niets van te merken.

Pino en Natalia keerden terug naar hun auto en reden naar zijn appartement. Natalia herkende het gebouw. Het was ooit elegant geweest, maar nu versleten. De buitendeur zat niet op slot. Pino ging als eerste naar binnen en stak zijn hand uit om Natalia over de rand van de kleine ingang in de poortdeur te helpen.

Het was stil op de binnenplaats. De meeste van zijn buren waren naar hun werk en oudere kinderen zaten achter hun schooltafel op rekensommen en data van historische gebeurtenissen te zwoegen.

'*Giorno*, Lilia,' zei Pino tegen de vrouw die de trap schuurde.

'*Giorno*, huurder.' Ze stopte even, met de schuurborstel in de hand, en volgde hen met een nieuwsgierige blik.

'Sorry voor de puinhoop,' zei Pino toen hij zijn voordeur opendeed. Hij ging haar voor. Hij pakte een stapel papier van de bank en legde die op de vloer. Op de salontafel stond een leeg wijnglas er verlaten bij. Sinds Natalia hier jaren geleden was geweest, leek er niets te zijn veranderd.

Pino opende de luiken en de deuren naar het balkon. Middaglicht stroomde de kamer in. Natalia keek om zich heen. Door de hoge plafonds leek het vertrek groter dan het feitelijk was. Afgezien van de bank, een stoel en een lamp stond er geen meubilair. Langs de ene muur lag een rij boeken op de vloer. Een kleine boeddha stond te glimmen. Op de vloer ervoor zag ze een lavendelblauw kussen. Vast de plek waar Pino mediteerde. Natalia bespeurde de geur van wierook.

'Een puinhoop?' bracht ze uit. 'Niet vergeleken bij mij thuis.'

Er waren geen foto's of souvenirs te bekennen. Ze zakte neer op zijn bank.

'Wil je iets drinken?' vroeg Pino. 'Ik heb plat water in flesjes, en ik heb wijn.'

'Water,' antwoordde Natalia. 'Als ik een glaasje wijn neem, verlies ik misschien de controle over mezelf.'

'Zou dat zo erg zijn?' vroeg Pino.

'Ja.'

'Er is iets wat ik je al eerder wilde zeggen.'

'Maakt niet uit,' zei Natalia.

'Nee. Ik wil dat je het weet.'

'Goed. Wat?'

'Het is uit met Tina.'

'O. Wat jammer.'

'Nee hoor. Natalia –'

'Ik sterf van de dorst.'

'Oké. Ik ben zo terug.'

Natalia ging achterover op de bank zitten en leunde met haar hoofd tegen de kussens. Ze sloot haar ogen en viel meteen in slaap. Een paar tellen later raakte Pino haar arm aan, met het water in zijn hand.

'Ben ik in slaap gevallen? Niet te geloven.'

'Drink wat,' zei Pino, die naast haar kwam zitten en haar het glas met luxe bronwater gaf. 'Hier zitten elektrolyten en vitaminen in. Dan voel je je vast beter.'

Even zwegen ze allebei. Toen trok Pino zijn stoel naar haar toe en pakte haar hand.

'Wat denk je?' vroeg hij.

'Ik denk: wat heeft het voor zin?' Ze trok haar hand weg en nam een slok. 'Wat lossen wij en de politie op – drie procent van alle geweldsmisdrijven? Ik denk dat deze stad is overgeleverd aan de camorra. Net als wij. Als we er een van de straat halen, komen er twee voor terug. Dat weet jij net zo goed als ik. Wij zijn de helden. De sterke arm van de wet, het neusje van de zalm. We dragen een zilveren embleem op onze pet en krijgen een paar euro extra mee naar huis om te bewijzen hoe formidabel we zijn.

'Maar voor de camorra zijn we niet veel meer dan het stof onder hun voeten. Niemand kan ons rugdekking geven of echt beschermen, Pino. Kolonel Donati niet, de burgemeester niet, zelfs de president van de republiek niet. Niemand. Als Gambini Teresa Steiner heeft vermoord en wij dat zouden bewijzen, zal hij ervoor zorgen dat wij het hier niet overleven. Ze zouden ons naar een voormalige kolonie moeten verschepen om daar onder een schuilnaam te leven. We zijn net offerlammeren, Pino. We hadden in die steeg afgemaakt kunnen worden. Dan waren onze namen op een of andere plaquette gegraveerd en zouden we meteen zijn vergeten.' Ze nam een slok water en ging achterover liggen. 'Ben jij nooit bang?'

'Elke dag. Maar we kunnen niet ontkomen aan de realiteit – niet aan de schoonheid noch de gevaren ervan. Althans, zo leert de Boeddha ons.'

'En je leven in de waagschaal stellen? Wat zegt hij daarover?'

'Volgens mij hebben we niet echt een keuze,' zei Pino. 'Ze hebben ons allebei een overplaatsing naar Rome aangeboden, tegen een beter salaris en met verantwoordelijkheden die minder gevaar met zich meebrengen. Toch zijn we allebei gebleven.' Hij pakte opnieuw Natalia's hand en bracht die naar zijn lippen om er een kus op te geven. 'Blijf vannacht.'

Natalia stond op en liep met bonzend hart naar het balkon. Ze probeerde na te denken.

De voorzijde van Pino's appartement keek uit op het Piazzetta Materdei, in het trotse bezit van één boom en een troep duiven. De straatkeien waren deels gebarsten en er stond een bankje, compleet met de onvermijdelijke weduwen. Vandaag waren er twee met hun boodschappen neergestreken om hun voeten te laten rusten en te roddelen.

'Hoelang woon je hier al?' vroeg Natalia. Pino kwam achter haar op het balkon staan.

'Dit appartement was van een jeugdvriend van mijn oom Ricci. Een aardige, grappige man. We noemden hem Beppe. Beppe is de dood van zijn vrouw nooit te boven gekomen. Hij ging niet meer naar buiten. Begon kranten te verzamelen. Het was hier net een doolhof. Gelukkig is er nooit brand uitgebroken. Oom Ricci bezocht hem elke week en bracht eten voor hem mee toen hij zelf geen boodschappen deed. Tien jaar geleden overleed Beppe. Hij liet het appartement na aan mijn oom Ricci. Toen ik mijn sergeantsopleiding in Modena afrondde en werd aangesteld in Napels, bood mijn oom het mij aan. Vijf kamers. Een paleis. Ik was opgetogen. Het duurde weken om het uit te mesten. De zeldzamere edities van de kranten heb ik gebruikt om een kamer mee te behangen.'

'Zo te horen is je oom Ricci een toffe peer.'

'Dat is hij zeker. Natalia, luister, we weten niet wat er morgen gebeurt. We kunnen niet in de toekomst kijken. Er is alleen het nu. We zijn vandaag hier. Meer is er niet.'

Pino leidde haar terug het appartement in. Hij had een EHBO-doos klaargelegd. Ze zat stil terwijl hij haar wond verzorgde. Het was niet al te ernstig, alleen bloederig. Het bloed was gestold. Hij maakte de wond schoon, ontsmette hem en plakte er een verbandgaasje overheen. Terwijl hij de watten en de rommel bijeenraapte, leunde Natalia voorover en kuste hem. Eerst licht, toen vurig.

'Mag ik?' vroeg Pino, die haar in de hals zoende terwijl hij haar blouse openknoopte.

'Laat mij maar.' Natalia trok de blouse over haar hoofd en liet 'm op de grond vallen. Ze haakte haar beha los en deed hem uit.

'Prachtig,' fluisterde Pino. Hij staarde openlijk naar haar naaktheid. 'Twee rozen.'

Hij kuste haar borsten en haar harde tepels. Ze trok zijn shirt uit en liet haar handen over zijn borst glijden. Ze voelde zijn hart bonzen. Zijn huid was opvallend donkerder dan de hare. Hij beroerde haar wang toen ze opnieuw zoenden.

'Wacht,' zei ze. 'Wacht.'

'Wat?'

'Ik stink als een plaats delict.'

'Ja, erotisch.'

Ze duwde hem terug en liep naar de badkamer.

'In de kast achter de deur liggen handdoeken. Bedek je wond. Hou hem droog. Je kunt daar plastic zakken vinden, in een mand.'

Pino's badkamer was ouderwets maar smetteloos – hoe kon het ook anders. Er was geen badkuip, alleen een douche met een enorme douchekop ter grootte van een zonnebloem. Natalia legde handdoeken klaar op de porseleinen wasbak, gecraqueleerd van ouderdom, en ging zitten om te plassen. Een mascaraborsteltje stak uit de haag van tandenborstels in een beker. Ongetwijfeld van Tina. Natalia trok door en de kamer trilde haast door de stortvloed van water in de closetpot. Ze lachte bijna toen ze de douche aanzette.

Ze verpakte haar verwonde onderarm in plastic en vouwde de rand naar binnen. Het water werd snel heet. Ze stapte onder de douche en koesterde zich in de weldadige warmte op haar rugspieren en armen toen het water over haar lichaam klaterde, vanaf haar kruin tot aan haar tenen.

Pino's zeep rook naar citroen, net als hijzelf. Ze waste zich met de zeep en genoot van het gevoel, waarna ze de kranen met tegenzin dichtdraaide. Gewikkeld in een grote handdoek keerde ze terug naar Pino.

'Jouw beurt.'

Pino stapte de dampige badkamer in. Natalia droogde haar haar terwijl ze in de woonkamer rondsnuffelde. Afgezien van boeken en het basismeubilair was er niet veel te zien. Op het tafeltje bij de ramen lagen wat vellen papier die door een doodgewone steen op hun plaats werden gehouden. Ze tilde de steen op en las het onvoltooide gedicht eronder.

Na de rozen – rozenbottels (na het vlees, de botten)
Na het slapen een zilv'ren ochtend vroeg.
Regen, de worm in zijn schoot.
Voorbij het zomergroen.
Bladeren in robijnrood.

Hij had het 'Witte velden' genoemd. Een dichtende politieman. Haar onderofficier, haar ondergeschikte, die op het punt stond haar geliefde te worden. Dat kon geen goed idee zijn. Goed of slecht, het was te laat. Pino kwam terug met een handdoek om zijn middel. Ze legde de steen weer op zijn plaats en keek naar hem.

'Ik wil dit al zo lang,' zei Pino. Hij sloot haar in zijn armen, liet een hand onder haar borst glijden, en de andere reikte omlaag tussen haar benen. Natalia was al vochtig. Begeerte nam het over.

Hij leidde haar de slaapkamer in, naar de matras op de vloer. Een kleine boeddha was hun enige getuige. In het schaaltje ernaast lagen als offerande een sinaasappel en rozenbloesem. Pino vlijde haar neer en wreef met zijn neus over haar hals.

'Moet de lamp op het nachtkastje uit?' vroeg hij.

'Nee. We zijn volwassen mensen en dit moet met voorbedachten rade gebeuren. Als we de regels overtreden, kunnen we het beter verstandig doen.'

'Niet weggaan,' zei Pino en hij liep naar een kleine ladekast, terugkerend met een foliepakketje. Hij knielde naast haar en scheurde het open. Ze plukte het condoom eruit en ontrolde het over zijn penis.

Het volgende moment drong hij bij haar binnen. Geen aanloop, geen voorspel. Natalia sloeg haar benen om hem heen terwijl hij zacht stootte. Kort daarop wiegden ze langzaam heen en weer, elkaar in de ogen kijkend, zichzelf overgevend aan het genot, er volledig in opgaand. Ze kusten met open mond. Natalia kreunde toen hij haar sleutelbeen kuste, haar schouder. Het ritme werd al snel ondraaglijk en eiste hen op.

Ze bedreven de liefde tot het schrijnde en hun huid overgevoelig raakte.

'Blijf van me af,' stootte Natalia lachend uit toen Pino opnieuw dreigde te beginnen. Ze draaide hem de rug toe en hij ging tegen haar aan liggen, een arm om haar middel. In die lepeltjeshouding doezelden ze weg.

'Na het slapen een zilv'ren ochtend vroeg,' zei ze en ze gaf hem een kus.

'Je hebt mijn gedicht gelezen. Spion.'

'Dat is een ongelukkige en onnauwkeurige term.'

'Hoe zou jij het dan willen noemen, als het geen spioneren is?'

'Speuren.' Ze kuste hem. 'Dat is mijn werk.'

11

Hoe hard het ook regende, mensen waagden zich die dag toch op straat, met een paraplu of een krant boven hun hoofd. Snel optrekkende motors en scooters spetterden voetgangers nat.

Zwaluwen zochten hun toevlucht onder de overhangende dakranden en in klokkentorens. Kinderen op school hadden wat meer moeite om bij de les te blijven, gehypnotiseerd als ze waren door het water dat langs de ruiten stroomde. De marktkramen gingen open, met zeildoeken en plastic boven de koopwaar gespannen. De trottoirtafeltjes bij cafés stonden ingeklapt en opgestapeld onder open luifels. Af en toe kwam er een kelner naar buiten om met een bezem tegen de plas water te duwen die zich in het luifeldoek boven hem verzamelde. Net voordat ze naar beneden gingen hield de regen in.

Buiten haalde Natalia haar Vespa van het slot. Op het crème en paars was geen spatje vuil te zien.

'Wil je meerijden?' vroeg ze.

Pino schudde zijn hoofd, maar ze stond erop. Natalia claxonneerde toen ze optrokken en door de flauwe bocht hobbelden, het verkeer in. Op het bureau tekende ze voor het dagboek dat de technische recherche had gevonden in de holle bedstijl van Teresa Steiners koperen ledikant. De kaft bestond uit een patroon van pauwenveren. Op de eerste pagina had ze PERSOONLIJK onder haar naam geschreven, keurig in rode inkt. Natalia draaide de bladzijde om: *Realiteit is een cultureel concept.*

Je reinste Lattanza.

Hoe men over een berg denkt, is niet belangrijk voor de berg. Kierkegaard. Interpretatie van L.: *De natuur is onverschillig.*

Ze moest onder de indruk zijn geraakt van zichzelf toen haar professor zo veel belangstelling toonde. Hoop en onschuld. Lattanza aast op allebei. Ooit was Natalia net zo naïef als Teresa geweest. Ze citeerde hem opnieuw: *Als immigranten door de samenleving waarin ze terechtkomen als ongewenst, vies en minderwaardig worden bestempeld, zullen ze door die gedachte nooit meer hetzelfde zijn.*

Dat is waar, dacht Natalia. Was Lattanza in zijn persoonlijke doen en laten maar even verlicht als in zijn observaties van de wereld. Op de universiteit was het algemeen bekend dat hij elk semester toenadering zocht tot minstens één studente. Maar hij was nooit eerder echt verliefd geworden op een van hen.

L. en ik zijn naar Procida geweest. L. verraste mij met een boottocht. Ik wist niet waar we naartoe gingen. Ik zag piepkleine eilandjes, waar geiten naar de rand van het water kwamen om ons voorbij te zien varen. Ik bleef de hele overtocht aan dek. Ik voelde me zo vrij, verfrist. L. regelde een pension voor ons aan de andere kant van het eiland, weg van de haven – minder kans dat iemand ons ziet. Het werd beheerd door een streng gelovige vrouw. Leek wel een non. L. nam aparte kamers, maar ik weet zeker dat ze doorhad hoe het zat. Jezus was overal. Boven de bedden. Aan de muur bij de trap. Buiten bij de voordeur. De boodschap was duidelijk: als je binnenkomt, betreed je zijn koninkrijk, en als je vertrekt, word je teruggeworpen in de boze buitenwereld.

'Een paradijs,' zei ik tegen haar, toen ze me mijn kamer liet zien, gelegen op het dak, met uitzicht op een citroenbosje en de zee.

'Het paradijs vind je hier niet op aarde,' antwoordde ze, waarna ze kribbig een laken op het bed deed. Toen L. en ik de eerste ochtend koffie dronken op een patio, bij die schitterende blauwe bloemen, hield ze ons argwanend in de gaten. Pippo bracht ons vers brood en honing. Aardige man. Hij doet ook de tuin. Na het ontbijt gaf hij ons een rondleiding in de rozentuin. We maakten kennis met zijn kat, Michou, een grote karamelkleurige poes. Daarna nam hij ons mee naar de schuur achter, waar hij konijnen slachtte.

'Gadsie!' riep ik. Het was eruit voordat ik het wist.

'Stadsmeisjes, hè,' zei L. met een glimlach tegen Pippo. Mannen! En dat moet hij nodig zeggen. Hij wil niet naar het strand omdat hij dan zand tussen zijn tenen krijgt. Wil niet eens zwemmen in zee, vanwege het zout. Ons uitje verliep niet zoals gepland. We kregen ruzie. En ik heb iemand ontmoet.

Ja, het was goed mogelijk dat Lattanza verliefd was geworden. Ironisch genoeg misschien wel voor het eerst. Raakte ze op hem uitgekeken zodra hij betoverd was? Begon zijn schoolmeestertoontje haar te vervelen? Had ze iemand anders gevonden? Gambini, Benito...?

Er was een weduwe aan de overkant van de weg. Elke avond kwam ze in de schemering naar buiten om haar citroenbomen te verzorgen. Zo'n vreedzaam bestaan. De donna is nog een jonge vrouw, aantrekkelijk in zekere zin. Maar zo'n droevig gelaat. Ze heeft de houding van een koningin, en glanzend haar, maar ze draagt het in een strak knotje. Ze woont daar alleen met twee bejaarde tantes. De ene is opgewekt en doet de keuken. De andere is gehandicapt. In de ochtenden nam de donna haar mee om een rondje te lopen, langs de rand van de tuin. Stapje voor stapje, de tante met haar metalen looprek, de donna die haar begeleidde. Wat een toewijding. Wat een vroom leven. Maar dodelijk saai.

Natalia sloeg de pagina om. Dat was alles wat ze over het uitstapje had geschreven. Toen dit:

Romeinse mythologie – niet vergeten. Er staat in Napels een kapel gewijd aan Isis! In 19 n.Chr. kruisigde Tiberius de priesteres van Isis en verbande haar volgelingen naar Sardinië.

(Over P. – Wat zal ik ervan zeggen? Verboden vruchten. Het begaan van een zonde. Heel opwindend. Misschien iets voor een ander artikel? Moet ik wel een gefingeerde naam gebruiken.)

Opwindend? dacht Natalia. Het bed in duiken met de man van een andere vrouw? Wat is er in hemelsnaam gebeurd met de feministische gedachte? Zusterschap? Of verwijst de 'P.' naar Benito? De opwinding om met een monnik naar bed te gaan. De geheime fantasie van elk katholiek meisje. Ze las verder.

Na de cholera-epidemie in 1884 was er in Napels sprake van een toename in magisch denken. De ziekte werd vanuit het Verre Oosten meegebracht door geïnfecteerde migrantenarbeiders, eerst naar de Provence en vanaf daar naar Napels. De omstandigheden waren rijp voor een epidemie. Vervuild drinkwater. Geen voorschriften. Akkers doorkruist met waterwegen waarin dierlijke uitwerpselen ronddreven. Groente en fruit afgespoeld in hetzelfde water werd op de markt verkocht. In zo'n paar weken vielen er tienduizenden doden. De Kerk stelde dat de ziekte een straf was voor een leven van zonde. Radeloze mensen bikten de kalklagen van straatkapellen, die sinds de eenwording waren overgepleisterd om Italië een meer modern en waardig aanzien te geven. Mensen brachten offers van votiefkaarsen, bloemen, zo veel munten als ze konden, wanhopig verlangend naar verlossing. Ze smeekten hun heiligen om in te grijpen.

Toen ik L. mijn notities liet lezen, lachte hij. Hij zei: 'Je kunt je mooie hoofdje wel voor iets beters gebruiken.' Maar hij weet niet wat ik weet. Hij nodigde me uit voor een conferentie in Parijs. Hij heeft het erover dat hij bij zijn vrouw weggaat. Wat een dwaas.

Lattanza had dus gelogen toen hij zei dat zijn relatie met Teresa Steiner was beëindigd. Natalia sloot het dagboek en verruilde het voor het uitpuilende dossier over het vermoorde meisje. Ze vond fotokopieën van belangrijke bronnen over de Egyptische godin Isis. Een oude tekst: *Athanasius Kircher.* Op een hoek van de pagina stond Collegio Romano over de tekst gedrukt.

Korporaal Giulio kwam binnen. Hij gaf haar de naam van een stadsarcheoloog aan de universiteit waar ze om had gevraagd. En hij vertelde dat er iemand voor haar aan de lijn hing.

'Hallo,' zei ze in de hoorn.

'Goedemorgen, kapitein.'

'Met wie spreek ik?'

'Benito.'

'Benito Gambini, je bent een verdachte in een moordzaak. We moeten je spreken.'

'Waarover?'

'We hebben het mes gevonden dat uit de kloosterkeuken was verdwenen. We denken dat Teresa ermee is vermoord.'

'U kunt beter met haar professor Lattanza gaan praten. Hij heeft haar bedreigd, nadat ze het met hem uitmaakte.'

'Vertel me nog eens over de nacht van Teresa's moord. De waarheid.'

'Ik lag te slapen. Ik hoorde iemand gillen. Ik stond op en rende in mijn pyjama naar buiten, de steeg in. Er kwamen andere mensen. Ze zeiden dat er bloed op de grond lag. Veel bloed. Gina Falcone kwam langs. Ze zei dat ik terug naar het klooster moest gaan, wat ik ook deed. Later hoorde ik wie er was vermoord. Sindsdien heb ik geen nacht meer rustig kunnen slapen.'

‘Heeft iemand een rekening met je te vereffenen?’

‘Met míj? Nee.’

‘Waren jij en Teresa geliefden?’

‘Ze was mijn vriendin.’

Ja dus, maar hij kon het niet zeggen. Onzeker. Lichtelijk opstandig. Afhankelijk van de bescherming van anderen in een wereld waarmee hij eigenlijk niets te maken wilde hebben. Teresa’s vriendschap moest veel voor hem hebben betekend. Een bevrijdend schild. Was hij verliefd op haar geworden? Als zij er een punt achter had gezet, kon hij dan zo wanhopig zijn geworden dat hij tot moord in staat was?

‘Ik kom niet naar het bureau om te worden verhoord of opgesloten,’ zei Benito. Er volgde een lange, diepe stilte. ‘Ik hield van haar,’ bekende hij, waarna hij ophing.

‘Weet ik,’ zei Natalia tegen de dode lijn.

Teresa Steiner en de jonge *monachello*. Hadden ze zich ingelaten met drugs? Hadden ze door hebzucht meer collectegeld uit de kistjes achtergehouden dan de afgesproken provisie? Had ze haar neus te diep in camorrazaken gestoken? Had broeder Benito haar neergestoken terwijl hij haar vasthield en haar zo het leven ontnomen?

‘Verdomme.’

Er werd een briefje onder de deur door geschoven. Een crèmewitte envelop. Crèmewit briefpapier, goudomrand. Het leek wel een chique uitnodiging. Natalia ging op de rand van haar bureau zitten en las het.

N.
Al een tijdje niet gezien. Binnenkort lunchen, oké?
Pas goed op jezelf.
Dat Duitse meisje betekent narigheid.
Laat van je horen.
L.

Pino arriveerde maar vermeed oogcontact, alsof hij bang was dat iedereen dan kon zien wat ze afgelopen nacht hadden gedaan. Natalia glimlachte in zichzelf en ging verder met haar leeswerk. Rond het middaguur ging ze naar buiten voor wat frisse lucht, te verzadigd om te eten, te afgeleid om met iemand te praten.

'Natalia Monte!'

Bij het café op de hoek werden de buitentafels in schaduw gehuld door een rotanscherm. Waar het gescheurd was, scheen een waterig zonnetje op professor Marco Lattanza. Nog altijd knap, maar hij oogde nu ietwat verslonsd. Ongeschoren. Een overhemd dat vloekte met zijn broek. Wetende dat hij op verdenking van moord voor nader verhoor zou worden opgepakt, voelde Natalia zich sterker dan tevoren.

Lattanza stond op. 'Wat een toeval. Wil je me gezelschap houden?' vroeg hij met een glimlach. Maar zijn lippen trilden. Wanhopig en verloren. Deze 'toevallige' ontmoeting was duidelijk door hemzelf gearrangeerd. Ze kreeg bijna medelijden met hem.

'Is het niet voor de lunch dan voor een drankje,' drong hij aan.

'Nee, bedankt,' zei Natalia. 'Ik hoor echt niet met je te praten, gezien mijn verleden met je. We willen toch geen schade toebrengen aan het lopend onderzoek naar je aandeel in de dood van mevrouw Steiner?'

'Alsjeblieft.' Hij knipte met zijn vingers naar de kelner, hem gebarend voor nog een stoel. 'Ik ben verheugd over dit toeval. Ik wilde je sowieso spreken. Ik was van plan om je thuis te bellen. Ik hoopte dat we ons als twee volwassen mensen konden gedragen en opnieuw vrienden konden worden. Ooit waren we dat immers – vrienden en collega's.' Zijn stem klonk onnatuurlijk zacht, smekend.

Toen ze geen antwoord gaf haalde hij een brief uit zijn binnenzak. ‘Ik dacht dat je dit wel amusant zou vinden,’ zei hij vol bravoure en rancune. Hij overhandigde het haar als een vermakelijk iets, een zelfvernedering waaraan zij medeplichtig was. Zijn handen beefden. ‘Ik kreeg dit gisteren.’

Ze herkende het logo van de afzender. De Academie van Sociologie in Rome. Natalia vouwde de brief helemaal open. Ze gebruikten nog hetzelfde dunne, elegante perkamentpapier als in haar studietijd. *Helaas moeten wij terugkomen op ons verzoek tot presentatie van uw nieuwste werk op onze lenteconferentie... Het spijt ons zeer...* Ze kon de gekrabbelde handtekening van de directeur niet ontcijferen.

‘Jammer,’ zei Natalia. Ze gaf hem de brief terug die hij haar had gepresenteerd als bewijs van geleden schade. Schulden voldaan.

‘Is dat alles wat je hebt te zeggen? Wat proberen jullie me allemaal aan te doen? Ik laat mijn beste werk niet ruïneren door deze hele toestand, begrepen?’

‘Wat wil je eraan doen, me vermoorden? Net als Teresa Steiner?’

‘Natalia, ik smeek het je.’

‘Je vrouw kwam gisteren naar het bureau en heeft een verklaring ondertekend. Ze zegt dat je niet thuis was in de nacht dat Teresa Steiner werd vermoord.’

Hij streek met een hand door zijn haar. ‘We horen vrienden te zijn. Jezus, Natalia, wanneer laat je het een keer rusten?’

‘Je bent nog niets veranderd. Je hebt Teresa verleid. Daarna heeft ze je afgewezen.’

‘Je vergist je.’

‘Je had je gebruikelijke affaire, maar kreeg het zwaar van haar te pakken. Toen keerde ze zich van je af en bleef je verslagen en afgedankt achter, in plaats van dat je haar gevoelens en carrière naar je hand kon zetten. Nu we het daar toch over hebben, we hebben wat rondgevraagd. Je eigen carrière is op een doodlopend spoor beland. Zozeer dat je positie aan de universiteit wankelt. Ze overwegen om je met vervroegd pensioen te sturen.'

'Dat is belachelijk.'

'Vorige maand heb je op het kunsthistorisch congres in Lyon een lezing gegeven: *Feministische iconografie – Kapellen en de Rebelse Kerk*. Lijkt verdacht veel op de scriptie van Teresa Steiner. Als ik het me goed herinner, wilde ik een vergelijkbaar project doen. Je vertelde me dat het absurd was, maar feministische theorie is nu zeker meer in de mode? Speel je regelmatig leentjebuur bij je studenten?'

'Ik zou je een proces aan kunnen doen wegens smaad. En reken maar dat ik het doe als jullie me ertoe dwingen. Maar ik wil niet de strijd met je aanbinden, Natalia.'

'Je hebt Teresa Steiner in bed gelokt. Daarna probeerde je er met haar werk vandoor te gaan. Maar zij wilde niet zonder slag of stoot het veld ruimen, zoals ik heb gedaan. Ze vocht terug. Verbrak de relatie. Ging de confrontatie aan en dreigde je te ontmaskeren.'

'Luister, ik heb met jou een fout begaan en daar heb ik al die jaren enorme spijt van gehad. Het spijt me en ik wil het graag goedmaken met je. Kun je het me niet vergeven? Je was een mooie jonge studente. Ik bezweek voor je charmes. Ik verlangde naar je en jij wilde er geen gehoor aan geven. Ik was het niet gewend om afgewezen te worden. Natalia, je bent nog steeds zo mooi.'

'En jij bent nog steeds een zak.'

'Waarom ben je zo vijandig? Ben je jaloers op mijn relatie met Teresa? Ben je zelf nooit verliefd geweest?'

Natalia's pieper ging.

Hij harkte opnieuw met een hand door zijn haar. 'Luister, Natalia.' Hij gebaarde naar zijn tafel. 'Ik wil alleen –'

'Als je me aanspreekt, is het kapitein Monte. En als je me nog een keer privé benadert, laat ik je aanklagen.'

'Verdwijn uit mijn ogen.'

'Wat? Geen zoen, geen knuffel, professor?' zei Natalia. 'Tot kijk.'

Ze beende weg.

Nu weet je hoe het voelt als iemand je onderuithaalt, dacht ze. Schuldig of onschuldig, alleen al de verdenking zou het einde betekenen van zijn universitaire betrekking. Ze kon geen greintje genade voor hem opbrengen en dat gaf haar een goed gevoel. Alleen Pino die hem voor moord arresteerde zou nog beter hebben gevoeld.

Eens per maand, uit een soort plichtsgevoel jegens zijn lang overleden ouders, ging Pino op bezoek bij oom Ricci, de broer van zijn vader. De drie honden van zijn oom begonnen wild te blaffen, nog voor Pino de bel aanraakte. Sinds Pino's jongensjaren waren er een paar generaties viervoeters gekomen en gegaan, elke generatie evenzeer verwend.

Antonio Ricci woonde al sinds Pino's jeugd in hetzelfde palazzo. Er was in al die tijd niets in het appartement veranderd. De sjofele bruine bank was nog net zo sjofel, hoewel er nu wellicht wat meer vulling uitstak. Pino ging op zijn gebruikelijke plaats zitten – een blauwe fauteuil, de stof versleten en zacht. Na het begroeten van zijn neefje pakte oom Ricci, zoals altijd, eerst een *biscotto* uit de doos die Pino had meegenomen en verdeelde het koekje onder de drie honden. Daarna trekkebeende hij de keuken in om hun koffie te halen. Als kind had hij polio gekregen en twee jaar in het kinderhospitaal doorgebracht. Dat was volgens Pino de reden waarom zijn oom meer contemplatief was ingesteld dan de meeste mensen. Pino had altijd een hechte band met hem gevoeld. Van alle katholieke familieleden leek hij als enige zijn neefs toewijding aan het boeddhisme te begrijpen.

'Hoe is de koffie?' vroeg zijn oom, waarmee hij Pino's mijmering onderbrak.

'Lekker.' Pino glimlachte. 'Lekker.'

'Je ziet er dolgelukkig uit.'

'Ja?'

'Als iemand die verliefd is.'

'Misschien wel, oom. Misschien wel.'

Tante Annunziata was al op jonge leeftijd weduwe geworden en oom Ricci was nooit getrouwd. Pino had altijd de geheime wens gekoesterd dat ze elkaar het jawoord zouden geven. Toen Pino's moeder overleed, en een paar jaar later bij de dood van zijn vader, waste Zia Annunziata de lichamen met alcohol en trok hen een pyjama aan, terwijl oom Ricci de spiegels bedekte om hen tegen kwade geesten te beschermen. Hoewel Pino deze rituelen eigenlijk maar niets vond, had hij niettemin de kandelabers aangestoken en rond het sterfbed van eerst zijn moeder en toen, enkele jaren later, dat van zijn vader neergezet. Zijn oom kuste het lijk, net als Pino had gedaan. Nadien haalde Zia Annunziata de bezem door het huis om het van de dood te ontdoen. Alle ceremoniële gebruiken werden in acht genomen. Maanden later, toen ze voor de herbegrafenis de kist van zijn vader openden, waren de botten opgedroogd en ongeschonden, zoals het hoorde. Er was geen ziel die zijn leven terugeiste.

Pino was vijftien geweest toen er buiten Palermo een speciale rechtbank was opgericht om leden van de maffia te berechten. De op tv uitgezonden processen hielden heel Italië in de ban. Pino ging naar het huis van oom Ricci om alles op televisie te volgen. Het was beter dan een film. Driehonderd gangsters in kooien. Ze schreeuwden obsceniteiten en bedreigden getuigen, haalden hun vinger over hun eigen keel om hun kwade bedoeling te illustreren. Eén man, die reeds lange tijd in de gevangenis zat, getuigde in een stijlvol blauw kostuum.

De helden waren de onderzoeksrechters van Palermo, die ruim driehonderd camorristi wisten te veroordelen. Binnen enkele minuten na zijn terugkeer in Rome, op weg van het vliegveld naar huis, werd de hoofdaanklager met zijn mooie nieuwe bruid opgeblazen, samen met hun politie-escorte. Ook de begrafenis werd op televisie uitgezonden. Een weduwe van een lijfwacht hield een toespraak voor de menigte. Een schoonheid met lange zwarte krullen, niet ouder dan vijfentwintig, maar door verdriet kromgetrokken als een oude vrouw. Ze sprak niettemin strijdlustig en deed een dringend beroep op de maffia om het geweld te staken. Ze noemde Palermo een 'stad van bloed' en pleitte voor hervorming. Smekend en wenend riep ze: 'Jullie zullen nooit veranderen!' Ze leek op het punt van bezwijken.

Duizenden rouwden met haar in de regen. Het piazza stroomde vol mensen, hun fleurige paraplu's als bloemen in de donkere middag. Langzaam vermande de weduwe zich en ze sprak de hoop uit dat er ooit een dag zou komen waarop burgers niet langer onder de terreur van de maffia hoefden te lijden. Dat was het moment waarop Pino verklaarde een carabiniere te willen worden. Oom Ricci glimlachte en tikte hem op het hoofd.

'Ben je gek geworden? Ze zullen altijd de baas blijven, nog lang nadat er van jou en mij niets meer rest dan een hoop botten.'

Kort daarna werd de tweede politierechter vermoord.

Jaren later was Pino beëdigd. Annunziata en oom Ricci waren aanwezig om er getuige van te zijn. Na de ceremonie bestelde oom Ricci tijdens de lunch een fles champagne en gaf Annunziata haar neef een speciale amulet, bedoeld om hem tegen de camorra te beschermen.

'Oom Tonio,' zei Pino nu. 'U moet mij iets beloven.'

‘Wat, Pino?’

‘Als mij de komende weken iets overkomt, wil ik dat u Napels verlaat. Bezoek uw vriendin in Milaan. Ga op vakantie. Doe het meteen zodra u het hoort. U moet niet wachten, geen koffers inpakken. Neem de eerste de beste trein. Wanneer u in een andere stad aankomt, kunt u ergens heen vliegen, maakt niet uit waar.’

Antonio keek bezorgd. ‘Kan ik iets doen?’

‘Nee, alleen wegwezen – zo snel mogelijk. Breng uzelf in veiligheid. Ik zou het niet kunnen verdragen als u door mij in de problemen kwam.’

12

De Vesusius stootte een pluim zwarte rook uit, als een octopus die inkt omhoogspoot in de blauwe hemel. Veerboten arriveerden en vertrokken; het signaal van hun hoorn eerst doordringend, daarna weemoedig klinkend. Het geluid dreef weg over het water. De zeemeeuwen schenen er zich niets van aan te trekken. Een paar cirkelden hoog in de lucht en lieten zich als witte vliegers meevoeren op de thermiek. De meeste hadden postgevat op het land, zich vetmestend met het huisvuil dat overal lag opgestapeld.

Het vuilnis lag al twee weken lang op de straten. Elke ochtend probeerden de straatvegers paden vrij te maken, zodat mensen in staat waren om naar school of hun werk te gaan, om hun boodschappen en dagelijkse karweitjes te doen. Maar tegen het vallen van de avond waren de paden alweer versperd door flessen en blikjes en rottend afval in dozen, kisten, jute, plastic, karton. Zowel de smalle stegen als brede hoofdwegen, de grote pleinen als compacte *piazzetta*'s, raakten dichtgeslibd door bergen vuilnis, zo hoog als muren. De golvende richels van afval overstelpten Napels, langzaam verterend tot een magma van bederf, een stinkende smurrie die de stad levend dreigde te begraven.

Priesters waren begonnen om wierook te branden bij de kerkdeuren en naast kerkbanken, in een poging de stank te verhullen – tevergeefs. Hoewel de Wereldgezondheidsorganisatie hele vrachten mondkapjes had gestuurd, werden ze door niemand gedragen; de Napolitanen deden liever alsof er niets aan de hand was. Maar de afvalcrisis bereikte een kritieke massa. Er waren gevallen van cholera opgedoken, alsook van hepatitis C. De regering dreigde het leger eropaf te sturen indien de particuliere ophaalbedrijven niets deden. Er waren vijf firma's. Vier ervan waren in handen van de camorra en werden geleid door *teste di legno*, stromannen van het syndicaat. Geen ervan wilde het afval ophalen zolang het nergens heen kon. De rotzooi lag er verlaten bij. Iedereen die probeerde het op eigen houtje te laten afvoeren zou worden gestraft. Het praktijkvoorbeeld van de dode restauranthouder die het had gewaagd, was bij niemand onopgemerkt gebleven. In de Via dei Tribunali lagen in de brede middenberm, onder de vrijstaande middeleeuwse bogen, rottende vruchten en groenten, karkassen van vissen en bedorven stukken vlees naast de verse koopwaar.

Natalia kon haar ogen nauwelijks geloven. Een verschrompelde vrouw verliet haar gebouw, met in haar handen een bruine portemonnee en een piepklein vuilniszakje. Ze zette het neer naast de stinkende heuvel die haar straat bijna blokkeerde. Terwijl ze doorliep gooide een bovenbuurvrouw een zak uit haar raam. Hij viel op de grote hoop en barstte open, een lawine van schillen en luiers veroorzakend. De oude vrouw negeerde het, maar vervloekte de camorra hardop.

Zigeuners die waren ingehuurd om de bergen huisvuil te verbranden, gebruikten alle brandbare middelen die voorhanden waren: benzine, kerosine, aanstekervloeistof, dieselolie, verpakkingsmaterialen, karton... De lucht werd gevuld door giftige stoffen. Napels zag eruit als iets uit Dante. De geheime afspraken tussen de georganiseerde misdaad en politieke machten hadden gefaald en de onwettige samenwerking op ongewone wijze aan het licht gebracht.

Natalia liep door het historisch hart van haar stad, achtentwintig eeuwen oud, en door wat in de tijd van Nero een Egyptische wijk was geweest. Op de hoek van het Piazzetta Nilo kwam ze langs het liggende standbeeld van de bebaarde riviergod de Nijl. *'O cuorpo 'e napule*, luidde de inscriptie. O, lichaam van Napels.

Ondanks de opgestapelde vuilniszakken waren de boekenstalletjes geopend, waar lokale inwoners en toeristen rondsnuffelden. Een geïrriteerde moeder gaf haar luidruchtig zoontje een draai om de oren, terwijl ze op gesuikerde amandelen knabbelde. Natalia had een zwak voor die snoepjes, die verkocht werden in papieren hoorntjes.

Toen Natalia de deur van Mariels boekenwinkel opendeed, begroette Virginia Woolf haar met een wijde kattengeeuw. De karamelkleurige kolos wreef langs haar benen en sprong op de toonbank om er heel koninklijk overheen te schrijden. Mariel had Virginia W. verlaten aangetroffen toen ze het pand overnam. Na de dood van haar ouders had Mariel er financieel goed bij gezeten. Ze gebruikte haar erfenis om de boekhandel te beginnen.

De winkel was eenvoudig: boekenkasten en tl-buizen. De zwart-witte terrazzovloer was het enige elegante aan de zaak – op Mariel na. Ze kwam uit het kantoor achterin. 'Ik heb je niet binnen horen komen.'

Mariels haar zat in een modieus knotje, de witte kasjmieren trui perfect, een zwarte katoenen rok, een dik parelsnoer. Natalia kon nog altijd het meisje in haar zien, languit lezend op de chaise longue. Mariel liep naar de deur, deed hem op slot en hing het bordje GESLOTEN voor de ruit. Daarna leidde ze Natalia naar een klein zitgedeelte achter in de winkel. Lola was er ook en een jongere vrouw in een geel T-shirt, een bijpassende broek en hoge gouden hakken met lovertjes. Bianca Strozzi, de koningin van de sigarettensmokkel in Napels. Natalia verborg haar verbazing. Lola en haar echtgenoot Frankie behoorden al een eeuwigheid tot het kamp van Gambini.

Bianca Strozzi had duizenden mensen in dienst, die per vrachtwagenkonvooi belastingvrije sigaretten uit Puglia aanvoerden; sigaretten die zij in enorme hoeveelheden rechtstreeks kocht van mensen die voor de grote sigarettenbedrijven werkten. Ze vertrouwde geen banken en het gerucht ging dat ze opslagruimtes huurde, van vloer tot plafond volgepropt met Amerikaanse dollars. Als jonge weduwe had ze de rol van haar man binnen de camorra overgenomen en gedaan wat voor haar als dochter uit een camorrafamilie, opgegroeid in de criminele subcultuur van Napels, een tweede natuur was geworden: ze nam de leiding. Niet ongebruikelijk bij de smokkelhandel in sigaretten. Het waren vooral vrouwen die zich bezighielden met het kopen, vervoeren, opslaan en verkopen van taxfree 'blondjes', zoals de vrachtrijders ze noemden.

'Ik heb al veel over je gehoord,' zei Bianca, die het riskeerde haar de hand te reiken.

Natalia kon de nieuwe vriendin van haar vriendin niet kleineren, want Lola had zelf ook een behoorlijk risico gelopen door deze ontmoeting te regelen. Ze schudde de uitgestoken hand van Bianca.

'Dat is wederzijds.'

'Ik zal meteen ter zake komen,' zei Bianca. 'We hebben het benodigde materieel, de schepen en overzeese stortterreinen geleased. We willen een deal sluiten met de burgemeester. Komende maandag willen we vuilnis gaan ophalen.'

'De burgemeester zal vast blij zijn dat te horen,' zei Natalia. 'De bedrijven die het contract nu op zak hebben, zijn hun verantwoordelijkheden duidelijk vergeten en hebben een wanprestatie geleverd. Je krijgt waarschijnlijk een medaille van de premier.'

En een kogel van Gambini.

'Wat we ook hopen te krijgen is politiebescherming.'

Natalia kon zich het geweld voorstellen dat in de stad ontketend kon worden.

'Het is eerder gebeurd,' voegde Bianca er haastig aan toe.

'Ja, weet ik, weet ik. Je wilt een escorte voor je chauffeurs en trucks. Misschien is het leger tegen die tijd wel hier. Ik zal dit zeker aan mijn superieuren doorgeven. Het klinkt op zich redelijk.'

En kostbaar, want het zal beslist tot vijandigheden tussen Strozzi's kamp en dat van Gambini leiden. Maar de stad wilde zo graag van het vuilnis af dat ze deze kans ongetwijfeld zou omarmen, ondanks het onvermijdelijke conflict.

Bianca knikte. Natalia zei niet wat voor de hand lag: Bianca Strozzi daagde de gevestigde orde uit, rammelde aan de poort. Het zou een bloedige strijd worden.

'Waarom onderhandel je niet rechtstreeks met de burgemeester?'

'Politici vertrouw ik niet, en mannen ook niet. Ze zijn allemaal te koop. Vierhonderd per week voor een straatagent. Vierduizend per maand voor informatie van een agent met de juiste connecties. Voor honderdtwintigduizend Amerikaanse dollar en een gouden herenarmband beslist een rechter in jouw voordeel. Gambini heeft zelfs de Napolitaanse communisten omgekocht. Lola zegt dat je doet wat je belooft en niet bent om te kopen. Is dat zo?'

'Tot dusver heeft niemand mij kunnen betalen.' Ze glimlachte.

'Ik mag je wel,' zei Bianca. 'Ik stel je hulp op prijs. Laat het me weten als ik je ooit een wederdienst kan bewijzen.'

Met die woorden pakte Bianca haar handtas en drukte op een sneltoets van haar mobieltje. Terwijl ze naar de deur wandelde, kwam er een vierdeurs voorrijden waaruit een dunne vrouw stapte die een regenjas droeg met iets hards eronder. Bianca liet zich op de achterbank glijden. De dunne vrouw sloot het portier en nam zelf plaats op de voorste passagierszetel. De auto reed geruisloos weg.

'Heb je het al gehoord?' vroeg Lola. 'Gambini stelt zich verkiesbaar voor een zetel in het parlement.'

'Net wat we nodig hebben. Zijn *galoppini*, de stemmenwervers, zullen ongetwijfeld genoeg kiezers op de been brengen. Zolang hij zijn zetel behoudt, geniet hij immuniteit van rechtsvervolging. En hij hoeft er zich niet eenzaam te voelen. Er zitten onderhand wel zo'n twintig wetgevers die zijn veroordeeld en ruim twee keer zoveel die tegen een vonnis in beroep zijn gegaan of op het pluche blijven plakken tot een overtreding is verjaard.'

'Of wachten tot hun gratie wordt verleend door een rechter die ze hebben omgekocht. Ja, Gambini houdt wel van een mooie stunt.'

'Over stunt gesproken,' zei Natalia, 'wat doe jij in hemelsnaam met Bianca Strozzi? Je echtgenoot heeft al van jongs af aan voor Gambini gewerkt. Zazu zal deze provocatie van Strozzi niet licht opvatten en ook weinig genade tonen voor iedereen die haar kant kiest.'

'Het botert niet meer zo tussen ons en Gambini.'

Het moest wel ernstig zijn wilde Lola het risico lopen om zich de woede van Gambini op de hals te halen. En Gambini's macht moest op zijn retour zijn, wilden Frankie en zij zelfs maar overwegen om naar een ander over te lopen.

Natalia knikte. 'Laten we hopen dat hij Bianca niet ziet aankomen.'

Terug op haar kantoor verraste ze kolonel Donati met Bianca Strozzi's voorstel. Hij zou het onmiddellijk doorgeven aan de prefect en burgemeester, zei hij en hij voegde eraan toe: 'Overigens, ze hebben net je vriend binnengebracht voor een verhoor.'

'Vriend?'

'De geachte professor Lattanza. Hij zit in de vissenkom, met Cervino en zijn partner.'

Natalia beklom de trap naar de derde verdieping en vroeg de receptioniste in welke kamer ze zaten, waarna ze verder liep naar de belendende observatieruimte. Ze schoof het gordijn voor de doorkijkspiegel opzij. Het kruisverhoor was al aan de gang. Daar zat hij, Lattanza in al zijn glorie, in een op maat gemaakt lavendelblauw overhemd met handgestikte manchetten en bescheiden monogram, het haar pas geknipt. Ontspannen. Ze kon zijn huichelarij niet aanhoren en liet de geluidsschakelaar uit.

Marco Lattanza veegde met een weloverwogen gebaar een lok van zijn dun wordende haar opzij. De wijsvinger ging naar de zijkant van zijn voorhoofd, ten teken dat hij diep nadacht; een aandachtige en beleefde concentratie op wat de twee carabinieri hem voorlegden. Hij trok zijn manchetten recht, betastte de gouden manchetknopen terwijl hij zijn meeslepende verhaal construeerde en uitlegde, van man tot man, waarom hij had gelogen over waar hij was geweest in de nacht dat Teresa Steiner stierf. Hij leunde voorover, gebarend dat ze dat toch moesten begrijpen, waarna hij met zijn open hand zwaaide om iets te benadrukken, de wenkbrauwen kort opgetrokken toen hij zich beklaagde over de wraakzucht van zijn vrouw na haar ontdekking van zijn overspel met een jonge minnares.

Lattanza werd koket, speels, en gaf met beide handen de contouren van een vrouw weer. Hij lachte. De jongere rechercheur glimlachte. Maarschalk Cervino zat erbij met een stalen gezicht. Lattanza sloeg zijn ogen neer, berouwvol, en knikte snel. Hij hief zijn armen in een hulpeloos gebaar. Hij was toch ook maar een man?

Teresa Steiner zette haar zinnen op hem, haar hoogleraar. Hij deed het enige beleefde wat een Italiaanse man kon doen. Maar de relatie werd al snel vermoeiend, dus had hij er een punt achter gezet. Waarom zou hij zo'n mooie jonge vrouw hebben vermoord?

Lattanza oogde zelfverzekerd en alsof hij alles onder controle had. Maar hij deed net wat te geforceerd, zijn levendige gebaren waren net wat te overdreven. Iets wat ook maarschalk Cervino niet was ontgaan. Lattanza viel opeens stil, als een marionet waarvan de touwtjes waren doorgeknipt. Einde voorstelling. Cervino vervolgde het verhoor.

Natalia en Pino beklommen de Via San Mattia, op weg om te lunchen in de Spaanse wijk. Het was de gevaarlijkste buurt in de stad, maar toch kon ze het niet weerstaan. Ze sloegen af, een smalle oplopende straat in. De steeg kronkelde heen en weer, een zwart lint met een lijntje hemel erboven. De meeste stegen waren hier regelmatig verhoogd door stenen trappen om de steile klim naar de wijk Vomero op de top van de heuvel, zo'n tweehonderdveertig meter hoog, eenvoudiger te maken. Een weduwe in het zwart schrobde op haar knieën het steen onder een buurtkapel, waarbij te midden van het vuil een schoon driehoekje ontstond. Het steen was door eeuwen van geschuur glad afgesleten. Boven de straat hing een wervelstorm aan bordjes, waarop stond te lezen wat voor diensten er in de winkeltjes aan weerszijden werden aangeboden.

Tijdens de wandeling omhoog bespraken Pino en Natalia hun tweede verdachte.

'Waar zou een blinde monnik zich schuilhouden?' vroeg Natalia.

Drie jongens schopten een bal over de uitgestrektheid van het Piazza Dante. Ze gebruikten vuilniszakken als doelpalen.

'Hoe komt hij aan geld?' vroeg ze.

'Zijn medemonniken zullen hem wel wat toestoppen.'

'Ongetwijfeld. Of de eerwaarde Pacelli. Maar waar zou hij zich verschuilen? Ik zie hem niet inchecken bij een hotel.'

'Ik ook niet,' zei Pino. 'Misschien een schuilplaats onder de kerk?'

'In die vreselijke crypten? Daar wil ik niet eens aan denken.'

'Maar het donker zou voor hem de perfecte schuilplaats zijn. Dat zou zelfs in zijn voordeel werken.'

'Hoe moet hij dan aan eten komen? Zichzelf in leven houden?' Ze schudde haar hoofd. 'Nee. Hij zit hier ergens boven de grond.'

'Waar zouden we hem als laatste verwachten?' vroeg Pino.

'In het klooster?'

'Dat hebben we al geprobeerd. Nee. Waar zou hij niet opvallen? Niet opgemerkt worden?'

'Ergens waar andere blinden zijn. Een ziekenhuis?'

'Of een blindeninstituut. Misschien een speciaal tehuis.'

Ze sloegen een straat in die evenwijdig liep aan de heuvel en kwamen bij een klein plein. Buiten waren slechts een paar terrastafels opgezet, zo ver mogelijk van de bergen vuilniszakken verwijderd. Achter het raam van een pizzeria liet een pizzabakker een wiel van deeg rondtollen. Overal hing de geur van knoflook, zelfs scherper dan de weeïg zoete stank van het afval.

Er passeerden twee mooie Nigeriaanse mannen, hun glimlach oogverblindend. Een vrouw rende gillend voorbij. Een Franse toeriste, haar dure tas nu aan de arm van een jongen die weg racete op een scooter. Haar echtgenoot wilde haar ervan weerhouden de achtervolging in te zetten, duidelijk bezorgd dat haar iets zou overkomen. Ze sloeg zijn handen weg, schreeuwend en wijzend in de richting waar de tasjesdief was verdwenen. Boven hen stond de tante van Dikke Doro op haar balkon. Hij moest in de buurt zijn geweest: hij was de *camorrista* die leidinggaf aan de immigranten die diefstallen pleegden in de wijk. Volgens de geruchten tolereerde de politie een maandelijkse quota van gerolde portemonnees en gegapte handtassen, de entreeprijs voor toeristen die achterbuurten bezochten.

Niemand hier had een bankrekening, geen creditcards, en alleen de kinderen aten behoorlijk. De inwoners zagen er stuk voor stuk pezig en mager uit. De helft van de mannen onder de dertig was werkloos, evenals driekwart van de vrouwen.

Twee Bengalezen volgden hen een hele straat lang. Natalia maakte zich eerst zorgen dat ze het op haar en Pino hadden voorzien, besefte toen dat ze niet meer waren dan staatloze zielen zonder papieren, op zoek naar tijdelijk werk: een vloer die geveegd moest worden, een etalageruit zemen. Mocht dat niet lukken, dan zouden ze misschien een onbeheerde handtas meepakken. Natalia hield de hare dichter tegen zich aan, eventjes ongerust dat ze haar wapen kon verliezen aan een beurzensnijder die te onnozel was om de speciale tas van agentes in burger en vrouwelijke carabinieri te herkennen.

'Waar is mijn geld?' riep een vrouw tegen haar metgezel. Een drugsverslaafde, zo te zien aan de ingevallen wangen en de zweren op haar lip. De lovertjes op haar T-shirt fonkelden. Ze droeg een modieus gescheurde zwarte spijkerbroek en luipaardlaarzen. Een steeg vulde zich met Chinese vrouwen, arbeidsters in een sweatshop tijdens een zeldzame pauze. Het tiental straten van de wijk vormde een raster dat met militaire precisie was aangelegd, loodrecht doorkruist door nog eens achttien straten, de meeste niet breder dan vier meter. Ze waren zelfs te smal voor trottoirs en geplaveid met grote, platte stenen. Vijfhonderd jaar geleden hadden Spaanse veroveraars de wijk gebouwd om hun troepen te legeren. De gebouwen van vijf etages hoog dateerden van eeuwen terug en dat was eraan af te zien. Reparaties bedekten reparaties.

Natalia en Pino bereikten hun favoriete *trattoria* en begroetten hun vaste kelner. Hij was blij met klanten voor een vroege lunch. Het etablissement was leeg. Hij gebaarde naar hun gebruikelijke tafel, helemaal vooraan bij de open zijkant van het restaurant, naast de kassa. Napolitanen liepen voorbij, een boodschappentas of attachékoffertje in de hand, richting het tramstation en de kabeltrein die hen langs de steile helling omhoog zou hijsen, weg uit de benauwde en verweerde stegen van de wijk, naar de brede boulevards en met bomen omzoomde woonstraten op de heuvel.

Buiten op de straat klonk gegil.

'Wat nu weer?' riep Natalia uit. 'Bestel maar alvast. Ik ben zo terug.'

Aan het begin van de straat stond een groepje mensen naar enkele honden te kijken. De beesten gromden naar elkaar, vechtend om rottend vlees dat ze uit een gescheurde vuilniszak hadden gehaald. De jankende honden waren vel over been maar gespierd, net zo gewelddadig als de straat waarop ze leefden. De nieuwste plaag die de stad teisterde: verwilderde honden. Hele meutes kwamen van God mocht weten waar om zich te goed te doen aan het afval.

De wilde honden waren te schurftig om voor raszuiver door te gaan, maar ze vertoonden trekjes van Duitse herders, bulldogs, terriërs en dobermanns. In roedels zwierven ze rond waar ze maar wilden en ontblootten hun tanden naar elk levend wezen dat dwaas genoeg was om hun strooptocht te verstoren. Ze richtten hun aandacht op een tengere vrouw, die haar boodschappen en haar baby stevig tegen zich aan hield.

'Ik kan mijn huis niet in,' riep ze. 'Anders bijten ze.'

Ze was een zigeunerin, met een sjaal om haar hoofd geknoopt. De leider van de honden gromde bij het zien van een pakje vlees dat uit haar tas stak. Natalia naderde de vrouw omzichtig. Ze reikte in de tas en gooide het vlees van zich af. Het merendeel van de meute rende erachteraan en Natalia leidde de vrouw haar huis binnen. Daarna belde ze de hondenvangers. Ze konden de drukte nauwelijks aan, maar nadat de telefoon zo'n tien keer was overgegaan kreeg ze iemand aan de lijn. Haar geluksdag. Een zwerfdierenbus was vlakbij voor een andere melding in de wijk en zou langskomen.

'Dat heeft mijn eetlust geen goed gedaan,' zei Natalia, eenmaal terug bij Pino, die al zat te genieten van hun pizza.

'Ik ben zo vrij geweest wijn te bestellen,' zei hij. 'Mag ik?'

'Graag.'

Hij schonk in en ze nam meteen een slokje. 'Dit is beslist zaliger dan wilde honden.'

'Of vuilnis,' zei hij. 'Vanochtend stond er in de krant dat negenendertig stortplaatsen overvol zijn en geen afval meer accepteren uit Napels.'

'De mensen worden radeloos. Gisteravond heeft een woedende menigte het politiebureau in Pianura bestormd, bussen in brand gestoken, ruiten ingegooid.'

'Wanneer gaat Bianca de strijd aan met Gambini en haar vuilnismannen loslaten?'

'God. Ik hoop binnenkort. Kolonel Donati's vrouw wil het liefst zo snel mogelijk verhuizen. Ze kan er niet meer tegen, zei hij.'

Pino zuchtte. 'Waarom hebben we het hierover tijdens de lunch?'

'Waar moeten we het dan over hebben?'

'Over ons. Gisternacht. De grotere kosmische betekenis ervan.'

'Gisternacht was geweldig,' zei ze.

'Denk je dat anderen het merken?'

Natalia nam gulzige happen van de pizza. 'Als je zo over mijn knie blijft wrijven, zouden ze wel iets kunnen gaan vermoeden.'

'Sorry. Ik kan er niets aan doen.'

'Luister. Gisternacht was geweldig. Dat zei ik al.'

'Maar?' wilde hij weten.

'Dat hoef ik je toch niet uit te leggen? We werken samen. Vandaag is vandaag.'

'Is dat een zen-koan of zo? Die ken ik nog niet.'

'Pino, alsjeblieft. Als we een koppel worden, kunnen we geen partners blijven.'

'We zíjn een koppel, Natalia. Sinds gisteravond twaalf uur.'

Natalia zuchtte. 'Ik weet het niet, Pino. We moeten het geheimhouden, maar je weet net zo goed als ik dat er geen geheimen bestaan op het bureau. Iemand zal erachter komen en het aan iedereen vertellen. Bovendien ben ik bang dat onze gevoelens ons leven hier op straat in gevaar kunnen brengen, en dan heb ik het nog niet eens over onze carrière.'

'Wat is er met onze carrière?' Nu leek ook hij enigszins ontmoedigd.

'De reglementen. Sergeant in een intieme relatie met hogere officier. Hogere officier in een intieme relatie met haar ondergeschikte. Ze zouden ons dwingen een keuze te maken. Een van ons zou moeten vertrekken. Ik wil niet dat jij dat bent. En ik zal het niet zijn. Ik kan niet weer een carrière opgeven en opnieuw beginnen. Dat wil ik niet.'

'Dat vraag ik ook niet van je. Je hebt er te hard voor gewerkt, te veel in geïnvesteerd.'

'En jij dan?'

'Mja, ik ook.' De realiteit begon door te dringen. 'Als je maar weet dat ik je niet laat vallen.'

Toen Natalia bij de Orto Botanico aankwam, waren de bewakers en tuinlieden bijna klaar met de lunch. Ze bespraken de voetbalwedstrijd van de vorige avond en negeerden haar toen ze door de ijzeren poort wandelde en de trap op klom. Na de uitlaatgassen in de stad vond ze de groene boomkruinen een verademing.

Als kind was de tuin een lievelingsplek van haar geweest, de plek waar haar ouders na de kerk, en op haar vaders enige vrije dag, naartoe gingen. Als het weer het toeliet, liepen ze elke zondag na de mis eerst naar huis om zich te verkleden. Haar moeder pakte de sandwiches met salami in, die ze de avond ervoor had klaargemaakt, samen met een kan limonade, en daarna begaven ze zich op weg. Soms ging Mariel of Lola ook mee.

Tijdens de picknick kon Natalia's vader alle om hen heen kwetterende vogels bij naam noemen – torenvalken, winterkoninkjes, roodborstjes. Thuis had hij boeken met de foto's en namen van honderden soorten en geluidsopnamen van hun wijsjes. Natalia's moeder had ooit een jaar lang gespaard om een prachtige verrekijker voor hem te kopen.

Natalia ging op het bankje voor de oranjerie zitten, waar zij en Lola hadden afgesproken. Reusachtige paarse en rode bloesems hingen aan dikke groene stengels. Een felgele vogel vloog over haar hoofd. Onder de kastanjebomen snoeide een tuinman de heggen. Verder hoorde ze alleen de vogels en het verkeer in de verte.

Er streek een vlinder neer bij haar voeten. Zwart-oranje vleugels klapten open en dicht. Een vluchtig leven, maar nagenoeg perfect. Vreemd dat Lola er nog niet was. Al deed de schijn soms anders vermoeden, Lola was altijd het meest punctueel van de twee geweest. Toen Natalia haar telefoon tevoorschijn haalde om te bellen, hoorde ze de explosie. Honderden vogels waaierden op uit de bomen.

Gedaan met de rust en vrede. Ze zou later wel met Lola praten. Nu liet ze haar mobieltje in haar tas vallen en sprintte in de richting vanwaar de knal was gekomen.

Sirenes werden steeds luider.

Drie straten verderop stond de auto, zwartgeblakerd en verwrongen. De lokale politie was al ter plaatse. Natalia toonde haar penning en drong door de menigte heen. Op de stoeprand zat een vrouw te krijsen, haar gezicht bebloed, haar blouse en kousen bespat met bloed. Lola.

Natalia hurkte voor haar neer, pakte een zakdoek uit haar tas en veegde Lola's voorhoofd schoon.

'Frankie,' zei Lola, hysterisch snikkend. 'Nico, mijn arme kleine jongen. Nico.'

'Sst. Ze hebben niet geleden, Lo. Ze zijn weg, Lola. Ze zijn weg.'

'Het is mijn schuld. Ik had hem niet moeten laten meegaan met Frankie. Het is mijn schuld.'

'Nee, Lola. Nee.'

Natalia trok Lola dichter tegen zich aan en wiegde haar als een kind, haar het zicht ontnemend op de auto en de dikke zwarte benzinerook die hemelwaarts kringelde.

13

De politiebewaker bij de deur wuifde Natalia verder, Lola's kamer in. Haar mooie haar zag er piekerig uit, deels afgeknipt om de snijwonden op haar hoofdhuid te kunnen hechten. Ze zat rechtop met haar ogen gesloten. Natalia liep naar het bed en legde een hand op haar arm. Lola opende haar ogen. Levenloze ogen, ging er door Natalia heen.

'Ze hebben Frankie en Nico te pakken.'

'Weet ik,' zei Natalia en ze wreef Lola over haar wang.

'Ik moet je iets vertellen...'

'Dat hoef je nu niet te doen.'

'Jawel. Toch wel.'

'Hij kan ook jou en de jongste twee uit de weg ruimen. We kunnen jullie niet alle drie doorlopend bewaken. Lola, je kinderen hebben alleen hun moeder nog.'

'Weet ik, weet ik. Dat verdomde meisje.'

'Teresa Steiner?'

'Ja. We werkten samen, zij en ik, het afgelopen halfjaar. Frankie was net zo'n prima donna als zij en was haar binnen de kortste keren spuugzat. Maar Gambini leek zo ingenomen met dat meisje en hij was vastbesloten haar binnen te halen. Frankie kreeg het op zijn heupen en zei dat hij uit de organisatie wilde stappen. Wat natuurlijk niet kon. Dat zou neerkomen op verraad. Dus begon ik met haar samen te werken.'

'De kapellen?'

Lola knikte. 'Ik wist alles over de kapellen, want mijn oom zorgde jaren terug voor het legen van de collectekistjes. Gambini dacht dat wij een goed team zouden vormen. Hij had grote plannen met haar. De kapellen waren kinderspel. Hij wilde haar heroïne laten verhandelen. Niet eerst geleidelijk inwerken, misschien eens proberen met hasj of kobret. Nee, we krijgen haar zomaar koud op ons dak – boem. Teresa had zo haar eigen plannetjes en wilde alles over ons weten. Hoe alles in zijn werk ging, wat iedereen deed. Daardoor werden we allemaal huiverig voor haar.'

'Gambini gaf haar de leiding over een deel van de drugshandel?'

'Ja, ik weet het: vreemd. Ik moest de binnenkomende vrachten bijhouden en Teresa zorgde dan voor het verdere vervoer, naar onze lokale mensen die op openluchtmarkten opereren en naar distributeurs in Duitsland. Volgens Gambini was ze er geknipt voor. Ze sprak Italiaans en uiteraard vloeiend Duits, en reisde moeiteloos heen en weer. Wie zou er nu zo'n mooi jong meisje verdenken, een cum-laudestudente die op het punt stond hoogleraar te worden?'

'Wilde ze professor worden?'

'Tuurlijk, ze wilde alles. Afgezien van dat akkefietje met haar begeleider.'

'Lattanza?'

'Ja. Ze zei dat hij een achterbakse klootzak was. Echt een ploert. Dat is hij ook, maar zij had hem wel verleid. Hij dreigde haar academische loopbaan te ruïneren als ze niet bij hem terugkwam. Toen ze nog steeds niet bijdraaide, heeft die dwaas haar bedreigd. Hij had geen idee met wie ze omging. Teresa lachte om hem. Zei dat de universiteit nog erger was dan de maffia.'

'Was ze bang voor Lattanza?'

'Niet in het minst. Ze zei dat hij niet het lef had om haar iets aan te doen.'

'Wist Gambini van haar verhouding met Lattanza?'

'Nou en of. Lattanza mag van geluk spreken dat Gambini hem niet in kokende olie heeft gedompeld. Teresa wilde dat niet. Daar vond ze zijn vrouw te aardig voor.'

'Wist Gambini dat ze naar bed ging met zijn neef Benito?'

Lola ging rechtop zitten. 'Ja, dat wist hij. Scheen hem niet te deren. Ze deed toch al onderzoek naar de kapellen, dus leek het Gambini een ideale combinatie. Ze zei dat ze de kapellen van dichtbij moest zien, in de dagelijkse praktijk. En wat geld nodig had voor de medische behandeling van haar moeder – een leugen. Gambini kwam niet meer bij van het lachen toen we het hem vertelden en leek trots te zijn op haar list en bedrog. Hij zei dat haar moeder kanker had, maar eraan was overleden voordat Teresa ging studeren. Dat wist jij zeker ook?'

'Al vanaf het begin. Ga door. Als het niet te vermoeiend voor je is, hè?'

'Nee. Praten helpt. Teresa wilde dat we meer voor onszelf hielden dan was afgesproken met Gambini. Ze wilde geld voor hem achterhouden. Totale waanzin. Suïcidaal. Alsof Gambini daar niet achter zou komen. Ze was hopeloos naïef. Ze dacht dat ze hem om haar vinger had gewonden. Gek genoeg was dat ook zo. We dachten dat hij haar in de Middellandse Zee ging dumpen. In plaats daarvan kwam ze terug van vakantie met een spectaculaire halsketting die hij voor haar had gekocht. Robijnen en parels. We hadden hem zich nog nooit zo zien gedragen. Daarna begon ze Frankie min of meer te versieren en dat maakte hem doodsbang. Dat was voor hem de laatste druppel.'

'Was hij jaloers op haar?'

'Ik denk het. Hij was altijd Gambini's oogappel geweest. Zodra zij kwam opdagen, zag zijn toekomst er opeens minder rooskleurig uit. Toen ze hem probeerde te verleiden, maakte hij zich zorgen over wat Gambini zou denken of doen.'

Lola reikte naar haar water. Natalia overhandigde haar het glas.

'Bedankt.' Lola nam het aan en haar hand trilde. 'Teresa schepte over alles op. Ze vertelde dat de halsketting wel een kwart miljoen waard was. Zei dat het niet lang zou duren voordat we onze eigen sieraden konden kopen. Ze had de namen van de drugscontacten in Duitsland. Ze hadden tegen haar gezegd dat ze dolgraag zaken met ons wilden doen. Ik zei dat ze gek was. Ze wilde alles over de camorra weten. Over de vrouwen binnen de camorra, hoe ze aan de macht waren gekomen. Teresa noemde ons de "nieuwe feministen". Ze zei dat dit onze grote kans was. We zouden schatrijk worden.'

'Rustig, Lola.' Natalia nam het glas over en bracht het voorzichtig naar Lola's mond.

'Bedankt. Dat meisje was niet goed bij haar hoofd. Ik zei nog dat ze ons allebei de dood in zou jagen. Toen ik duidelijk maakte dat ik er niet aan meedeed, zei ze dat ze het ook wel alleen af kon. Ze dreef er de spot mee – plaagde me. Wat een dwaas.'

'Net als Gambini, zo te horen.'

'Er speelde iets tussen die twee. Toen hij haar meenam naar Frankfurt vertelde hij haar alles over onze legale zakenbelangen daar en stelde haar voor aan de grootste drugsdealers die we bevoorraden. Hij was van plan om haar groots te lanceren. Zazu Gambini investeerde in Teresa Steiner als in geen ander, emotioneel en anderszins. En ze toonde hem geen respect. "Een plus een is twee", zoals Mariel zou zeggen. Het was wel duidelijk dat hij haar zou vermoorden. Hij moest wel, gezien wat ze deed. Ze was niet te stuiten. Ik wilde er iets van zeggen, hem misschien waarschuwen, zodat ik er later geen heibel mee zou krijgen. Frankie zei nee, niet mee bemoeien. Hij probeerde zelf ook ongemerkt iets voor zichzelf te beginnen. Ik luisterde niet naar hem.'

'Je vertelde Gambini wat ze in haar schild voerde?'

'Ik had geen keus. Ik kon anderen niet laten denken dat ik haar kant koos. Kun je je dat voorstellen: Gambini kleineren?' Tranen drupten uit Lola's ogen. 'Mijn arme jongen!'

Ze snikte schokkend. Een verpleegsternon in traditioneel habijt kwam gehaast binnen. Ze schonk een beker water voor Lola in en gaf haar een geel pilletje. Lola slikte het door. De zuster gebaarde Natalia haar te volgen. Het donkere nonnenhabijt dat wegzweefde deed Natalia terugdenken aan school, toen zij en Lola nog maar meisjes waren. Het voelde als een miljoen jaar geleden. Vlak voor de deur liep ze Mariel tegen het lijf, die haar op beide wangen kuste terwijl ze elkaar omhelsden.

'Ze heeft net een slaappil ingenomen,' zei Natalia.

'Ah, niet het juiste moment voor een bezoek. Heb je tijd voor koffie?'

De vriendinnen vertrokken samen en gingen naar een nabijgelegen café. Aangezien de universiteit op een steenworp afstand lag was het er druk. Ze wisten het laatste terrastafeltje te bemachtigen.

'Zo te zien is het toeristenseizoen begonnen,' merkte Mariel op. Er beende een groep Duitsers langs, getooid met zonnehoed, het gezicht rood aangelopen, reisgids in de hand en camera voor hun borst bungelend. De klanten op het beschaduwd terras waren vooral lokale inwoners en universiteitsstudenten. De toeristen trokken voorbij als kleurrijke tropische vogels, gelokt door het glanzend chroom van de cafés rond de grote piazza's.

'Hoe gaat het met haar?' vroeg Mariel.

'Niet goed.'

'De arme schat.'

Ze bestelden espresso bij een jonge kelner met donker golvend haar. 'En hoe is het met je jonge minnaar?' vroeg Mariel.

'Die weet van geen opgeven.'

'Mooi zo. Dan hoef je alleen je jonge vrijer bij te houden om in conditie te blijven.'

'Luister,' zei Natalia, terwijl ze in haar tas rommelde, 'nu ik je toch zie...' Ze vond de fotokopieën van de belangrijke bronteksten die Teresa Steiner tijdens haar onderzoek had verworven. 'Wat kun je me hierover vertellen?'

Mariel haalde haar leesbril tevoorschijn en bestudeerde de grote vellen papier.

'Hier heb je een boekenantiquair voor nodig. Ah, *Athanasius Kircher*. Middeleeuwse tekst. Gekopieerd van het origineel bij het Collegio Romano. Je weet wel, het paleis gebouwd door Ignazio di Loyola, de soldaat die de jezuïetenorde heeft gesticht.'

'Nog meer?'

'Ik geloof niet dat de bibliotheek vrij toegankelijk is voor burgers. Iemand moet een goed woordje voor haar hebben gedaan: haar professor, of iemand binnen de orde.'

'Een jezuïet?'

'Ja.'

Natalia vervolgde: 'Teresa Steiner zocht duidelijk bewijs voor haar idee dat alle zwarte madonna's aanbeden door de gelovigen waren geïnspireerd op afbeeldingen van Isis. Zoals ook de Madonna met Kind geïnspireerd lijkt te zijn op Isis die haar kind in dezelfde houding vasthoudt.'

'Er zijn toch verschillende zwarte madonna's in Italië? Hé, weet je nog dat we toen we vijftien waren naar Montolvo gingen om er eentje te zien, en dat de priester mij tegenhield omdat ik een haltertopje en kort rokje droeg?'

'Ja.' Natalia benadrukte dit door een vinger in de lucht te priemen. 'En dat ouwe besje had zo met je te doen dat ze je haar sjaal leende. En een zakdoek voor op je hoofd.'

'Verdomde *paparazzi*,' riep een man achter hen. 'Als je niet opdondert krijg je van mij een opdonder.'

Beide vrouwen keerden zich om. Een zittende man haalde uit naar een fotograaf die vlakbij hurkte en greep zijn camera bij de lens, waardoor de fotograaf omkieperde en op zijn achterste belandde. Stoelen schraapten toen klanten opstonden van hun tafel om de oude man overeind te helpen. Het was Luca, de fotograaf die zich specialiseerde in misdaad en de camorra. Hij viel hen al jaren lastig en legde hen op onbewaakte momenten vast, soms buiten westen, laveloos in clubs, vaak dood op straat – geëxecuteerd. Er hingen drie camera's rond zijn nek.

'Als je nog één foto maakt is het je laatste,' riep de klant. Natalia herkende hem van een reeks foto's van *camorristi*, recentelijk geschoten bij aankomst op het vliegveld. Deze zat in de cementhandel in Albanië, ongetwijfeld thuis voor een vakantie na zijn buitenlandse opdracht voor de organisatie.

'Kom, Luca,' zei ze en ze hielp hem weer op de been. 'Kom maar bij mij en Mariel zitten.'

'Bedankt, kapitein.'

Natalia wendde zich tot de gangster. 'Hopelijk heeft de lunch gesmaakt.'

'Waar heb je het verdomme over? We moeten nog beginnen met lunchen.'

'Bedankt voor uw klandizie.' Ze schoof haar jasje opzij en onthulde haar 9-millimeter automatisch pistool.

'En wie ben jij dan wel?'

'Kapitein Monte. Carabiniere.' Ze wuifde de ober weg die met hun drankjes kwam aanlopen. 'Fijne middag verder.'

De camorraman kwam overeind, dreigend boven haar oprijzend. 'We komen elkaar nog wel een keer tegen, *kapitéin*.'

'Ik kan niet wachten.'

De man beende weg met zijn vriend, en Natalia voegde zich bij Luca en Mariel aan hun tafeltje.

'Bedankt dat u mij en mijn camera's hebt gered,' zei Luca, die bezorgd door de foto's scrolde.

'Heb je een digitale camera?' vroeg Mariel.

'Moet wel tegenwoordig om de foto's in de krant te krijgen,' zei Luca. 'Alles is digitaal. Geen donkere kamers of chemicaliën meer. Alles is elektronisch.'

Natalia ging naast hem zitten. 'Hoelang geleden heb je die gemaakt?'

'Deze van Zazu? Meer dan een maand terug.'

'Laat me die vorige eens zien.'

Het was een foto van Aldo Gambini en Teresa Steiner. Hij had er meerdere. Eentje in een café: Gambini die zich vooroverbuigt om iets tegen haar te fluisteren – of haar te kussen; dat was moeilijk te zien.

'Mocht je die van ze maken?' vroeg ze.

'Tuurlijk niet. Zoomlens van vijfhonderd millimeter. Ik stond mijlenver weg. Ik heb er nog een paar.'

Hij toonde de volgende reeks snel achter elkaar: Gambini en Teresa Steiner verwikkeld in een hevige discussie.

'Is er veel vraag naar spontane kiekjes van bekende camorristi?'

'Niet als ze nog leven,' zei Luca. 'De meeste tijdschriften durven ze niet te plaatsen, tenzij het om een openbaar evenement gaat dat ze bijwonen of als er een overlijdensbericht of misdaadartikel bij staat. Behalve dat die gangsters niet willen dat hun gezicht overal opduikt, denken ze dat ik ongeluk breng.'

Luca liet er nog een stuk of zes de revue passeren. Foto's van Gambini in gezelschap van Teresa Steiner, genomen op verschillende momenten. Natalia nam de tijd om ze een voor een te bestuderen.

Meer leugens van Gambini over hoe vaak hij haar had gezien. Het was duidelijk niet bij twee ontmoetingen gebleven. En zo oppervlakkig leek hun contact ook weer niet. Ze had nooit eerder de blik in Aldo Gambini's ogen gezien die Luca op sommige foto's had vastgelegd. Genegenheid. Wedijverden oom en neef om hetzelfde meisje?

'Ik heb afdrukken nodig,' zei ze.

Luca knikte. 'Ik dacht al dat je dat zou zeggen.'

Luca vertrok, gevolgd door Mariel. Natalia keek op haar horloge en wachtte op Pino. Een tafel verderop zat een lenige zwarte jongen. Kon een danser zijn. Keurige dreadlocks hingen over zijn rug. Toen hij zich omdraaide zag ze zijn mooie glimlach van opzij. Zijn huid had de kleur van melkchocola. Zijn metgezel was ook jong. Mollig en blond, gekleed in vrolijk blauw. Een crèmekleurige huid. Ze lachten, bogen naar elkaar toe, spraken Frans, kaarten en reisgidsen verspreid tussen hun kopjes espresso en café au lait.

Studenten vlogen af en aan, alsof ze allemaal op een belangrijke missie waren, zoals zij ooit, toen de hele wereld nog voor haar openlag. Dezelfde stugge *barista* stond achter het cappuccinoapparaat de koffie te bereiden. Er was zo veel tijd verstreken sinds ze hier met haar hoogleraar had afgesproken om het over haar proefschrift te hebben.

Nou ja, wraak smaakt zoet, dacht ze, terwijl ze een extra lepel suiker door haar koffie roerde. Professor Lattanza, zo had maarschalk Cervino haar geïnformeerd, verhuisde naar een huurkamer in een middenstandswijk, een behoorlijke stap terug vergeleken bij zijn vorige stulpje. Ook had een indrukwekkend aantal academici opeens klachten tegen hem ingediend bij de faculteit, over dingen die hij had gedaan of waarmee hij had gedreigd toen ze nog studeerden.

Pino verscheen bij de stoeprand. Ze liet geld achter op haar tafel en zocht zich een weg door de jongeren. Ze konden nog net op tijd komen voor de afspraak die Giulio had geregeld met de stadsarcheoloog.

Dr. Michael Heller was een Nederlander. Hij had blauwe ogen, was lang en te knap om er als een professor uit te zien. Op een foto boven het bureau in zijn piepkleine afdelingskantoor hield een Italiaanse schone twee kinderen vast.

'Stel dat hij haar niet door de kerk heeft gedragen?' opperde Natalia. 'Er zijn simpelweg geen sporen gevonden die daarop wijzen.'

Heller knikte. 'Een andere ingang. Waarom niet? Napels is ondergraven met mijnen waar de oude Grieken het vulkanisch gesteente dolven waarop de stad is gebouwd. En met lege Romeinse cisternen, uitgehakt in de jaren vóór Christus, die dienstdeden als ondergrondse waterreservoirs. Enorme ruimtes. Sommige ervan werden tijdens de Tweede Wereldoorlog uitgerust met badkamers en bedden, om te dienen als schuilkelders. En onder de tempels en kerken zijn er uiteraard grafkelders. Ook grotten die worden gebruikt als catacomben. Er lopen daar ook tunnels onder de grond.' Hij hief een vinger. 'Hebt u een momentje?'

Heller keerde terug met een groot boek. 'Uw kerk, Il Purgatorio,' zei hij, waarbij hij de pagina's met daarop een plattegrond van de crypten opensloeg.

'Lopen er gangen vanaf de crypten?' vroeg Pino.

'Moeilijk te zeggen,' antwoordde Heller terwijl hij naar de schetsmatige tekening tuurde. 'Deze plattegronden zijn helaas onvolledig. Zoals u kunt zien zijn er vlakbij gangen uitgehakt in het vulkanisch gesteente, maar ze lijken niet in verbinding te staan met de crypten. Al wil dat niets zeggen. Slechts een derde van alle labyrinten is onderzocht en in kaart gebracht. Er zijn enorme spelonken. Sommige tunnels zijn zo nauw dat je erdoor moet kruipen en hopelijk kun je dan ergens omkeren voor het geval je terug moet. Het is de moeite waard om er eens te gaan kijken. Zorg er alleen voor dat jullie niet verdwalen. Het gangenstelsel onder de stad strekt zich honderden kilometers uit en twee derde ervan is, zoals ik eerder zei, niet in kaart gebracht. Er doen heel wat wilde verhalen de ronde over mensen die onder de grond gaan en nooit meer boven komen.'

Heller nam nog eens twintig minuten de tijd om een aantal methoden uit te leggen waarmee ze konden voorkomen dat ze zouden verdwalen, en daarna leende hij hun wat benodigdheden.

'Klinkt ingewikkeld,' zei Natalia, die zich claustrofobisch begon te voelen.

'Is het ook. Weet u wat? Ik ben al een poosje niet onder de grond geweest. Misschien kan ik jullie vergezellen.'

De kerk was verlaten. Het duurde even om de onopvallende deur te vinden die toegang tot de neerwaartse tunnel naar de grafkelders verschafte, en vervolgens begonnen ze aan de afdaling. Natalia vond de besloten ruimtes geen prettig vooruitzicht. Op haar vijftiende had haar klas een lange rondleiding gekregen in de onderwereld van Napels. In de bedompte lucht van de smalste tunnel was haar lamp gedoofd. Al die jaren later stond de herinnering haar nog levendig voor de geest.

Gelukkig wees dr. Heller de weg en verdreef zijn lamp het duister voor hen. Het complete grafgebied bestond uit zes kamers. In de muren waren nissen uitgehakt, die nu leeg waren.

'Vroeger bevatte elke nis een lichaam in een verticale foetushouding,' legde Heller uit. 'Om ze te laten rotten. Die ronde uithollingen hielden hun hoofd rechtop.'

Ze doorzochten elke kamer systematisch. Pino's lamp onthulde graffiti op een muur, gekrabbeld in flauwe krijtlijnen.

'Verlichte vandalen,' zei hij en hij las voor: '"*Zo was jij. Nu lig je in de grond, als stof en bot.*"'

Natalia niesde.

'De grote Leopardi,' zei Pino. 'Giacomo Leopardi.'

'Het is verbazingwekkend wat deze antieke bouwsels hebben overleefd,' zei Natalia. 'Vulkaanuitbarstingen, aardbevingen.'

'Ja.' Heller wees naar de witte mortel die de grote stenen van een funderingsmuur bij elkaar hield. 'Ze gebruikten voornamelijk kalk, soms vermengd met wat lijnzaadolie. Bleek perfect te werken omdat het flexibel bleef, zelfs bij blootstelling aan aardschokken.'

Heller ging hun voor naar de aangrenzende kamers en vertelde waar ze moesten zoeken naar gangen. Pino vond er een, maar die leidde naar beneden en niemand wilde hem graag volgen.

'Kijk goed in de hoeken,' zei Heller. 'Ze gebruikten soms optische illusies als camouflage.'

In een hoek van de vierde kamer ontdekte Pino dat de muren niet op elkaar aansloten. In plaats daarvan vonden ze een bijna onzichtbare zijgang. Ook al was hij smal, ze konden er zijdelings doorheen, voetje voor voetje. Hoog op de muur plaatste Heller een batterijlampje om hun route te markeren. De gang werd breder en begon schuin omhoog te lopen. Ze hielden stil bij een laag booggewelf. Zowel Pino als Natalia begon het benauwd te krijgen in de onderaardse ruimte.

'Enige kans dat dit straks boven op ons stort?'

'Ik denk het niet,' zei Heller. 'Anders zou ik niet zo snel hebben voorgesteld mee te gaan. De ondergrond is geen probleem. Het tufsteen is misschien licht maar wel duurzaam.'

'En dit gewelf? Ziet er gerepareerd uit.'

'Is het ook. Slechte stenen zijn er uitgehakt en vervangen door nieuwe.' Heller raakte er een paar aan. '*Pinnare*, zo heette het. Ze hebben goed werk geleverd: de kalkmortel weggeschraapt en hersteld, en de blokken vastgeklonken.'

Een meter of tien verderop kwamen ze bij een tweede lage

opening. Geen booggewelf ditmaal, alleen natuurlijk gesteente. Op de muur erboven was de vlekkerige afdruk van een hand te zien. Natalia meende bloed te herkennen. Pino plaatste nog wat lampjes en ze doken door de opening een kleine ruimte in. Ze gingen voorovergebogen verder, want het plafond was te laag om normaal te staan. Geen bewerkte stenen meer, alleen een ruwe rotstunnel.

'Hoe oud denkt u dat deze schacht is?' vroeg Natalia.

'Heel oud,' bracht Heller hijgend uit, terwijl het zweet van zijn kin droop. 'Vijfhonderd jaar? Tweeduizend? Het is net een honingraat onder de stad. Dat was het al vóór de Romeinse tijd, vóór Christus.'

Ze stopten voor een slok water en vervolgden daarna hun weg. Carabiniere werden getest op claustrofobie. Natalia hield zichzelf voor dat ze er weinig last van had, maar raakte daar steeds minder van overtuigd naarmate ze dieper in de tunnel doordrongen. Het idee om op hun schreden terug te moeten keren via de route waarlangs ze waren gekomen, leek onmogelijk. Ze probeerde er niet aan te denken.

De tunnel liep langzaam omhoog. Ze hervatten hun klim. Nog meer bloedvlekken, ditmaal op ruwe treden uitgehouwen in kalksteen. Natalia telde er twintig tot aan een richel. Daar aangekomen konden ze rechtop staan in een kleine vierkante ruimte.

'Steenhouwersmerken,' zei Heller, terwijl hij de muur betastte. 'Bouwstenen.'

Zijn licht viel op een zware houten plaat, verticaal in de muur. Er was geen gang die verder liep. Natalia en Pino bonden de zaklampen aan hun riem en duwden tegen de plaat, die gescharnierd bleek. Een deur. Hij wilde eerst niet wijken maar ging toen heel langzaam en krakend open.

Natalia en Pino trokken hun pistool en stapten knipperend

met de ogen het licht in: het was een kloostergang rond een binnenhof. Een zwaarlijvige monnik draaide zich verschrikt om naar de onverwachte bezoekers. Zijn kap viel van zijn hoofd. 'Christus zij genadig,' prevelde hij.

Pino en Natalia borgen hun wapen op in hun holster en grepen de monnik bij de ellebogen voordat hij kon omtuimelen. Afgaande op zijn gewaad was hij een kapucijn. Het klooster van Benito.

'Ik ben kapitein Monte van de carabinieri,' zei Natalia. 'We wilden u niet laten schrikken.'

De monnik streek met een hand over zijn gezicht, alsof hij nog altijd niet geloofde dat zijn bezoekers echt bestonden. 'Die deur wordt door niemand gebruikt. Hij is al jaren verzegeld.'

'Hebt u broeder Benito gezien?' vroeg Pino. 'Vandaag? Gisteren wellicht?'

De monnik schudde zijn hoofd.

Heller onderzocht de deur. 'Hij ging toch vrij eenvoudig open,' zei hij. 'Iemand heeft hem recentelijk gebruikt.'

Natalia en Pino keerden terug naar het bureau, smerig en uitgeput. Natalia zakte neer op haar bureaustoel en trok haar wandelschoenen uit. Giulio bracht haar ongevraagd water met een aspirine. Ze had niet eens de puf om hem te bedanken. Een halfuur later arriveerde de ontboden priester Pacelli. Hij droeg normale kleding en zag er in zijn coltrui en ribfluwelen jasje uit als een gedistingeerd schrijver of een hoogleraar. Een elegante man, besefte ze opnieuw. Zij en Pino ondervroegen hem in een verhoorkamer, waarbij het gesprek werd opgenomen.

'Bedankt dat u zo snel wilde komen, eerwaarde,' zei Natalia.

'Niets te danken. Waarmee kan ik jullie van dienst zijn?'

'We willen u iets vragen over een boek. Tussen de academische aantekeningen van wijlen Teresa Steiner hebben we fotokopieën gevonden van enkele pagina's uit een zeldzaam boek, blijkbaar gekopieerd in het Collegio Romano.'

'Ja, *Athanasius Kircher*. Ik heb voor haar geregeld dat ze inzage kon krijgen.'

'Hebt u haar vergezeld naar Rome?'

'Ik moest er zelf bij aanwezig zijn, ja, om voor haar garant te staan. We namen 's ochtends de stoptrein. Rond tien uur, als ik me niet vergis. Ik stelde haar voor aan de hoofdbibliothecaris en vertrok om wat broeders in Santa Maria Maggiore te bezoeken. Aan het begin van de avond nam ik de trein terug naar Napels.'

'U hebt tegen mij gelogen toen ik u bij de *Termini* sprak. Waarom? U vertelde mij dat u haar niet kende, nooit had ontmoet.'

'Een leugentje om bestwil. Om uw tijd niet te verdoen. Het was – is – niet relevant voor uw onderzoek.'

'Het is niet aan u dat te beoordelen. Waar ging mevrouw Steiner heen na uw researchmissie?'

'Weet ik niet.'

'Was dat de laatste keer dat u haar hebt gezien?'

'Nee.'

Natalia wisselde een blik met Pino en wachtte op een nadere verklaring.

'U lijkt te aarzelen, eerwaarde,' zei ze.

'Ik aarzel ook.'

'Hoe dat zo?'

'Ik heb haar een paar keer de biecht afgenomen. Maar dat is alles wat ik daarover kan zeggen.'

'Vanwege uw geloften? Natuurlijk. Ik begrijp dat u het biechtgeheim niet mag schenden.'

'Heel attent van u. Dat waardeer ik.'

'Was u op de hoogte van de tunnel tussen de crypte onder de kerk en de kruisgang in het klooster?'

'Niet voordat u zich zo spectaculair openbaarde aan die monnik. Hoewel de abt zegt dat hij van het bestaan af wist. En een paar broeders die in de kloostertuin werken. U kunt dit beter met hem bespreken.'

'Waarom deed u een goed woordje voor Teresa Steiner bij de bibliotheek in Rome?'

'Vanwege Benito. Hij vroeg het mij, als een gunst. Ik had haar een paar keer met hem gezien, en in de biechtstoel. Ze zocht mij ook een keer op om me te bedanken voor mijn hulp en beloofde me een exemplaar van haar scriptie.'

'Hebt u Benito onlangs nog gezien of gesproken?'

'Gezien? Nee.'

'Gesproken?'

Hij tuitte zijn lippen en knikte. 'Ja.'

'Heeft hij u toevallig verteld waar hij zat?'

'Nee. Maar hij zei wel dat hij onschuldig was aan dit misdrijf.' Eerwaarde Pacelli keek hen beurtelings aan. 'En dat is hij ook.'

'Zegt u dat omdat u dat weet, als zijn biechtvader?' vroeg Natalia. 'Of hoopt u het?'

'Als ik hem de biecht had afgenomen, zou ik daar niet eens antwoord op mogen geven. Maar nee. De abt is zijn biechtvader en spiritueel adviseur. Ik zeg het als zijn vriend. Benito is niet in staat om Teresa Steiner te vermoorden, of wie dan ook.'

Het ongeloof was zichtbaar op Pino's gezicht. Natalia bedankte eerwaarde Pacelli voor zijn medewerking aan het verhoor en begeleidde hem naar de deur. Zodra de deur achter hem sloot, wendde ze zich tot haar partner.

'Jij denkt dat hij iets achterhoudt – een man van de kerk, een priester?'

'Een zonde van nalatigheid wellicht. Ja. Meer kan ik niet zeggen.' Pino imiteerde de elegante houding van eerwaarde Pacelli, zo schavuiterig en sarcastisch mogelijk. 'Vertrouwelijke informatie.'

14

Lola sliep. Natalia zwaaide naar de dienstdoende bewaker en liep stilletjes naar binnen. Ze ging naar het nachttafeltje, waar ze de dorre mimosa's uit de vaas haalde en verving door anemonen. Lola opende haar ogen.

'Hallo, lieverd.' Natalia gaf haar vriendin een kus op het voorhoofd.

'Ik lag te dromen,' zei Lola. Ze zag er vermagerd en gespannen uit.

'En toen kwam ik je storen. Sorry.'

'Nee, ik ben blij dat je er bent. Het was toch geen leuke droom.'

Natalia streek het laken glad.

'Ze hebben mijn haar gewassen.'

'Dat zag ik. Ziet er goed uit.'

'Beetje onzin, vind je niet? Maar zelf kan ik het niet.' Lola hield haar omzwachtelde handen omhoog. 'Wat ik nodig heb zijn de wonderhandjes van Fionetta.'

'Of die van mij,' zei Mariel bij de deur.

'Kijk nou,' zei Lola. 'Net zoals 's ochtends in de salon.'

Natalia kneedde Lola's schouder. 'Gooi het eruit, Lo. Gooi het eruit.'

'Ik moet me klaarmaken.'

Mariel ging meteen aan de slag om haar toonbaar te krijgen. Een halfuur later zag Lola er bijna normaal uit. Haar twee vriendinnen hielden een spiegel omhoog. Ze waren bijna klaar toen Bianca Strozzi binnenstapte als een bedrijfsleider in een donkergrijs broekpak met een lichtere blouse, en witte lokken in haar blonde haar. Haar twee vrouwelijke metgezellen gingen net zo gekleed.

De politiebewaker die achter Strozzi naar binnen was geglipt, reageerde nerveus toen ze hem probeerde weg te sturen.

'Ik hoor erbij te blijven,' zei hij.

'Wij zullen haar wel beschermen,' verzekerde Bianca hem. 'Ga maar een sigaretje roken.'

Natalia gebaarde met haar hoofd naar de deur. 'Tien minuten,' zei de politieagent, waarna hij vertrok met de woorden: 'Er staat beneden al een patrouillewagen om jullie voertuig te escorteren.'

Bianca Strozzi en haar twee handlangsters waren ook gekomen om Lola te begeleiden. De betekenis van het gebaar ontging Natalia niet. Lola had zich aangesloten bij het kamp Strozzi en zich openlijk verzet tegen Gambini en zijn clan. Natalia kon zien dat alle drie de vrouwen onopvallend een wapen droegen – net als zij.

Mariel legde de laatste hand aan Lola's kapsel en make-up en hielp haar in de jas die ze over haar zwarte jurk wilde dragen. Daarna volgde een hoed met sluier. Met zijn vijven begeleidden ze Lola naar de lift en omlaag naar de voorzijde van het ziekenhuis. Er stonden een zwarte Wrangler en twee limousines op hen te wachten, elk met een chauffeur en een stel bewaaksters van Strozzi. Bianca liet iedereen plaatsnemen in de middelste limo voordat ze zelf achterin ging zitten, tegenover de drie oude vriendinnen. Het konvooi reed van de steile helling naar het oude Napels, richting de Chiesa di Cristo Re, de Kerk van Christus de Koning. Toen ze arriveerden, stapten Strozzi's dames uit om hun positie op het trottoir in te nemen en om zich heen te kijken naar de mensen die zich hadden verzameld. Vervolgens gaven ze een seintje aan hun bazin, die Lola hielp bij het uitstappen. Ze was nog altijd onvast ter been door haar verwondingen en leunde tijdens het lopen op Bianca.

Een stormachtige nacht had buiten op de stoep een tapijt aan roze bloemblaadjes achtergelaten. Treurende vrouwen sloten Lola in hun armen, er vloeiden tranen en mascara liep uit over de wangen van bekende gezichten uit de buurt die Natalia al in geen jaren had gezien. De vrouwen maakten wanhopig smekende gebaren. De mannen, in donkere pakken, stonden stoïcijns en zwijgend toe te kijken. Anthony Turrido, de bakker, zag er onwennig en stijfjes uit in een geleend colbert met verkeerde broek.

Natalia leidde Lola naar binnen. Mensen keken om toen zij en Mariel Lola door het lange middenpad hielpen, gevolgd door Bianca en de twee lijfwachten. Ze namen gedrieën plaats op de voorste kerkbank, met Bianca en haar mensen direct achter hen. De kisten waren gesloten, geflankeerd door grote boeketten bloemen in enorme vazen, sommige stengels zo hoog als boompjes. Nico's kist was nog niet half zo groot als die van zijn vader.

Er trok een gestage stroom van rouwenden voorbij, die stilhielden bij Lola om haar te condoleren: sombere mannen en huilende vrouwen, sommige vergezeld van kinderen die ongewoon stil waren te midden van alle kolkende emoties om hen heen. De helft van de oude buurt was komen opdagen: heren met brillantinehaar, dames met een permanent, tienerdochters wankelend op centimeters hoge hakken, jongens die zich opgelaten voelden in hun vaders overhemd en stropdas, beide te groot, en een stuk of zes weduwen die leefden van hun maandelijkse camorratoelage: duizend euro of meer, afhankelijk van de status van hun overleden echtgenoot, plus de nodige levensmiddelen voor in de koelkast. Hoewel Frankie het merendeel van zijn leven aan Zazu's organisatie had gewijd, was er niemand van Gambini.

Tot plotseling Tomas verscheen. Bianca sloeg haar armen over elkaar en reikte onwillekeurig naar haar wapen. Lola nam Tomas' hand aan en luisterde naar zijn woorden. Hij kuste haar op beide wangen en liep verder.

De uitvaartmis duurde lang. Na afloop was Lola uitgeput, maar ze kon niet ontkomen aan de rit naar de begraafplaats. Rozen en gladiolen bedekten de kisten. Onderweg reed de rouwstoet langs de gekromde gestalte van Gina Falcone, sjokkend naar het kerkhof, haar lege kar voor zich uit duwend. Bianca zat op het reservestoeltje en boog zich naar Lola, die haar hoofd tegen het raam liet rusten.

'Hij zal hiervoor boeten,' zei ze. 'Dat beloof ik je.'

Niemand hoefde te vragen wie ze bedoelde.

Kolonel Donati stond met de armen over elkaar voor het groepje collega's in zijn kantoor. 'Bianca Strozzi's vrachtwagens zijn begonnen met het ophalen van het vuilnis. Een containerschip is al op volle zee, afgeladen met de troep. God mag weten waar het naartoe gaat. En grote konvooien van vijftig trucks brengen de rommel naar Hamburg en twee stortterreinen die het leger met geweld heeft heropend.'

'Als het maar weg is uit Napels,' zei Pino.

'Precies,' zei Donati. 'We hebben zevendertig stortterreinen, helemaal vol en dichtgeketend, waarvan er slechts twee tijdelijk zijn heropend. God mag weten hoe Rome de crisis uiteindelijk gaat oplossen, want de camorra zal niet toestaan dat er verbrandingsovens worden gebouwd. De boeren staan te springen om het giftige spul bij hun heilige grond weg te halen en de restauranthouders en winkeliers willen nu eindelijk wel eens hun bergen afval kwijt en hun klanten terug. De mensen zijn het spuugzat en laaiend op de regering. Alleen de bendes zigeunerjongens vinden het jammer. Ze kregen vijftig euro per verbrande afvalstapel en bekogelen brandweerlieden met vuilnis wanneer die het vuur proberen te blussen. De burgers hebben er genoeg van en doen mee.'

'Denkt u dat Gambini iets gaat ondernemen tegen Strozzi?'

'Hij zal ongetwijfeld zijn ongenoegen laten blijken.'

Natalia kwam te laat. 'Sorry, kolonel.'

'Nee, geeft niet,' zei Donati. 'We waren alleen wat aan het kletsen.' Hij leidde het tweetal naar zijn bureau. 'Ik wilde jullie dit geven,' zei hij en hij overhandigde een vel papier met een adres. 'Een tip van een informant van Cervino over de verblijfplaats van de vermiste monnik.'

Pino keek verbaasd op toen hij het adres zag: de wijk Scampia. Natalia herinnerde zich het grimmige verhaal dat aan alle nieuwe rekruten werd verteld, over een arts die de pest had genegeerd om een ziek kind in de krottenwijk Borgo Loreto te bezoeken. 'Hij komt ons vermoorden!' had een menigte gekrijst. Gewapend met stokken en stenen zaten ze hem achterna en ze zouden hem ook hebben gedood, ware het niet dat een straatveger de carabinieri had geroepen, van wie er vijfentwintig te voet en te paard arriveerden om hem te redden.

'De maarschalk wordt hartelijk bedankt,' zei ze.

Donati bespeurde geen ironie in haar stem, of ging er bewust niet op in. 'De premier heeft bevolen de troepen in de Zuid-Centrale Militaire Regio paraat te houden, voor het geval ze moeten worden ingezet. Dat was alles.' Hij wuifde hen weg.

'Jezus,' zei Pino na hun vertrek. 'Scampia is de ergste sloppenwijk die er bestaat. Compleet in handen van de camorra. Denk je dat dit een serieuze tip is, of alleen een geintje van Cervino?'

'Doet er eigenlijk niet toe,' zei Natalia. 'We moeten het checken.'

'Je meent het. Waar gaan we de tanks vandaan halen om binnen te vallen? De politie wil er niet eens bij in de buurt komen. En telkens wanneer het niet anders kan, wordt er een grootscheepse commando-operatie op poten gezet. Stormrammen, kogelwerende vesten, helmen, aanvalsgeweren.'

Korporaal Giulio verscheen, met een persoonlijk afgeleverde envelop voor Natalia en het klembord van de motorkoerier. Ze tekende voor ontvangst en scheurde hem open om te zien wat erin zat.

'Belangrijk?' vroeg Pino.

'Zo te zien ben ik gedagvaard door de geachte professor Marco Lattanza.'

Pino en Natalia trokken hun werkuniform aan: een overhemd met zwarte epauletten en rood gebiesde kraag, de mouwen opgerold; een zwarte gevechtsbroek die op een cargobroek leek; een wijnrode baret met het zilveren embleem waarop het onderscheidingsteken van de carabinieri prijkte: een ouderwetse, vlammende granaat en de gestileerde initialen van de koning die hun eerste compagnie had opgericht. Boven de rechterborstzak stond het rood omrande woord CARABINIERI geborduurd. Een insigne boven de andere borstzak gaf de rang aan.

Pino tekende voor twee portofoons en een 12-kaliber Franchi SPAS-15. Natalia nam een AR-70 aanvalsgeweer en extra magazijnen in een schoudertas. Bij het verlaten van het bureau dook Cervino naast hen op, soortgelijk gekleed en bewapend.

'Heb je er bezwaar tegen als ik meega, kapitein?'

'In het geheel niet, maarschalk Cervino. We kunnen wel wat gezelschap gebruiken.'

Samen stapten ze in de ongemarkeerde Alfa Romeo: Pino achter het stuur, Natalia naast hem. Achterin gespte Cervino zijn kogelwerende vest aan. Ze reden pal naar het noorden over de Via Toledo, ooit de oude Romeinse heerweg.

De vijfenveertigduizend inwoners van Scampia leefden in armoede. Drie vijfde van de jonge mannen was werkloos en bijna alle vrouwen. Zo was het al sinds de jaren zestig, toen de eerste torenflats in Scampia waren verrezen: sloppenwijken van twintig etages hoog.

Onderweg besloten Pino en Natalia geen kogelwerend vest te dragen, ten teken dat men niet meteen bang hoefde te zijn voor problemen. Langs de hele route zagen ze vuilniszakken en allerlei rommel hoog opgestapeld in de wegberm. Hoe warmer het werd, hoe erger het stonk.

De drie carabinieri arriveerden en reden naar hun bestemming. De torens werden omgeven door kale vlakten, badend in zonlicht. Er was geen landschapsarchitectuur tussen de hoogbouw en er waren nergens commerciële bedrijven in zicht: geen winkels, geen cafés, geen pleinen met een mooie fontein. Ook geen bomen. In plaats daarvan werden de bouwwerken omringd door een met afval bezaaide woestenij van achtergelaten autowrakken, meubels, speelgoed en krukken. Aan de voorzijde stonden ook de geraamten van drie liftkooien, die dienstdeden als hut voor een aantal vroege dealers.

'Dit ziet eruit als een verlaten bouwval. Alleen brandt er hier en daar licht achter ramen en gaan er mensen in en uit. Ik verwachtte een levendige drugsmarkt.'

Cervino spande zijn wapen. 'Daar is het te vroeg voor. 's Middags komt het pas echt op gang, maar dan gaat het door tot diep in de nacht. Over een uur of twee is dit één grote openluchtbazaar voor pillen, cocaïne, marihuana, hasj, heroïne, kobret, lijm.'

De auto schokte door kuilen.

‘Appartementen van dealers zijn uitgerust met een zware metalen voordeur,’ zei Cervino. ‘Net als de hoofdingangen. En er staan gewapende bewakers op de daken en in de gangen.’

Er werd alarm geslagen, een kreet die de uitkijkposten naar elkaar riepen: ‘Maria, Maria!’

‘Waarom roepen ze “Maria”?’ vroeg Pino.

‘Boeventaal voor “smerissen”,’ antwoordde Cervino met een blik omhoog naar de balkons. ‘Je hoeft je geen zorgen te maken over de uitkijkposten. De *vedette* zijn ongewapend.’

Flatbewoners haastten zich terug de gebouwen in en gepantserde deuren sloegen galmend dicht. Stalen luiken werden neergelaten voor de ramen.

‘Het valt me nog mee dat ze geen wegversperringen met controleposten hebben neergezet,’ zei Pino.

‘Een kwestie van tijd,’ zei Cervino. ‘We moeten snel zijn.’

Pino verliet de hoofdweg voor een smal hobbelig spoor dat naar de flats leidde. Natalia zag tomaten groeien in potten op de balkons. En naast de potten stonden mannen met verrekijkers.

‘Ze houden ons al scherp in de gaten,’ zei Cervino.

Een man op de derde verdieping klapte zijn mobieltje open en sprak erin. Het volgende moment wierp hij een streng rotjes omlaag op het asfalt. Ze knetterden luid: het signaal voor mensen om zich terug te trekken. De drugshandelaren en de paar trillende klanten slopen weg naar het gebouw, samen met wat jonge moeders achter kinderwagens.

‘Geweldig,’ zei Pino. ‘Wat wil je dat we doen?’

‘Waarvoor we gekomen zijn,’ zei Natalia. ‘Benito zou in toren D moeten zitten, aan de linkerkant.’

Terwijl ze uitstapten, trok Pino zijn kogelwerend vest aan en gooide hij Natalia het hare toe. Ze sputterde niet tegen maar trok het gewoon aan.

Nog meer stalen deuren sloegen dicht.

'Een onneembare vesting,' zei Cervino.

Uit de torenflat verscheen een vrouw met drie kinderen. Ze had een jas over haar pyjama aangetrokken en moest hebben geprobeerd haar kinderen veilig naar school te brengen. Haar lange zwarte vlecht hing tot halverwege haar rug. Natalia vroeg zich af hoe ze erin slaagde hier te overleven. De kinderen, allemaal meisjes, waren keurig gekleed. De moeder glimlachte naar de drie carabinieri, terwijl de oudste twee meisjes hen alleen aanstaarden. De jongste stak haar middelvinger op naar Natalia.

Het drietal liep verder, hun wapens in de armen: Natalia met haar Beretta AR-70, Cervino en Pino elk met een aanvalsgeweer. Maar ze konden niets uitrichten. Het gebouw was vergrendeld als een gevangenis.

'Dit is onmogelijk,' zei Natalia, die haar blik op de gewapende mannen boven hen gevestigd hield. 'We kunnen het gebouw niet met zijn drieën bestormen. We komen niet eens de hal binnen.'

Pino knikte. 'Als hij hier was, is hij inmiddels naar een andere flat gebracht of stilletjes via de achteruitgang afgevoerd.'

'Als hij hier nog ergens zit, zullen ze hem opnieuw verplaatsen zodra we ons terugtrekken,' zei Natalia.

Achter hen klonk het geluid van verbrijzelend glas. Het drietal keerde zich om. Een kleine bende jongens was vrolijk bezig de ruiten van hun burgervoertuig in te slaan en maakte zich uit de voeten met alles wat ze er gehaast uit konden halen.

'Hé!' schreeuwde Cervino en hij liep op een holletje naar hen toe. De jochies stoven als ratten uiteen.

Gelukkig startte de motor. Ze reden langzaam terug naar het bureau, zonder iets te zeggen.

Terwijl Cervino wegstormde voor een "belangrijke" vergadering, leverden Natalia en Pino de wapens in bij de wapenmeester.

‘En nu?’ vroeg Pino.

Natalia bladerde door haar notities. ‘We gingen er eerder van uit dat hij zich ook kon verschuilen in dat tehuis voor blinden. Wil je daar gaan kijken?’

‘Waarom niet? De nonnen zullen in elk geval geen geweren op ons richten of onze ruiten aan diggelen slaan.’

De Liefdezusters beheerden het missiehuis voor de blinden. De meesten droegen normale kleding, maar ze boden allemaal dezelfde gelukzalige, hemelreine aanblik.

Het missiehuis was een modern gebouw van drie hoog aan een lommerrijke straat in de wijk Vomero, op de heuveltop die uitkijkt over het oude Napels. In de verte hoestte de Vesuvius een dunne witte rookwolk op. Vrachtschepen en veerboten kozen het ruime sop. Een havik gleed voorbij op de warme luchtstroom.

De poort was roestig. Op de binnenplaats veegde een conciërge bladeren op een hoop. Een non in volledig habijt zat op een bankje met wat oude mensen te praten. Toen ze haar naderden, stond ze op en stelde zichzelf voor als zuster Carolina.

Natalia toonde haar een foto van Benito. ‘We zoeken een jongeman die hier onlangs misschien onderdak heeft gevraagd.’

‘Ja,’ zei zuster Carolina. ‘Ik herken hem.’

‘Weet u dat zeker?’

‘Ja, ja. Heel beleefd, zachte stem. Zo veel jongeren zien we hier niet. Eigenlijk helemaal geen nieuwkomers meer. Tegenwoordig gaan de jonge blinden of slechtzienden ergens anders heen om opgeleid te worden. Ze krijgen een baantje, leiden een normaal leven. Onze inwoners – nou ja, een paar ervan kunnen wat braille lezen, pannenlappen maken, dat soort dingen, maar niet voldoende om het in de wereld te redden. De jongeman naar wie u vraagt kwam dinsdag bij ons.’

'Is hij nog hier?' vroeg Pino.

'Ik ben bang van niet. In tegenstelling tot de meeste van onze inwoners had hij geld bij zich en betaalde voor een week. Hoewel hij na een paar dagen alweer vertrok.'

'Wist u dat hij een monnik is?' vroeg Natalia.

'Dat heeft hij niet verteld, maar ik had het gevoel dat hij net als wij een kloosterling was. Hij kreeg bezoek van een monnik en een priester.'

'Gaf hij een reden voor zijn snelle vertrek?'

'Niet echt. Maar hij werd opgehaald door twee dames. Ze zeiden dat ze familie waren.' Zuster Carolina verborg een glimlach met haar hand. 'Hij leek verbaasd. Eerlijk gezegd denk ik niet dat hij ze kende. Maar hij ging mee. Ik maakte me een beetje zorgen dat hij niet doorhad wat ze waren.'

'Hoe bedoelt u?'

'Ze waren ontzettend aardig maar schaars gekleed, zwaar opgemaakt. U weet wel, laag uitgesneden topjes, minirokjes.'

'Gevallen vrouwen?'

'Ik aarzel het te zeggen, maar dat vermoedde ik wel, ja. Prostituees. Maar dat kon hij natuurlijk niet zien. Ze vormden een opmerkelijk drietal.'

Natalia en Pino bedankten de zuster en vertrokken. Terug op straat overwogen ze hun opties.

'Hoeveel bordelen heeft Gambini in Napels?' vroeg Natalia.

'Vijf.'

Een man verkocht bloemen vanaf de achterzijde van een truck. De partners liepen zwijgend verder over de Via Cinarosa tot ze buiten zijn gehoor waren.

'We moeten erachter komen in welk bordeel hij zich verschuilt. We krijgen niet de mankracht om ze alle vijf tegelijk binnen te vallen.'

'Mee eens,' beaamde Pino. 'En als we maar één bordeel van

Gambini binnen vallen en het is het verkeerde, wordt hij meteen ergens anders heen gebracht.'

'Verdomme.'

'Wie zou zoiets weten, of voor ons kunnen uitzoeken?'

15

Een enorm glazen plafond strekte zich hoog uit boven de Galleria Umberto, de eeuwenoude winkelgalerij. De winkels waren te prijzig voor Natalia's budget en dit was de plek waar haar vader urenlang had gezwoegd op het dweilen van de zwart-witte tegelvloer.

Verzonken in sentiment zag ze Lola pas toen haar vriendin floot om haar aandacht te trekken. Lola had een prima tafeltje en drie stoelen bemachtigd. Op een ervan lag een stapel winkeltassen van onder meer Ferragamo en Armani. Balsem voor de rouwende moeder en kersverse weduwe. Lola vertelde dat ze alleen zwarte kleding had gekocht. 'Past goed bij de wallen rond mijn ogen,' vervolgde ze. Ze droeg een mooie grijze hoofddoek, vastgeknoopt aan de zijkant van haar gezicht. De uiteinden streken langs haar bleke wang. 'Dit is de eerste keer sinds de begrafenis dat ik buiten de deur kom.'

'Geen politiebewaking meer?' Natalia keek vluchtig de hal door.

'Nee. Maar jij bent er. En ook een van Bianca's gangstermeisjes.'

'Waar?'

'Zes tafels rechts van je. De brunette in het zacht helderrood met de espadrilles, die zich probeert voor te doen als toerist. En mij kan niets gebeuren, ik heb een splinternieuwe Glock. In mijn handtas.'

'Jezus, Lola. Wat doe jij met een Glock?'

'Accessoires zijn belangrijk. Jij hebt een 9-millimeter, waarom ik dan niet? Precies wat elke vrouw nodig heeft: een manicure, een pedicure, een Glock. Kijk eens wat ik heb gekocht.'

Lola haalde een prop vloeipapier uit een tas van Versace en onthulde een zwart zijden jasje. 'Beeldschoon, hè? De knopen zijn van donkerrood granaat. Ik heb een besluit genomen: geen goedkope rommel meer, geen nepdesignkleding. Ik ga voor de klassieke elegante look – hartzeer en wanhoop.'

'Een schitterend jasje,' gaf Natalia toe.

'Hmm. Past goed bij mijn humeur.'

'Zwart en duur?'

Lola vouwde het kledingstuk op en stopte het weer in de tas. 'Ook dat, maar nee. *Sanguinoso*.'

'Bloeddorstig?' Natalia keek haar vriendin strak aan. 'Doe geen onbesuisde dingen, Lola. Denk aan je twee kinderen.'

'Doe ik, en ik denk ook aan mijn derde kind. Hij verschijnt in mijn dromen, helemaal zwart geblakerd. Het is mijn schuld dat hij dood is.'

'Lola, je kunt jezelf niet verantwoordelijk houden voor andermans daden.'

Lola knipte met haar vingers. Er kwam een kelner en ze bestelde koffie voor allebei, waarna ze de andere klanten bekeek en een dunne, zwarte damessigaret opstak. 'Wat is er zo belangrijk dat je het aan mij moet vragen?'

'De hoofdverdachte van de moord op Teresa Steiner. We hebben hem nog altijd niet gevonden.'

'De blinde monnik? Gambini's neef?'

'Ja. Weet jij toevallig of hij zich ergens in Napels schuilhoudt?'

‘Jij denkt dat Gambini hem helpt?’

‘Zou zomaar kunnen. Het blijft toch familie.’

‘Jammer dat het niet je oude professor was. Ja, misschien ken ik iemand die het wellicht weet.’

De kelner bleef op enige afstand rondhangen. Lola wierp een blik in zijn richting. ‘Hij is een beetje te nieuwsgierig naar ons gesprek, vind je ook niet?’

‘Volgens mij heb je een aanbidder, meer niet. Hij kan zijn ogen niet van je afhouden.’

‘Komt vast door de rouw. Net alsof je zwanger bent. Je gaat ervan stralen als een zonnetje. Hij is leuk. Doet me een beetje denken aan Frankie op die leeftijd.’

‘Hij ziet eruit als een boef.’

‘Dat bedoel ik.’ Lola belde een nummer met haar glimmend rode mobieltje. ‘Een ogenblikje,’ zei ze en ze stond op. Met een hand over haar andere oor voerde ze een gesprek met iemand, waarna ze terugkeerde naar het tafeltje. Het telefoongesprek had een paar tellen geduurd. ‘Je hebt gelijk. Hij zit bij Cavelli’s. In een kamer op de eerste verdieping.’

‘Gambini’s bordeel aan de waterkant?’

‘Ja. In de Via Cortese.’

‘Je laat er geen gras over groeien,’ zei Natalia.

‘Mijn tijd is te kostbaar geworden om te verspillen. Ik moet nog van alles doen.’

‘Bedankt voor je hulp.’

‘En jij ook bedankt, *cara mia*. Zonder jou en Mariel had ik het niet gered.’

‘Gambini zal niet blij zijn als hij hoort dat je mij hebt getipt,’ zei Natalia.

‘Jouw bazen ook niet als ze horen dat je rondhangt bij een persona non grata zoals ik.’ Lola drukte haar sigaret uit. ‘Hij kan toch niet erger wraak nemen dan hij al heeft gedaan. De kinderen en grootmoeder zijn weg. Verborgen. Hij zal ze niet kunnen traceren.'

Natalia en Pino liepen Cavelli's Bar binnen. Een tweede eenheid blokkeerde de achterdeur die klanten gebruikten om ongezien te vertrekken. De barman was bezig een doos met drank uit te pakken en rangschikte de groene en geelbruine flessen op de planken voor de spiegelwand. Erboven hing een zwart-witfoto van een meisje in een stringbikini. Naast haar hing een vervaagde reproductie van Giotto's *Madonna met kind.*

'*Fratelli Bianchi*,' sprak hij op luide toon. De Witte Broederschap. Zo noemde de onderwereld de militaire politie, meestal buiten gehoorsafstand. De barman bedoelde het niet zozeer als een begroeting, eerder als een publieke mededeling. Ook al was de bar rond dit tijdstip zo goed als verlaten.

Naast een zithoek tegen de muur stonden er drie tafels in het midden. Uit de jukebox klonk het Mario D'Esposito Ensemble. Een gewone bar. Alleen de *conoscenti*, de ingewijden, wisten van de kamers boven.

Napels kende al eeuwenlang bordelen. Slechts één keer, tijdens de aidsepidemie in de jaren tachtig, waren ze door de autoriteiten gesloten. De vrouwen waren getest op de ziekte. Degenen die in goede gezondheid verkeerden, hadden condooms en voorlichting gekregen, en men had regelmatige inspecties ingesteld. Minderjarige meisjes waren naar huis gestuurd. Sindsdien had de zedenafdeling van de carabinieri het druk gekregen met vrouwenhandel en andere camorrazaken en weinig aandacht besteed aan de seksbranche. Ook klanten waren laks geworden, betaalden wat extra om het zonder condoom te doen en soms voor ruigere spelletjes. Nu en dan werden hoerenlopers en prostituees drijvend in de baai gevonden.

'Zijn jullie hier voor de zakkenroller?' vroeg de barkeeper. De enige klant lag te snurken aan de toog. 'Alsof je een specht hoort, hè? Hoe vaak ik hem niet heb gewaarschuwd zijn handen in zijn zakken te houden, maar –' De barman spreidde zijn armen in een hulpeloos gebaar. 'Hé,' riep hij tegen de man. 'Sufkop.'

'Doe geen moeite,' zei Natalia. 'We zijn hier niet voor hem.' Ze wees omhoog. 'We zouden graag boven een kijkje nemen. Wilt u achter de bar vandaan komen?'

Met wangen opgeblazen als een kogelvis kwam hij achter de tapkast vandaan. Natalia hoopte maar dat hij geen alarm in werking had gesteld en wilde voorkomen dat hij het alsnog deed. Korporaal Giulio was hen naar binnen gevolgd. Pino wees de barman naar de dichtstbijzijnde tafel.

'Ga zitten. Korporaal, hou hem in de gaten.'

Natalia en Pino liepen de keuken in. Er stonden overal dozen met drank opgestapeld. Het was een krappe ruimte, alleen verlicht door een tl-buis aan de muur. Een klaptafel deed tevens dienst als werkblad naast het fornuis, waar een man in gescheurde jeans en wit onderhemd in een pot stoofvlees stond te roeren. Zijn sigarettenas kon er elk moment in vallen.

'*Giorno*,' groette Pino. De man zei niets.

De deur naar de bovenverdieping was rood geschilderd. Natalia opende hem en Pino ging haar voor. In het trappenhuis rook het sterk naar luchtverfrisser, maar die kon de schimmellucht niet geheel verbloemen. De treden waren bekleed, de muren bedekt met loslatend behang van goudbrokaat, verkleurd door rook. Bovenaan leidde een hal naar een grote, goed voorziene bar, met langs de ene muur zwartleren zitjes. Aan het eind van de bar zat de hoerenmadam, zo te zien een Nigeriaanse. Ze deed haar boekhouding en schreef bestellingen op om de voorraad van de bar aan te vullen. Als ze al verbaasd was bij het zien van de carabinieri, liet ze dat niet blijken.

'Jullie te vroeg,' zei ze.

'We zijn op zoek naar een jongeman, een blinde.'

Aan de muur bij de gang hing een reeks foto's van vrouwen in allerlei poses, met hun kamernummer en nationaliteit: Oekraiens, Albanees, Russisch, Braziliaans, Nigeriaans.

Natalia en Pino liepen de gang in. Natalia opende voorzichtig de eerste deur. Binnen sliepen twee meisjes in een Mickey Mouse-pyjamabroek en T-shirt op een kingsize bed. Tussen de puinhoop op de toilettafel lagen een setje handboeien en kanten strings. De meisjes werden wakker. De asblonde ging rechtop zitten. De donkere ook. Ze was magerder en jonger, haar wenkbrauwen geschoren. In haar neus glinsterde een diamanten piercing.

'Hoe oud zijn jullie?' vroeg Pino. Hij trok een lade van de kaptafel open.

'Gaat je geen fuck aan,' zei de blonde.

'Luister,' zei Natalia. 'Als jullie ooit hulp nodig hebben om hieruit te komen...' Ze legde twee kaartjes op het bed. 'We kunnen een plek voor jullie regelen in een opvangtehuis.'

'En onze rekeningen betalen?' zei de blonde. 'Eten voor ons koken? Ons instoppen?'

De tweede kamer was leeg – geen meisjes of klanten. Een spiegelplafond reflecteerde de satijnen overtrek op het tweepersoonsbed. Op de vloer ernaast stond een mand met maskers.

De derde deur gaf toegang tot een badkamer. Achter de vierde deur hoorden ze mannenstemmen. Met haar getrokken wapen duwde Natalia hem open. Benito Gambini zat op het bed, met eerwaarde Pacelli in een stoel naast hem. Pacelli droeg zijn priesterboord en een paarse stool, de Bijbel opgeslagen, hun hoofd gebogen.

Benito schrok op. 'Wie is daar?'

'Maak je geen zorgen, mijn zoon,' zei Pacelli, die een hand op zijn schouder legde. 'Het zijn de carabinieri.'

'Benito Gambini,' zei Pino. 'Je bent hierbij aangehouden op verdenking van moord.'

'Alstublieft. Benito Gambini is onschuldig.'

Hoe weet hij dat? vroeg Natalia zich af. En waarom nam hij Benito voortdurend in bescherming? Waren hij en Benito geliefden? Een paar uurtjes hartstocht ontstolen aan een leven van soberheid? De afstand van toegewijde acoliet naar vurige minnaar was niet veel groter dan die van kin naar mond. Of sloeg haar fantasie nu op hol? De priester leek zo overtuigd van Benito's onschuld. Hoe kon hij zo zeker zijn?

'Ik heb gezondigd,' bekende Benito. 'Maar ik heb niemand vermoord.'

Pino beval Benito om te gaan staan en boeide zijn handen van voren. Niet volgens het boekje, maar Natalia maakte geen bezwaar.

'Wat doen we met hem?' zei Pino, doelend op Pacelli.

'Eerwaarde, zou u ons willen vergezellen?' vroeg Natalia. 'We willen u ook het een en ander vragen.'

'Natuurlijk,' zei Pacelli, en hij ging hun voor in de gang en naar de bar beneden.

Buiten gaf Natalia korporaal Giulio en de ondersteuningseenheid de opdracht Pacelli te vervoeren, terwijl zij en Pino Benito meenamen. Terug op het bureau werden Pacelli en Benito Gambini in aparte verhoorkamers achtergelaten om in hun eigen sop gaar te koken. Het nieuws over de arrestatie en de voorlopige hechtenis van de priester verspreidde zich als een lopend vuurtje. De observatieruimtes vulden zich met een constante stroom van carabinieri die nieuwsgierig waren naar de blinde moordmonnik en de geestelijke die in priestergewaad in een bordeel was opgepakt.

Cervino bood aan om de monnik voor Natalia en Pino te breken, om de rol te spelen van de onbekende, de onsympathieke vreemde die bleef aandringen en doorvragen. Natalia ging akkoord en binnen enkele minuten had Cervino het voor elkaar dat de jongeman schokkend begon te huilen, met name door hem te herinneren aan zijn slachtoffer. Zij en Pino stapten door de deur ernaast om Pacelli te observeren. Ze waren de enigen die de priester vanachter de doorkijkspiegel bekeken. Pacelli zat met de ogen gesloten, verzonken in gedachten.

'Moeten we de jezuïet samen ondervragen?' vroeg Pino.

'Nee. Een op een. Laat mij maar eerst.'

Natalia glipte de verhoorkamer in. Ze liet de bandrecorder uit, zodat ze niet officieel hoefde te melden dat het verhoor was begonnen, want dan gaf ze hem misschien het gevoel niet vrijuit te kunnen spreken.

'Sorry voor de onderbreking.'

'U moet uw werk doen.'

'Ik heb een paar vragen.'

'Gaat uw gang.'

'Hoe wist u dat Benito in het bordeel zat?'

'Dat hoorde ik van de dames op het treinstation. Ida, om precies te zijn. Dus ging ik een paar dagen geleden naar het bordeel om te zien wat voor hulp ik kon verlenen. Ik trof hem daar aan, dat moge duidelijk zijn, en probeerde hem te troosten. Benito was nog altijd overstuur door de dood van Teresa, dat hij ervan werd beschuldigd, werd opgejaagd. Ik kalmeerde hem en verzekerde hem dat niemand zou denken dat hij haar iets had aangedaan.'

'Bent u dan zo overtuigd van zijn onschuld?'

'Ja.'

'Vandaag zocht u hem weer op.'

'Hij vroeg me iedere dag te komen en dat deed ik. Tot jullie ons vonden.'

'Uw loyaliteit is bewonderenswaardig.'

Pacelli verschoof op zijn stoel. 'Ik ben zijn priester.'

'Meer niet?'

'Wat wilt u insinueren?'

Natalia wachtte. Ze voelde dat er iets was, maar wist niet precies wat.

'Wat gaan jullie met Benito doen?' vroeg eerwaarde Pacelli uiteindelijk.

'Hem officieel aanklagen. Berechten. Hoogstwaarschijnlijk opsluiten.'

'Dat is allemaal niet nodig,' zei Pacelli. 'Hij is onschuldig.'

'U blijft dat beweren met zo veel overtuiging. Vergeef me, monseigneur, maar hoe kunt u daar in godsnaam zo zeker van zijn?'

'Hij heeft genoeg geleden. Gekastijd omdat hij Gambini's neef is. Door blindheid geslagen.'

'Niettemin... Het bewijs mag dan bestaan uit aanwijzingen, maar het zijn er een hele hoop.'

'Benito is een simpele ziel. Een plattelandsjongen. De dood van het meisje, het tableau dat refereert aan het duistere verleden – het goddeloze verleden, zo u wilt – dat gaat zijn vermogens ver te boven. De moordenaar is geen naïeveling, maar dat had u vast al door. Neem nu het gebruik van de ex voto.'

Natalia ging rechtop zitten. De ex voto was niet openbaar gemaakt. Evenmin als de andere details van het tableau. Natalia had het zilveren hartje opgeraapt voordat zelfs eerwaarde Cirillo het had opgemerkt.

'Hoe wist u dat van de ex voto?'

'Dat kan ik me niet herinneren. Waarschijnlijk gehoord van Gina Falcone.'

'Nee. Ze vluchtte naar buiten voordat ze iets anders kon zien dan het dode meisje.'

'Zondaars brandend in de hel,' prevelde Pacelli.

'Wat?'

'Zo dramatisch, de nietige figuurtjes en de vlammen.'

'De straatkapel bij Sansevero,' zei Natalia. 'U hebt de sleutel van Sansevero, zo is het toch, monseigneur? Lattanza heeft u daar samen met Teresa Steiner gezien. Voor één keer sprak hij de waarheid. U hebt Teresa Steiner vermoord en u was bereid een onschuldig man ervoor te laten opdraaien.'

'Ik heb u de hele tijd geprobeerd te overtuigen van Benito's onschuld. U wilde mij niet geloven.' Pacelli hief zijn hoofd. 'Zonden van het vlees,' zei hij zacht. 'Vijftig jaar lang heb ik de verleiding weerstaan. En toen bezweek ik.'

Natalia trok het bedieningspaneel naar zich toe en drukte op de knop om de opname te beginnen. Ze noemde de datum en tijd, sprak haar naam in op de band, en vermeldde voorts de aanwezigheid van eerwaarde Pacelli.

Pacelli stak een hand op, een gebaar van overgave. 'Ik was intiem met het meisje, Teresa Steiner. We bedreven de zonde in mijn kamer, één keer in de kapel op haar aandringen. Ze kwam in eerste instantie om te biechten. Maar het was een valse bekentenis. In plaats daarvan bood ze zichzelf aan. Ironisch genoeg. De jezuïeten waren de eersten die vrouwen de biecht afnamen. Ze moesten plaatsvinden in kerken, goed verlichte ruimtes. Maar dan nog, de eerwaarde Franciscus Xaverius nam in 1537 een vrouw de biecht af en kort daarna bleek ze zwanger te zijn.

'Teresa vond het alleen spannend. Iets doen wat niet mag. Voor mij was het anders. We gingen samen naar Rome, naar de jezuïtische bibliotheek. Ik werd verliefd. Ik vertelde haar dat ik het klooster, de Kerk, zou verlaten om met haar te trouwen. Ze was eerst geamuseerd en tevreden, denk ik, met haar verovering. Maar voor haar was het allemaal een spelletje. Toch gaf ik het niet op.' Hij wendde even zijn hoofd af voordat hij verderging.

'Na Rome wees ze me af. Ze zei dat Gambini het niet leuk zou vinden. Ze plaagde me met de parels die hij haar had gegeven. Kunt u dat begrijpen – dat je het paradijs hebt gevonden en het dan van je wordt afgepakt?'

'Wat gebeurde er op de avond dat ze stierf?'

'Ik was in de gemeenschappelijke keuken toen ze verscheen. Ze kwam iets vragen aan Benito, of beweerde dat althans, hoewel ze wist dat hij net als de andere monniken al naar bed zou zijn gegaan. Ik was de enige die nog wakker kon zijn. Ik smeekte haar om op haar besluit terug te komen. Ze vervloekte me. Ze stormde naar buiten. Ik rende achter haar aan de straat op. Ik had het keukenmes nog in mijn hand.'

'U stak haar neer.'

'Ik was mezelf niet meer. Moge God het mij vergeven.'

'Wat gebeurde er toen?'

'Ze gilde één keer. Het bloed gutste eruit. Een rode fontein. Ik wil graag geloven dat ze het bewustzijn verloor. Ik hield haar vast. "In het uur van onze dood," fluisterde ik. Ze stierf in mijn armen.'

Ze bleven lange tijd zwijgend zitten. Iemand klopte op de spiegel. Niet Pino. Dat zou hij nooit doen. Ze negeerde het seintje.

'U hebt haar weer naar binnen gedragen,' zei ze.

'Ja. Ja, ik wist van de tunnel naar de crypte. Een tuinman had het me verteld. Ik droeg haar omlaag naar het ossuarium en sprak de laatste sacramenten over haar lichaam uit.' Hij keek Natalia recht in de ogen. 'We waren geliefden, Teresa en ik,' zei hij bijna trots. 'Benito heeft niemand kwaad gedaan. Ik ben de schuldige.'

16

Legereenheden begeleidden Bianca Strozzi's trucks, die op de straten en pleinen van Napels, en langs de hoofdwegen uit de stad, het stinkend vuilnis ophaalden en wegbrachten. Ver weg. Hamburg, Sicilië, China, waar dan ook. Natalia kon de rest van haar leven geen vuilniszak meer zien en zei dat hardop tegen Pino, terwijl ze langs de waterkant patrouilleerden ter ondersteuning van de soldaten die Strozzi's rijdende armada volgden. De vuilnishopen slonken, de vloed van afval ebde weg.

Natalia leunde tegen de hoofdsteun en sloot haar ogen. De vorige dag, na haar arrestatie van Teresa Steiners moordenaar, had de telefoon roodgloeiend gestaan. De burgemeester had gebeld en het kantoor van de premier. Er werd zelfs gesproken over een onderscheiding. Zij en Pino hadden 's avonds hun toevlucht gezocht in haar bed, verscholen voor de wereld. Ze vierden het met koude pasta en een chocoladetaart van bakkerij Dapolito's. Ze deden zich te goed aan eten, bedreven de liefde en sliepen vredig, met de telefoonstekker eruit. Zodra ze de telefoon de volgende ochtend weer aansloten, begon hij weer te rinkelen en hield niet meer op. Natalia was blij er tijdens haar diensturen aan te ontsnappen, ook al was het werk die dag stomvervelend: achter het leger aanrijden dat Strozzi's chauffeurs en materieel bewaakte.

Op de achterbank lag de krant van die ochtend, met op de voorpagina de schreeuwende kop PRIESTER BEKENT MOORD. Het was Luca op een of andere manier gelukt om foto's van hen te maken bij het verlaten van het bordeel: eerwaarde Pacelli in zwart pak met boord, Benito Gambini in handboeien. Hoewel de monnik halverwege de ochtend niet meer voorkwam in de latere edities die overal opdoken in de kiosken langs hun route.

Het leven ging weer bijna zijn normale gang. Ze passeerden een *trattoria* waar obers de tafels dekten. Frisse witte tafellakens, servetten en tafelzilver. Natalia had honger en dacht aan een vers gegrilde *branzino*, haar lievelingsvis, glinsterend van de olijfolie.

'Wat is daar gaande?' vroeg Pino.

Dwars over de weg stond een truck geparkeerd, met een file als gevolg. Er werd getoeterd. Bestuurders kwamen uit hun auto om te kijken wat er aan de hand was. Net als Pino. Natalia duwde haar portier open en stapte uit.

De cabinedeur stond open. Geen chauffeur. 'Daar,' zei Pino, wijzend naar de chauffeur die aan de overkant van de straat tegen een lantaarnpaal was neergezakt. Ze liepen net in zijn richting toen de truck ontplofte, waarbij het afval in het rond vloog: papier, schillen, blikjes, groenten, koffiedik, de lijkjes van ratten die een paar tellen eerder nog rondsnuffelden naar eten. In het gebouw achter hen sneuvelden de ruiten. Er volgden meer explosies, galmend door heel de stad.

'Waar was het legerescorte?' wilde de kolonel weten.

'Onderweg gestopt om de benen te strekken,' antwoordde Natalia.

'De benen strekken? Ik zou er eerder een paar willen breken...' Donati tikte nerveus op het vloeiblad op zijn bureau. 'Ondertussen krijgen we meldingen binnen van verslaafden die overal in de stad aan een overdosis bezwijken. Ze dutten in op openbare toiletten en in verlaten gebouwen en worden niet meer wakker, raken bewusteloos achter hun bureau, tijdens de lunch, midden in de behandeling van patiënten. Tot nu toe zijn er negen gevallen bekend. Allemaal overleden.'

'Proefpersonen?'

'Nee. Dit waren geen cokehoertjes en junks die de eerste zendingen testen om te zien of ze goed versneden zijn en je er niet aan doodgaat. Het zijn vooral gebruikers uit de middenklasse die het loodje hebben gelegd. Francesca heeft hun heroïne aan een snelle analyse onderworpen. Het was versneden met het gebruikelijke spul – benzocaïne – maar bevatte ook strychnine. Alle heroïne komt van Gambini's distributeurs. Allemaal vergiftigd.'

Natalia streek een haarlok naar achteren. 'Wraak voor het opblazen van de trucks. We moeten alle verslaafden waarschuwen.'

'Dr. Francesca houdt om één uur een persconferentie. Ik wil dat je onmiddellijk iedereen inlicht. En ik wil dat Gambini zijn... product terughaalt.' Donati klopte op het bureaublad. 'En rap een beetje.'

Ze moesten zich opsplitsen om zo min mogelijk tijd te verliezen. Pino ging naar de wachtcommandant om het nieuws door te geven aan de patrouillerende carabinieri en het bataljon op de hoogte te stellen. Natalia vertrok om Gambini over te halen niet nog meer van zijn klanten de dood in te jagen.

Het was niet ver. De Via Chiaia liep vanaf het centrum naar het noordwesten, langs een mooie strook groen parallel aan de kustlijn van de baai. In de verte, zes kilometer oostwaarts, broeide de Vesuvius.

Middeleeuwse bogen van Romeins bouwsteen boden plaats aan reusachtige etalageruiten van exclusieve boetieks. Versace, Cartier, Rubinacci. Heren winkelden bij Marinella en Eddy Monetti, terwijl hun dames hun dure derrière op chique terrasjes parkeerden en roddelden. Ooit had de wijk Chiaia een heersende Spaanse elite gehuisvest in barokke herenhuizen, uitkijkend over het water. De vervallen villa's en deftige art nouveau-flatgebouwen verkeerden in een constante staat van restauratie. De weelderige palazzo's verleenden opnieuw onderdak aan de *dolce vita-nouveau riche*, vroeger door de pers betiteld als jetsetters, de beau monde, Eurotrash – stuk voor stuk gerespecteerde onderdanen van het Koninkrijk van Napels. De ledige rijken waren versterkt met de beroepsklassen: artsen, tandartsen, advocaten en de camorrabaas Aldo Gambini, genietend van de vruchten van *la mala vita*.

Tussen de gerestaureerde gevels van hun opgeknapte woningen en kantoren stonden de verkrotte huizen van de armen. Hun kinderen speelden buiten, onder ontelbare lijnen met drogend wasgoed boven de smalle straatjes en doodlopende stegen, en skateboardden door de goed onderhouden straten. Kromme oude vrouwtjes sjokten langs de cafés naar huis, met boodschappen en smoezelig kroost bij zich. Op de hoek verkocht een vrouw openlijk belastingvrije sigaretten en loterijbriefjes, en twee Afrikaanse straathandelaren boden nagemaakte designerhandtassen en -horloges aan. Een jongen verkocht *gelato*, Italiaans ijs, onder een vrolijk rood-en-wit gestreepte luifel. Het was een modieuze wijk die in zijn oude glorie herrees en wegens de doorkijkjes naar het water alleen maar in populariteit won.

Aldo Gambini was recentelijk naar Chiaia verhuisd vanuit de oude wijk Forcella, die hem had voortgebracht en waaruit hij zich beetje bij beetje leek terug te trekken. Het moderne gebouw van drie etages hoog was een wereld van verschil met het kantoor in de verlaten knopenfabriek achter het treinstation en de louche uitziende club ernaast. Het nieuwe kantoor bevond zich op de bovenste verdieping, met uitzicht op de baai. De mannelijke receptionist leek geen echt kantoortype. Evenmin als de secretaris die kwam aanlopen om haar naar hun baas te brengen.

De kantoorsuite was ultramodern ingericht: grijze en zwarte gordijnen, meubels en tapijten, met één decoratie in een contrasterende kleur: een felrood gelakte vaas met gedroogde opiumpapavers. Gambini verscheen in een bijpassend grijs pak en zwart overhemd, met een donkerrode zijden stropdas. Gebruind en fris ogend, leidde hij haar naar een grijze bank en ging zelf in de antracietkleurige leunstoel ernaast zitten. Hij sloeg zijn benen over elkaar. Zijn dure schoenen waren onlangs nog gepoetst.

'Ik kom u waarschuwen, meneer Gambini. We zitten met een nieuwe gezondheidscrisis en we hebben uw hulp nodig.' Ze vertelde hem over de dode junkies en de vergiftigde drugs.

'Ongetwijfeld sabotage, maar wat heeft dit met mij te maken?'

'Gezien uw omvangrijke netwerk en kennis van de stad hoopten we dat u iemand kon bereiken die in de positie verkeert om deze recreatieve drugs van de markt te halen en de hele voorraad te laten testen.'

'Op die manier. Natuurlijk, ik zal doen wat ik kan.'

'En dan is er nog de kwestie van de vuilniswagens die zijn opgeblazen.'

Gambini knikte waardig. 'Dat heb ik op het nieuws gehoord.'

'Denkt u dat er enige mogelijkheid bestaat om een eind te maken aan de vijandelijkheden die hiervoor verantwoordelijk zijn?'

'Daar kan ik geen definitieve uitspraak over doen. Maar zo voor de vuist weg zou ik zeggen… nee.'

'Betreurenswaardig.'

'Kan ik u verder nog ergens mee helpen?' vroeg hij.

'We hebben een arrestatie verricht in de moordzaak-Steiner en uw neef op vrije voeten gesteld.'

'Het verheugde me te horen dat zijn naam is gezuiverd.'

'De zaak is gesloten, maar ik blijf benieuwd naar sommige aspecten betreffende het slachtoffer.' Natalia haalde een envelop tevoorschijn, met daarin Luca's telelensfoto's van Gambini en Teresa Steiner die zichzelf in de stad vermaakten. Ze overhandigde hem de kiekjes.

'Waarom geeft u die aan mij?'

'Ik dacht dat u niet zou willen dat anderen ze onder ogen kregen, of dat ze misschien ooit gepubliceerd zouden worden. Of verkeerd opgevat.'

'Verkeerd opgevat?'

'En ik dacht dat u ze misschien wilde bewaren... Als aandenken.'

'Wanneer bent u erachter gekomen?'

'Dat ze uw dochter was? U was niet erg openhartig over hoe vaak u haar in Napels had ontmoet en dat wekte argwaan. Uiteindelijk kregen we uit Berlijn een verslag van wat u daar hebt gedaan en waar u bent geweest. Niets in de Duitse rapporten bracht u in verband met haar of haar moeder. Maar op bijna elke reis naar Duitsland bezocht u Ulm, ook al had u daar geen zakelijke belangen. Ulm – waar Teresa is grootgebracht en bij haar alleenstaande ouder woonde. De eigendomspapieren van de twee Duitse firma's die haar opvoeding en onderwijs betaalden, waren ook niet naar u terug te voeren, maar beide bleken heel wat zaken te doen met uw lege vennootschappen. Of zie ik soms spoken?'

Gambini sloot zijn ogen, masseerde ze met zijn vingers, en zei toen: 'Nee, u hebt gelijk. Ik leerde haar moeder kennen op haar zeventiende. We waren jong. Ik was net getrouwd en totaal verrast toen ik op haar viel. En zij op mij. Tegen de tijd dat ik weer bij zinnen kwam was ze zwanger. Ik nam maatregelen, haalde haar weg uit Napels, weg uit Italië. Arrangeerde een huwelijk met Herr Steiner om het kind een naam te geven. Later gevolgd door een scheiding. Alles verliep via advocaten. Haar moeder en ik – we hebben elkaar niet meer ontmoet.'

'En de bezoekjes aan Ulm?'

'Anoniem. Ik zag mijn dochter alleen uit de verte. In het park. Als ze uit school kwam. Voetbalde. Ze was een ruige speler. Haalde tegenstanders onderuit, haar rode haar wapperend.'

'Heeft ze altijd geweten dat u haar vader was?'

'Niemand wist het. Zij ook niet, totdat haar moeder het opbiechtte op haar sterfbed. Kort daarna dook Teresa op in Napels en zocht ze contact met mij. Ik heb nooit andere kinderen gehad. Ik dacht echt een relatie te kunnen opbouwen met Teresa. In plaats van terug te schrikken voor... wat ik doe, leek ze het spannend te vinden. Ze wilde alles weten.' Hij keek door het raam uit over de baai. 'Het was geweldig om een dochter te hebben. In het begin.'

'In het begin?'

'Voordat ze boos werd. Boos omdat ik haar in de steek had gelaten, haar jeugd had gemist. Boos omdat ik haar zelfs nu niet publiekelijk wilde erkennen. Het ene moment hield ze van me, het volgende barstte ze in woede uit – gilde tegen me, ging tekeer. Ik stelde me mild op, maar dat hielp niet. Ze probeerde dingen die niemand anders in zijn hoofd zou halen. Stak een deel van de opbrengst van de kapellen in eigen zak. Probeerde mijn zaken in Duitsland te saboteren. Smeedde plannetjes met iedereen met wie ze in contact kwam. Alsof ze dat voor mij zouden verzwijgen. Het was onduldbaar. En voor mij persoonlijk uitermate pijnlijk.'

Gambini haalde een sigaret tevoorschijn, maar stak hem niet op.

'Zozeer zelfs dat ik mezelf nu betrap op de gedachte dat eerwaarde Pacelli mij misschien een gunst heeft bewezen, door haar te vermoorden.' Gambini stak zijn sigaret op. 'Want ze moest natuurlijk uit de weg worden geruimd. Maar ik kon het niet over mijn hart verkrijgen.'

'Maar Frankie en zijn zoontje – dát kon u wel over uw hart verkrijgen?'

Gambini inhaleerde diep. 'Hoopt u soms nog een moord op te lossen? Vanwaar uw interesse in de dood van Frankie?'

'Veiligheid, voor zijn vrouw en haar twee kinderen.'

'Uw oudste vriendin, nietwaar? Ik luister.'

'Ik zal het geheim van uw vaderschap bewaren als u belooft hen met rust te laten.'

Gambini lachte. 'Tuurlijk. Dat beloof ik u,' zei hij en hij lachte opnieuw.

Natalia haalde de negatieven van de foto's op de salontafel tevoorschijn. 'Ik snap niet waarom dit zo grappig is.'

'Het is grappig omdat ik niet degene ben die met Frankie wilde afrekenen. Onze verstandhouding was op dat moment niet al te best, maar ook weer niet zo slecht...'

'Ik... kan u niet volgen.'

'En hun kind hoorde daar helemaal niet te zijn,' zei Gambini. 'Ze zagen hem niet. Zijn hoofd zat onder het raam.'

'Wat wilt u eigenlijk zeggen?'

'Toen het zo rommelde tussen mij en Frankie kwam uw oudste en dierbaarste vriendin, Lola, naar me toe. Ze deed mij een voorstel. Ze zou proberen in de gunst te komen bij Strozzi's bende om voor me te spioneren, op voorwaarde dat Frankie het veld ruimde.'

'Waarom zou ze?'

'U weet veel meer dan goed voor u is, kapitein Monte.' De woorden kwamen tegelijk met de rook over zijn lippen. 'Dat is ongezond in deze stad.'

'Waarom vertelt u het me dan?'

'Ik wilde niet dat u slecht over mij dacht.' In één beweging stond Aldo Gambini op. Elegant. Het nieuwe kandidaat-kamerlid van zijn partij.

'Tot ziens, kapitein Monte.'

Toen ze terugkwam op het bureau zat er een bejaard echtpaar op haar te wachten: Teresa Steiners grootouders, speciaal overgekomen uit Palermo om hun kleindochter mee naar huis te nemen. Ze waren met de trein gekomen, tweede klas. Ze gingen terug per vliegtuig – een privéjet.

Natalia reed hen naar dr. Francesca om het lichaam te zien. Ze was bang dat deze beproeving te zwaar zou zijn voor het grijsharig koppel. Ze hadden hun dochter al begraven, nu hun kleinkind. Maar ze waren een hard leven gewend. Toen het gordijn in de opbaarruimte opzij werd getrokken, lieten ze geen traan. Teresa Steiner zag er prachtig uit; de lijkbezorgers hadden voorbeeldig werk afgeleverd voor meneer Gambini.

Naderhand tekenden ze de vereiste formulieren en namen plaats om op de lijkwagen te wachten.

Dr. Francesca kwam langs en verontschuldigde zich voor het oponthoud bij het vrijgeven van het lichaam. 'Maar alles is nu in orde. We zullen een politie-escorte regelen om er zeker van te zijn dat u zonder problemen op het vliegveld komt.'

'Dank u.' Na het vertrek van de arts wendde de bejaarde vrouw zich tot Natalia. 'We hebben een familiegraf.' Ze draaide nerveus aan haar trouwring. 'We zullen goed voor haar zorgen.'

Natalia's terugrit liep vertraging op vanwege een file, veroorzaakt door een verkeersongeluk. Toen ze eindelijk haar kantoor bereikte, zat Pino in haar stoel aan de telefoon. Hij stak een vinger op om haar tot stilte te manen, een teken dat er iets aan de hand was. Na het beëindigen van het gesprek legde hij de hoorn langzaam neer, diep in gedachten verzonken en een tikkeltje bezorgd.

'Je bent eerder vandaag toch bij Gambini geweest?' vroeg hij.

'Ja, in zijn elegante nieuwe kantoor. Maar dat wist je al.'

'Ja,' zei Pino.

'Waarom kijk je zo verwonderd?'

'Meer verbaasd, eerlijk gezegd.' Hij ging staan. 'Gambini is dood.'

'Echt? Hoe dan? Wie heeft het gedaan?'

'Er zijn nog geen verdachten.'

'In zijn kantoor?'

'Nee, een park. En dit geloof je nooit: hij is doodgeschoten met een mobiele telefoon. Een vierschots nepmobieltje. Loop vermomd als antenne. Twee 22-kaliber kogels van dichtbij. Recht achter het oor.'

'Professioneel.'

'Dat mag je wel zeggen.' Pino stond de bureaustoel af en gaf haar een briefje. 'Ze willen een verklaring van je, over je bezoek, waar je was ten tijde van de schietpartij. Je kent de procedure.'

'Wat zeggen de lijfwachten?'

'Ze waren niet bij hem. Hij ging er alleen heen. Een parkwachter heeft verklaard dat hij een vrouw in het zwart uit de omgeving zag komen.'

'Waar is het gebeurd?'

'Bij Capodimonte.'

'De bomen achter het museum.'

'Ja, precies. Hoe raad je dat zo?'

Natalia stormde op de deur af.

'Waar ga je naartoe, Natalia? Je moet worden ondervraagd. Natalia!'

17

Natalia reed terug naar haar oude wijk en parkeerde bij het gebouw waar ze vroeger woonde. Op de stoep zat een man onder een Christusbeeld te bidden. De goud beschilderde figuur was vastgespijkerd aan de stam van een magnifieke boom, die tijdens de zomers van Natalia's jeugd voor een aangename schaduw had gezorgd. Vandalen hadden een van de armen van de Verlosser afgebroken. Terwijl Natalia langsliep, stond de smekeling op en kuste de gipsen gestalte.

Ze liep verder naar het *palazzo* van Mariel en Lola's grootmoeder, waar Lola verbleef. De dienstdoende agenten die beneden op wacht stonden, zeiden dat ze de hele dag binnen was gebleven. Maar toen Natalia aanbelde werd er niet opengedaan. Toen ze uiteindelijk telefoneerde, nam Nonna op en vertelde haar naar boven te komen. Lola had haar al verwacht.

De ouderwetse lift ratelde en kreunde op weg naar de vijfde etage, en Natalia stapte uit. De gang was nog steeds groen – 'net een avocado,' plaagde Lola haar nonna altijd. En nog net zo donker.

Lola kwam zelf naar de deur. Ze droeg een capribroek en een zwart topje, bedrukt met goud.

'Zijn de kinderen nog altijd weg?' vroeg Natalia.

‘Ja.’ Lola ging haar voor naar binnen.

Nonna trok zich terug op haar kamer. De twee vrouwen gingen aan de eettafel zitten, waar Lola een grote asbak had gevuld met half opgerookte sigaretten.

‘Ik hoop niet dat je er eentje hebt achtergelaten op de plaats delict,’ zei Natalia. ‘Anders kunnen ze je DNA achterhalen.’

‘Ik ben onder de indruk. Hoe ben je er zo snel achter gekomen?’

‘Ik heb Gambini vanmiddag nog gesproken. Net voordat jij hem naar de museumtuin lokte, het park waar jij en ik zo van hielden toen we klein waren.’

‘Ik heb geen sporen achtergelaten. Geen vingerafdruk, geen voetafdruk, niets. Sterker nog, ik ben heel de middag hier geweest. Vraag het maar aan mijn lijfwachten beneden. Of aan Nonna.’

‘Die zoals altijd na het middageten een dutje deed?’

‘Niemand heeft me gezien.’

‘Een parkwacht zag een vrouw in het zwart... van een afstand.’

‘Alle weduwen in Napels dragen zwart. Dat is de halve stad. Wat dan nog?’

‘Gambini heeft mij bijna alles verteld. Hij zei dat je Strozzi’s organisatie infiltreerde om voor hem te spioneren.’

‘Ja, nou... Nu ben ik helemaal blij dat ik hem het zwijgen heb opgelegd voordat hij de rest van mijn leven kan ruïneren.’

‘Hij vertelde me dat je Frankie dood wilde, en hij deed wat je vroeg. Waarom, Lo?’

Lola’s gezicht zag er plotseling oud uit, de rimpels rond haar ogen dieper. Haar ogen zelf leken afgesloten, alsof de vensters van haar ziel in spiegels waren veranderd. ‘Toen Frankie en ik trouwden, wist ik dat hij om het leven kon komen. Hij had immers een gevaarlijke business gekozen. Een camorraweduwe...

dat moest dan maar. Maar bedrogen worden met jonge meisjes? Dat nooit! Frankie zwoer dat hij trouw zou zijn. En hij wist wat er zou gebeuren als hij zijn belofte verbrak – God helpe hem.'

Ze depte de uitgelopen mascara.

'En hij wás ook trouw. Tot vorig jaar.'

'Hoe wist je dat hij je bedroog?'

'De manier waarop hij keek. Schuldig. En toen vond ik een lippenstift in onze auto. Niet mijn kleur. Ik smeekte hem ermee te stoppen. Hij beloofde het. Maar hij deed het niet. "Ze is zwanger," vertelde hij me. Kun je je dat voorstellen? Dat was net voordat die Duitse opdaagde. Teresa Steiner. Frankie mocht haar niet, en hij kreeg problemen met Gambini. Zazu dreigde hem in de ban te doen als zijnde verdacht. We zouden worden doodgezwegen. Niemand zou nog met ons mogen praten tot de verdenking was weerlegd. Teresa wilde dat ik meedeed met haar dwaze plannen. Ik vreesde voor ons allemaal.'

'Ga door.'

'Frankie dook onder met zijn vriendin, liet mij en de kinderen alleen achter, onbeschermd. Hij liet mij Teresa afhandelen, alles in mijn eentje opknappen. Ik ging naar Gambini en zei dat ik zijn probleem met Bianca Strozzi kon oplossen door over te lopen naar haar bende, maar dan moest hij één ding voor mij doen – iets wat Bianca er volledig van overtuigde dat mijn breuk met de organisatie definitief en onomkeerbaar was.'

'Frankies auto opblazen.'

'Ja. Maar de idioten bliezen zowel Frankie als mijn Nico de lucht in.'

Er welden weer tranen op. 'Gambini zei dat het hen speet. Ze zagen je zoontje niet.'

Natalia had vroeger nooit gedacht dat er zoiets kon gebeuren. Hoe vaak had ze hier wel niet met Lola rondgehangen? Op deze sjofele wijnrode bank met witte strepen gezeten? En in de slaapkamer, waar Lola haar eerste beha had geshowd aan haar en Mariel?

In deze zelfde kamer had Lola verteld over haar eerste kus, haar eerste vriendje. Aan de grote walnoten tafel hadden de meisjes haar grootmoeders *biscotti* gegeten en zich drukgemaakt over hun taille en uiterlijk, over wat voor echtgenoot ze zouden krijgen, hoe hun leven eruit zou zien. Alles behalve dit.

'En Gambini elimineren, was je dat al de hele tijd van plan?'

Lola knikte. 'Ja. Nadat hij Teresa erbij haalde, had ik het met hem gehad. En ik had het ook gehad met Frankie.' Ze pakte Natalia's hand vast. 'Nu het achter de rug is... weet ik het niet meer. Ik weet niet wat ik moet doen. Ik dacht van wel, maar dat is niet zo. Ik hoop niet dat je denkt dat ik een bekentenis ga afleggen, zoals die verliefde priester.'

'Luister. Als ze dit te weten komen, zullen ze jou omleggen en iedereen met wie je omgaat – mij, en Mariel – zeker als ze er lucht van krijgen dat je mij als tussenpersoon hebt gebruikt om in Mariels boekwinkel een deal te sluiten met Bianca Strozzi. Ze zullen je vermoorden met je kinderen in je armen. En daarna ook de kinderen. Het móét geheim blijven, Lo. Jij en ik zijn de enigen die het ooit zullen weten.'

'Ik zweer het.'

'Zweer het op je kinderen, Lola. Dat niemand ooit van je zal horen wat je hebt gedaan.'

'Ik zweer het. Je gaat me toch niet arresteren, hè, Nat?'

'Je gaat voor Strozzi werken. Doet wat je voor haar moet doen. Je gaat je kinderen opvoeden. Je gaat –'

'Nico was zo'n schattige baby. Mijn eerste. Weet je nog, die zwarte krulletjes? *Cara mia*, ik ben bang dat mijn kinderen iets overkomt.'

Natalia gaf een kneepje in Lola's hand. 'We komen er wel uit. Het komt allemaal goed. Mariel en ik zullen je helpen.'

Op het dressoir stond een zwart-witfoto van hen drieën in schooluniform en met vlechtjes in hun haar.

'Welke verjaardag was het ook alweer, waarop we elkaar eeuwige vriendschap beloofden?' vroeg Natalia.

'Toen Mariel elf werd,' zei Lola.

'Geen enkele jongen zou ons ooit kunnen scheiden,' herinnerde Natalia zich. 'Niemand. We zaten op het Piazza Dante. We trakteerden onszelf op pizza. Daarna wisselden we lippenstift uit. Geen bloed.'

Er klonk geroep vanaf de straat – pratende mensen, vechtende kinderen, de flard van een lied.

De lucht voelde laf en klam aan. Natalia herkende de bloemen die Mariel een paar dagen geleden had meegebracht. Pioenen. Ze stonden in een vaas op het midden van de tafel. Hun roze bloesems waren nu opengebarsten, omrand met roestbruin. Ze snoof hun parfum op – rottend, maar toch zoet, de geur van haar geliefde stad.